NEW SENSE STORY & FANTASY

마도의사

마도의사 6
최용섭 판타지 장편 소설

초판 1쇄 찍은 날 § 2002년 9월 5일
초판 1쇄 펴낸 날 § 2002년 9월 15일

지은이 § 최용섭
펴낸이 § 서경석

편집장 § 문혜영
편집책임 § 권민정
편집 § 장상수 · 박영주 · 김희정 · 이종민
마케팅 § 정필 · 강양원 · 김규진 · 안진원

펴낸곳 § 도서출판 청어람
등록번호 § 제1081-1-89호
등록일자 § 1999. 5. 31
어람번호 § 제1-0286호

주소 § 경기도 부천시 원미구 심곡1동 350-1 남성B/D 3F (우) 420-011
전화 § 032-656-4452 팩스 § 032-656-4453
http://www.chungeoram.com
E-mail § eoram99@chol.net

ⓒ 최용섭, 2002

값 7,500원

ISBN 89-5505-365-7 (SET)
ISBN 89-5505-477-7 04810

이별 **6**

최용섭 판타지 장편 소설

NEW SENSE STORY & FANTASY

마도의사

도서출판
청어람

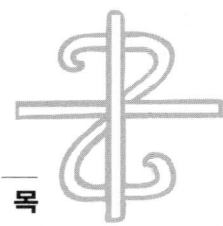

목

차

제1장
악몽의 열매

　난 길을 가면서 책을 보고 있었다. 이블루스에서 얻은 낡은 책. 이름
도 없는 이 책은 낡은 만큼이나 오래되었다. 내가 배우지 못한 것들도
들어 있었는데 이런 책을 얻는다는 것은 정말 기연이었다.

　"란셀, 그 책이 재미있나요?"

　흠, 재미라… 재미는 별로 였다. 내용이 흥미롭고 정말 여러 가지 대
단한 지식들이 쓰여 있긴 했지만 그러잖아도 낡은 책인데 글씨까지 작
아서 알아보기가 힘들었던 탓이다. 덕분에 아랫줄을 읽으면 윗줄을 까
먹고… 한 줄, 한 장 읽는데 눈 빠지는 느낌이고… 그런데 왜 그걸 묻
지? 어제 다리온도 이 책을 읽었으면서.

　"그럭저럭요."

　"그래요? 읽을 만한가 보군요. 저도 어제 읽어보았지만 흥미있는 책
이었죠. 그런데 란셀은 눈이 좋은가 보군요. 브럽습니다. 전 매직 줌으

로 봤는데. 솔직히 매직 줌, 한쪽 눈에만 쓰니까 책 읽을 때 쓰기에는 불편하더라고요. 무엇보다 읽는 것 같지가 않아서……."

아! 그랬지. 매직 줌. 내가 어제 다리온에게 쓰고 보라며 줬던 것인데… 난 왜 그걸 안 쓰고 이 고생이지? 다리온이 매직 줌에 대해 불평은 했지만 이렇게 눈으로 읽는 것보다는 훨씬 나을 텐데. 설마 아직도 황금장미의 후유증이? 음, 아무래도 내 몸 상태에 대한 심오한 고찰을 해야겠군. 죠세프와 예나는 똑같이 굶어서 퀭한데도 멋있다는 소릴 듣고 난 왜 못 듣는지… 아! 이게 아닌가? 아무튼 아… 체력이 달리는군. 머리도 잘 안 돌아가고.

"저기 마을이 있어요."

위에서 날아가던 페디가 외쳤다.

"근데?"

"마을이 있다니까요."

우리 반응이 시큰둥하자 페디가 당황하며 말했다.

"제법 큰 마을인데."

"흠… 그런데 지금이 몇 시지?"

아무리 우리가 체력이 달려서 마을만 보면 쉬어가더라도 지금은 아침나절이었다. 바로 전 마을을 떠나온 지 겨우 몇 시간. 게다가 여기는 제드론이란 나라인데 나라 크기도 작고 전통적으로 상업 활동을 나라의 기반으로 삼고 있는 나라라서 전 국토가 고르게 발달한 나라였다. 한마디로 말해서 한밤중에 길을 떠나도 얼마든지 여관을 찾아서 묵을 수 있고 언제라도 식당을 찾아 끼니를 때울 수 있다는 소리였다.

"헤헤헤, 아침이네요."

페디도 그걸 깨달았는지 멋쩍은 웃음을 지었다.

"그보다 그만 내려와. 다른 사람들이 보면 어쩌려고 그래? 널 낮 박쥐로 오해하면 그나마 다행이지. 만일 마법사가 봐서 드래곤임을 알게 된다면 난리가 날걸. 누가 알아? 드래곤 슬레이어가 덤벼들지. 너, 페어리 드래곤이 얼마나 귀한지 스스로 잘 알지? 박쥐 페디야."

"우잉~ 씨. 또 박쥐래."

페디는 통통거리며 내려왔다.

"하하, 란셀. 그만 하세요. 그리고 페디가 본 마을에서 잠시 쉬었다 가죠. 지금 란셀이나 죠세프, 예나, 이브린 모두 몸이 약해져 있어요. 이럴 땐 쉬엄쉬엄 가는 것도 좋아요. 누가 쫓아오는 것도 아니잖습니까? 아, 정말 저기 마을이 보이는군요. 저 마을에서 점심까지 먹고 가면 될 것 같군요."

다리온의 의견이었다. 하긴 아닌 게 아니라 힘들긴 힘들군. 사실 우린 원래 가려고 했던 길보다 좀 돌아가는 길이었다. 이블루스에서 열흘을 굶은 것이 체력에 많은 영향을 끼쳤던 것이다. 그래서 마을이 연이어져 언제든지 쉬어가고 제대로 먹을 수 있는 식당과 여관이 있는 지역으로 돌아가기로 한 것이었다. 그런 조건으로 제드론이란 나라가 가장 적절했다.

제드론의 구석구석이 다 상업 지역이란 말은 제드론에 들어서면서 가는 곳마다 복잡한 것을 보고 실감이 난 것이었지만 지금 이 마을은 특히 복잡했다. 제드론이 상업 국가로 성공할 수 있었던 이유는 지리적 위치를 이용해 국가 전체를 하나의 시장으로 만든 데에 있었다. 요쿤 강을 끼고 남북으로 긴 나라로 요쿤 강을 철저히 이용한 것이었다. 제드론의 중앙을 통과하는 요쿤 강 곳곳에 상업 지대를 만들고 각 지역마다 특화된 상품을 팔게 한 것이다.

"이곳은 국가별 무역을 위한 거대한 도매 시장이라고 할 수가 있다는군요. 제드론 주변국들의 물건이 모두 여기에 모이고 그걸 다른 나라에서 사 간다고 합니다. 여기서 사는 물건은 우선 믿을 수 있기 때문입니다. 그걸 위해서 철저한 품질 검사를 한다고 하죠."

다리온은 오면서 받은 책자를 보며 말했다.

"그런데 그 책자에 따르면 제드론은 굉장한 부자 나라가 아닌가요?"

이브린이 다리온에게 물었다.

"그렇겠죠."

"그러면 다른 나라들이 제드론을 노리지 않을까요? 여긴 완전 노른자위 땅인데."

"단순히 생각하면 그렇지만 국제 관계란 매우 복잡하죠. 어떤 나라든 제드론을 손에 넣으면 금방 강국이 되기 때문에 서로 견제를 할 겁니다. 그러니 제드론과 이해관계가 얽힌 모든 나라와 상대해 이길 능력이 없는 한 제드론을 함부로 침입하지는 못할 겁니다. 제드론을 다스리는 사람들도 바보가 아닌 이상 그 사실을 알 겁니다. 때문에 외교에 상당한 신경을 쓰겠죠. 이런 경우 주위 나라들과 아슬아슬한 힘의 줄타기를 하기 때문에 정말 예술 외교를 해야 합니다. 약한 나라는 별게 다 예술이죠."

다리온도 저런 농담을…….

우린 제드론에 대한 이야기를 하면서 길을 따라갔다. 주위에는 엄청나게 많은 과일들이 널려 있었다.

"여기가 과일을 전문적으로 중계하는 피란 시라고 하는군요. 아, 그리고 원래는 잠시 쉬기로 했습니다만… 차라리 여기서 며칠 묵을까요? 이만한 시장을 구경하는 것도 많지 않은 기회니까요."

우린 다리온 말에 찬성을 했다. 피란 시같이 볼 거리 많은 곳을 그냥 지나치면 아까우니까. 그건 그렇고 어쩐지 과일이 많다고 생각했다. 그런데 이런 도시를 페디는 왜 마을이라고 했지?

난 그 이유를 곧 알 수 있다. 건물이라고는 온통 나무로 지어진 데다 단층 건물들이었다. 아마 과일을 저장하기에 석재 건물보다는 목재 건물이 더 유리해서인 모양이었다. 하지만 건물이 단층인 건……

휘이익.

"뭐, 뭐얏!"

뭔가 내 머리를 지나갔다. 그런데 그것은‥

"와이번?"

난 놀랐다. 지금 흉포한 몬스터인 와이번이 도시 한가운데 나타난 것이다. 하지만 내가 정말 놀란 것은 그 위에 사람이 타고 있었다는 것이다. 그리고 와이번은 발로 커다란 바구니를 잡고 있었고 바구니 안에는 과일들이 잔뜩 담겨 있었다.

"와이번으로 과일을 나르고 있군요. 정말 좋은 방법인데요?"

좋은 방법인 것은 압니다, 다리온. 그런데 문제는 어떻게 저렇게 와이번을 길들였냐는 거죠. 쩝. 와이번은 성질이 매우 사나워서 사람이 함부로 길들여 부릴 몬스터가 아니었다. 가끔가다 실력이 좋은 기사들이 와이번을 길들여 타는 경우가 있긴 했지만, 그들은 어디까지나 실력이 좋은 기사들이었다. 결코 저런 장사꾼… 아니, 장사꾼도 아니었다. 저런 과일 나르는 일꾼이 부려서 탈 몬스터가 아니었다. 하지만 내 눈이 잘못된 게 아니라면 분명 평범해 보이는 일꾼이 와이번을 부리고 있는 것이었다. 만일 내가 이걸 직접 못 보고 말로 들었다면 그런 일은 절대로 없다는 것에 내 모든 재산을 걸었을 것이다. 음… 다른 데서 한

번 해봐야겠군. 돈 좀 벌겠는데?

"아, 그렇군요. 여기가 바로 그곳이군요."

죠세프가 손뼉을 치며 말했다. 죠세프는 뭔가 알고 있는 모양이었다.

"뭔데? 여기가 어떤 곳이길래 와이번을 타고 다니지?"

"아, 그게요, 란셀. 아마 삼십 년 전의 이야기로 알고 있어요. 어떤 용사가 드래곤과 싸웠다고 하죠. 그 용사는 비록 드래곤과 상대가 안 되었지만 계속해서 용감히 덤비는 그를 보고 감탄한 드래곤은 그와 휴전을… 휴전? 좀 이상하군요. 아무튼 그렇게 싸움을 멈추었다고 해요. 그리고 용사와 이야기를 나누던 중 용사가 자신에게 덤빈 이유를 알게 되죠. 그건 용사의 나라가 강대국의 침입을 받았는데 그 강대국은……."

"잠깐, 그런데 그 나라 이름이 뭐야? 용사의 이름은? 드래곤 이름은?"

난 듣다가 짜증이 나서 물었다. 계속 이름은 안 나오고 드래곤에 용사에… 드래곤과 용사는 그렇다고 쳐도 나라 이름은 왜 안 나오는 거야?

"그건 저도 몰라요. 그냥 들어요. 머리 좋은 사람들은 다 알아들으니까요."

아… 나, 나야 알아듣지. 물론 잘 알아들어. 단지 난 다른 사람들을 위해… 흠흠.

"아무튼 그런데 그 강대국은 먼저 침입을 하고는 용사의 나라를 전범국으로 몰아서 병합하려고 했죠. 하지만 다른 나라의 눈이 있어서 간단한 요구만 들어주면 병합만은 안 하겠다고 했어요. 그런데 그 간단한 요구가 어처구니없는 것이었죠. 드래곤을 생포해 오라는 것이었다는 군요. 하지만 드래곤을 생포할 능력이면 그 나라가 그 꼴을 당했을까요? 결국 나라를 병합하겠다는 뜻이었죠. 그래서 마지막으로 쓴 방법이 자원자를 모집해 드래곤을 잡으러 가는 것이었죠. 해볼 방법은 다 해야 했으니까요. 그 용사도 자원자 중 한 명이었고요. 그런데 어쩌다 일행에서 떨어지게 되었고 우연히 드래곤의 레어를 발견해 무작정 들이닥쳤다는군요."

흠… 남자 이브린이군. 아니, 혹시 그 용사가 죽어서 이브린으로 환생한 거 아냐?

"그 용사가 지금 우리 나라의 여왕이신 제르니안 제르니 전하의 부군이신 제르니안 페커드 공작이십니다."

깜짝이야. 누군가 우리 뒤에서 말을 했다. 우린 고개를 돌려보았다. 그런데…

"으악!"

내 앞에는 와이번이 있었다. 그, 그것도 바로 코앞에!

"뭘 그리 놀라십니까?"

"와, 와이번……."

"아! 얘요? 하하하, 이 귀염둥이를 보고 놀라시다니 섭섭합니다."

내 앞에서 와이번을 데리고 있는 남자는 웃고 있었다.

"얘는 코렐이라고 합니다. 이름도 예쁘죠?"

그, 글쎄요… 사람 취향이 다 제각각이란 건 알지만… 으으… 긴장돼. 꿀꺽.

"여러분은 여기에 처음 온 분들이시군요."

"예, 그렇습니다만… 어떻게 아셨습니까?"

내 대신 다리온이 말을 받았다.

"그야 당연하죠. 여러 번 오신 분들이라면 이곳에 와이번이 있다는 것에 대해 놀라거나 무섭다는 반응을 보이지 않으니까요."

흠… 난 드래곤과 같이 살았어도 와이번이 무서운데.

"참, 여기에 오셨으니 며칠 묵으시겠군요. 혹시 묵을 곳은 구하셨나요? 만일 아직 못 구하셨다면 제가 싸고 좋은 여관을 아는데……."

아, 하하하, 왜 이 사람이 우리에게 말을 걸어왔는지 알겠다. 결국 자신의 여관에 손님 끌어들이려고 그랬군.

여긴 여관이 많은 곳이다. 국제 규모의 커다란 시장이 형성된 곳이니 사람들이 몰리는 것은 당연했고 그런 외지인을 위해 여관도 많았다. 그런데 그렇게 여관이 많다보니 서로 손님 끌어들이기 경쟁을 하는 것이었다.

"호오, 방이 남아 있는 여관이 있었나요?"

다리온이 그 와이번을 탄 사람에게 물어본 말이었다.

"꼭 세 개 남았습니다. 원래 그 방에도 다른 손님들께서 묵으려고 했었지요. 하지만 그때 저희 여관은 방 벽의 칠을 새로 한 상태였는데 유독 그 세 개의 방만 칠이 덜 말랐죠. 그래서 손님을 받을 수가 없었답니다. 지금쯤이면 아마 다 말랐을 겁니다."

그 남자의 말이 끝나자 다리온은 날 보며 말했다.

"그렇다면 이분의 여관에 묵도록 하죠. 지금 같은 시기에 방이 남았다는 건 행운입니다. 여기에 오는 외지인의 수를 여관이 못 따라가기 때문에 창고 같은 건물에 수십 명이 뒤엉켜 자거나 심지어 노숙을 하는 사람도 있다고 합니다. 저도 방금 이 책자를 보고 알았죠. 그래서 저도 어떻게 해야 하나 고민하던 차인데 정말 잘되었습니다."

음… 그렇단 말야? 그런데 저 사람은 왜 우리에게 그런 친절을 베풀지? 우리가 돈이 많기는 하지만 그 돈을 관리하는 사람, 아니, 하프 엘프가 워낙 구두쇠라 돈 많은 티는 절대로 안 나는데.

콰아아아—

그때였다. 와이번이 크게 울었다. 으, 깜짝이야!

"어? 코렐, 왜 그래?"

"왜 그러긴. 드레이픈, 왜 아직도 여기서 이러고 있지?"

누군가 다가와서 와이번을 쓰다듬으며 말했다. 응? 그 사람 뒤에도 와이번이 있는 걸 보니 이 도시에서는 와이번이 말 노릇을 하는 모양이었다. 이런, 저놈의 와이번들은 최강 몬스터로서의 자존심도 없나? 그냥 자신들 살던 곳으로 돌아가지. 여기서 왜 말 노릇을 하며 나같이 착한 사람 겁주는 거야? 응? 그런데 저 사람… 어디서 본 것 같은데?

"오랜만이군요, 란셀 네르반 씨."

"아, 예… 예."

누굴까? 난 상대방이 먼저, 그것도 내 이름을 말하며 아는 척을 하는 바람에 대충 대답은 했지만 누군지는 모르겠다.

"하하하, 놀라셨죠? 제가 와이번 타는 연습을 하다가 우연히 란셀 씨와 란셀 씨 일행을 보게 되었지요. 그래서 란셀 씨를 만나러 가려다 생각하니 여긴 여관이 부족하더라 이겁니다. 마침 제가 잘 아는 친구가 여기서 여관을 하고 또 마침 방에 칠을 했는데 덜 말랐다는 말을 들었답니다. 그래서 부랴부랴 제 친구에게 부탁을 했지요."

그는 호탕하게 웃으며 말했다. 그런데 정말 저 사람이 누구지?

"안녕하셨습니까, 이스튼 룩 씨."

죠세프가 아는 척을 한다.

"오랜만이에요."

예나도… 어? 그런데 왜 난 모르는 걸까?

"저… 다리온, 저 사람 알아요?"

난 다리온에게 넌지시 물어보았다.

"아뇨, 전 처음 봅니다."

난 아르티닌과 이브린을 보았다. 둘 다 도리도리. 그럼 나와 죠세프와 예나, 셋이서만 다닐 때 만났다는 소린데… 대체 이름을 말해 줘야 알지. 이름… 은 죠세프가 말했군.

"아아, 오랜만입니다. 죠세프, 예나."

음… 나만 소외당하는 기분.

"참, 카나이드님과는 연락이 닿습니까?"

카나이드? 카나이드를 아는 사람이라니… 아아… 그제야 난 생각이 났다. 이스튼 룩. 내 스승인 카나이드가 그렇게 칭찬하던 장사의 귀재이자 선행의 표본인 사람. 카나이드가 세뇌될 정도로 많이 이야기를 한 데다 낡이란 괴물딱지 때문에 잊으려야 잊을 수 없는 사람. 하아… 잘 아는 사람도 이렇게 기억을 못하다니. 역시 몸조리를 해야… 아, 현.기.증!

크르르.

누가 휘청이는 내 몸을 받쳐 준다, 고맙게도.

크르르.

"하하하. 잘했다, 렘."

렘이라… 음… 이 손에 느껴지는 감촉은…….

"참, 이 귀염둥이의 이름이 렘입니다. 귀엽죠? 코렐과는 자매 간이죠. 잘했다, 렘."

드레이펀이라는 사람이 렘을 칭찬했다. 응? 그런데 드레이펀이 귀염둥이라고 말하는 건… 게다가 코렐과 자매? 혹시……. 난 슬며시 고개를 돌려보았다. 그러자 보이는 것은… 크고 험상궂은 눈. 음… 이건… 와이번의…….

"으악!"

난 놀라서 힘껏 떨어졌다. 와이번이 내 몸을 부축하고 있었던 것이다.

"하하하, 란셀 씨께서 기운을 차리신 모양이군요. 그럼 가시죠. 제가 여관을 안내해 드리겠습니다."

이스튼이 먼저 앞서 걸어갔다. 에고, 와이번 보고 놀랐더니 힘없어서 못 따라가겠군.

"어? 란셀 씨, 왜 그러십니까?"

이스튼이 내가 안 따라가자 물어왔다.

"아… 그저 힘이 좀 없군요."

"그런가요? 그럼 렘보고 다시 부축을……."

순간 난 힘이 났다.

"아닙니다! 갈 수 있습니다! 갈 수 있어요. 갈 수 있다니까요. 하하하! 갑자기 힘이 솟는군요."

이, 이거 민간 요법으론 최고군. 힘없는 사람이여, 와이번을 봐라! 그런데 내가 왜 이러냐고? 드래곤과 같이 지내던 사람이 별것 아닌─드래곤에 비해서─와이번을 보고 놀라는 이유? 글쎄, 이런 게 아닐까? 집에서 크고 무서운 개를 기르면 그 개를 무서워할까? 절대 아니다. 오히려 철없는 아이는 그 무서운 개를 패고, 수염도 잡아당기고, 등에 타는 등 괴롭히기까지 한다. 하지만 다른 집 개의 경우 조그마해도 무서운 법이다. 언제 달려들어 물 줄 알고. 그것이었다. 드래곤은 날 해치지 않지만 와이번은… 드래곤이 아니니까.

"란셀 씨, 또 왜 그러십니까? 아무래도 부축이 필요…….."

"아니오. 갑니다, 가요!"

휴우우우……. 내가 잠시 딴생각에 빠졌던 모양이군. 하마터면 와이번의 부축을 받을 뻔했네.

여관은 색을 다시 칠해서 그런지 매우 깨끗했다. 특히 우리가 들어간 방은 티없이 깨끗한 방이었다. 옅은 연두색의 방. 그 방에서 보면 요쿤 강이 한눈에 보이는 것이 전망이 매우 좋은 곳이었다. 비록 1층이긴 하지만 강가와 맞닿은 여관이라 강의 전경이 한눈에 보이기 때문이다. 다만…

"잘 때는 반드시 창문을 닫고 주무십시오. 한여름에도 창문을 안 닫고 자면 감기가 걸린답니다."

이것이 문제이긴 했지만 그래도 이 정도의 여관이면 상당히 좋은 여관이었다.

"전 여기서 열리는 과일 경매에 온 겁니다."

저녁을 먹으면서 이스튼이 한 말이었다. 이곳 피란 시는 매년 네 차례의 대규모 과일 시장이 열린다고 한다. 각 시기마다 수확되는 시기에 따라 열리는 시장인데 각 분기마다 엘르나, 페르나, 셀라나, 첼시라는 이름으로 불리고 있었다.

제드론 초대 왕인 요호른 1세의 네 딸들 이름이었다는데, 워낙 딸들을 사랑한 요호른 1세이기에 각 분기별로 딸의 이름을 붙인 것이었다고 한다. 물론 처음에는 요호른 1세 혼자서 썼는데 요호른 1세도 덕망 있는 왕으로 국민의 절대적 지지를 받았고, 그 네 딸들도 그 행동 가짐과 성품으로 인기가 대단해 국민들이 요호른 1세만이 쓰던 호칭을 저항없이 쓰고 지금에 와서는 완전히 각 분기를 상징하고 가리키는 제드론 특유의 말이 된 것이었다. 그리고 그 분기별로 열리는 시장의 이름도 되었고.

재미있는 것은 제드론의 시장에서는 사기나 속임수, 범죄 등이 없는 것으로 유명한데, 그 이유가 바로 왕의 딸 이름을 써서라고 한다. 어느 누가 공주의 이름을 붙인 시장에서 범죄를 저지르겠는가? 그건 왕실 모독죄이기도 하겠지만 워낙 지지도가 높은 왕이었고 인기가 많은 공주들이었다는 점 때문에 가능한 일이었다.

어쨌든 지금은 셀라나였다. 제드론의 각 분기별 시장은 말이 시장이지 한마디로 국제 무역의 장이나 다름없었다. 그런데도 굳이 시장이라고 한 이유는 국가 간의 무역 거래뿐만 아니라 이스튼 같은 대상들도 찾아와 거래를 하고 경매를 해서였다.

"피란 시의 과일 시장에는 전에 못 보던 새로운 과일도 가끔 나오는 경우가 있습니다. 대체로 산과 들에 야생으로 자라던 과일들인데 그걸 재배해서 상품으로 만든 것을 가지고 나오는 것이죠. 그리고 그런 과일이 이번에 나온다고 합니다. 그런 과일은 좀 도박성이 있습니다. 한번 인기를 얻어 많이 사 가면 몇 년간은 꾸준히 인기를 얻기 때문에 한몫 단단히 잡을 수 있죠. 그래서 저희 같은 상인들은 이런 기회를 놓치지 않습니다. 하긴 우리 같은 상인들을 믿고 그런 과일들이 나오는 것이지만. 국가 간에 거래되는 과일은 보편적으로 잘 알려진 과일들이니까요."

이스튼의 설명이었다. 역시 상인은 아무나 되는 것이 아니었다. 어디서 저런 정보를 얻는 거지? 대륙을 돌아다니는 상인인 이스튼이 여기에 오려면 최소 몇 개월 전에는 소식을 들었어야 하는데…

"그래서 말인데, 여러분도 특별히 할 일이 없으면 저와 함께 가지 않겠습니까? 여기 피란 시의 과일 시장은 대륙 3대 과일 시장 중 하나라서 볼 거리가 아주 많습니다. 그래서 돈 많고 시간 많은 사람들은 일부러 여기로 관광을 오죠. 어떻습니까?"

우린 모두 찬성이었다. 뭐, 일부러 관광도 온다는데 이런 기회를 놓칠 우리 일행이 아니었다. 게다가 몰랐으면 모르겠지만 처음 상품으로 나온 과일이 있다는데 어떤 건지 궁금하기도 했다.

"그럼 내일 아침에 만나기로 하죠. 란셀 씨도 그렇고 다른 분들도 피곤하실 텐데 이만 일어나고 내일 일찍 만나도록 하죠."

세심한 부분까지 생각해 주는 이스튼이었다. 우리도 피곤했기 때문에 일어났다. 그때 이스튼이 우리에게 말했다.

"내일 아침 일찍입니다. 반드시. 늦게는 안 됩니다. 아시겠죠?"

음… 갑자기 과일 시장 안 보고 싶은 건 왜일까?

과일 시장은 북적거렸다. 일찍 사야 더 좋고 신선한 과일을 살 수 있다는 것이 이스튼의 설명이었다. 그제야 난 왜 이스튼이 그렇게 서둘렀는지 알 수 있었다. 이른 아침부터 깨워서는 아침도 못 먹고 이스튼에게 끌려 나온 것이었다.

"그래도 전 늦게 나온 겁니다. 제 경우는 이런 일반 과일이 아니라 이번에 새로 상품이 돼서 나온다는 과일을 사기 위해 온 것이니까요. 새로 상품이 된 과일은 우선 상인들에게 선을 뵈기 때문에 저렇게 진열해 팔지 않고 따로 품평회를 합니다. 그리고 우린 그 품평회에서 상품 가치가 있는지 따져 보고 구입을 하는 겁다. 그래서 어느 정도 번잡한 시간이 끝나고 상인들이 한숨을 돌리는 시간에 품평회를 합니다. 가능한 많은 상인이 보고 사 가도록 말이죠. 하지만 그렇다고 늦게 가면 안 됩니다. 기왕이면 좋은 자리에 앉아야 그만큼 새로 나온 과일을 자세히 볼 수가 있기 때문입니다."

이스튼의 설명이 끝나자 다리온이 이상하다는 듯이 물었다.

"그런데 그런 품평회에서는 과일을 나누어 주지 않습니까? 그래야만 광고 효과도 나고 제대로 알릴 수 있을 텐데요."

"물론입니다. 다리온 씨가 잘 아시는군요. 하지만 보면 아시겠지만 여긴 상인들이 발에 채일 정도로 많습니다. 굴러다니는 돌덩이보다 많죠. 하지만 나누어 줄 수 있는 과일은 한정되어 있습니다. 사람 수가 적으면 여러 개를 줄 수도 있지만 지금처럼 많으면 과일 하나를 여러 조각으로 잘라서 나누어 줄 수도 있습니다. 그런데도 못 받는 경우가 있습니다. 사람마다 다 주면 좋겠지만 팔아야 할 과일을 전부 나누어 줄 수는 없는 노릇이죠. 그래서 미리 일찍 가야 그나마 과일을 볼 수가 있답니다."

"결국 늦게 가면 속아 살 수도 있다는 말이군요."

"예, 그렇습니다, 다리온 씨. 그 외에 이런 것도 있습니다. 보통 대상들은 미리 각 지역의 판매량을 여러 가지 정보와 과거 기록 등으로 예측을 하고 실제 거래 시엔 각각의 과일마다 한 사람씩 담당자가 붙어서 거래를 합니다. 그렇기 때문에 저같이 각 상단의 우두머리는 거래가 이루어지는 시간에는 오히려 한가합니다. 그리고 그 한가한 시간에 다른 사업 대상물을 찾기도 합니다. 이곳처럼 과일 시장의 경우는 새로 나온 과일을 보는 것도 그런 일에 포함되죠. 따라서 품평회에서 가장 앞에 앉은 사람이 대상단의 우두머리일 가능성이 크고, 그렇기 때문에 다른 사람들은 못 주더라도 앞에 앉은 사람에게는 꼭 과일을 줄 가능성이 크답니다."

"그래요? 그렇다면 대상들은 대상들끼리 앉게 된다는 소리군요. 마치 일부러 그렇게 모여 앉는다는 느낌이 드는군요."

"그렇습니다. 저 같은 대상은 같은 대상이 경쟁자입니다. 그러니 누구보다 그들을 잘 알아야 하죠. 따라서 같은 대상들끼리 앉아서 서로의 표정이나 눈빛을 살핀답니다. 일종의 심리전이지요. 적의 표정으로 심리를 읽고 역이용하는 겁니다."

"호오… 대단하시군요. 대상이 되려면 먼저 심리학자가 되어야겠군요."

"그것만이 아니죠. 점장이 기질도 필요하답니다. 하하하."

"하긴 그렇겠군요. 하하하."

다리온과 이스튼은 웃었다. 흐음, 난 하나도 안 웃기는데. 에구, 졸려라.

"자자, 여기서 이러지 말고 빨리 품평회장으로 갑시다. 거기 가면 아침도 먹을 수 있어요. 돈 많은 상인을 잡기 위해 품평회장에서 만든 식당인데 일류 요리사가 음식을 만들기 때문에 맛이 상당히 좋답니다."

난 아침이란 말에 귀가 번쩍 띄었다. 어제 저녁도 많이 안 먹은 데다 아침도 못 먹고 나와서 배가 고팠기 때문이다.

"아쿠."

"이봐요!"

"죄, 죄송합니다……."

"에코."

"아니, 이 사람이?"

"으윽! 죄, 죄송!"

이스튼이 말한 품평회장으로 가는 길은 꽤나 붐볐다. 이스튼의 말에 따르면 꼭 상인만 여기 온 것은 아니라고 했다. 돈 많은 사람이 대량 구매해 가기도 하고 개인적으로 사러 오는 사람들도 많다고 했다. 왜냐하면 지금 같은 교역이 이루어질 때는 과일 값을 도매보다 싸게 팔기 때문에 근처 식당이나 다른 업소, 피란 시민, 관광객 등도 있기 때문이라고 했다.

하… 그래도 정말 많군.

"이거, 여긴 완전 전쟁터군요."

난 이스튼에게 말했다. 하지만 이스튼은 내 말에 한쪽을 가리키며 말했다.

"진짜 전쟁터는 저곳입니다. 저곳으로 쭉 가면 제법 큰 건물이 나오는데 그 건물 안에서는 각국의 교역 담당자가 회담을 열고 있습니다. 거기서는 각 국가별로 얼마만큼의 과일을 살 것인가를 논의하고 결정합니다. 각국의 이해관계에 따라 자기 나라에서는 별로 인기가 없고 안 팔리는 과일도 많이 사야 하고, 잘 팔리는 과일이라도 적게 사야 하죠. 각 국가 간에 교역되는 과일량이 이곳 판매 물량의 반을 차지합니다. 게다가 과일량만 논의하는 것이 아니라 그 과일의 값과 부과되는 세금도 논의합니다. 저기서 자칫 실수하면 엄청난 손해를 입는 것이죠. 최악의 경우 교역되는 물량의 대부분을 팔리지도 않는 과일로 사고, 그것도 비싼 값에 낮은 세금이 매겨지면 그 손해는 천문학적인 수치가 됩니다. 그러니 서로 자국의 이익을 위해 치열한 두뇌 싸움을 합니다. 거기선 한마디 잘못 나온 말이 엄청난 결과를 초래합니다. 그래

서 거의 목숨을 걸고 회담을 한다죠? 물론 겉으로는 웃으면서 한다고
합니다만."

"화아!"

난 감탄이 저절로 나왔다.

"정말 전쟁이 따로 없군요. 그런데 한 가지 이상한데요? 세금이 낮
으면 좋은 것 아닌가요?"

"아닙니다, 세금이 낮아서 좋은 건 내는 사람입니다. 이 경우 파는
쪽의 나라가 사는 쪽의 나라에 내는 것이 세금입니다. 그러니 세금이
낮으면 손해가 되는 거죠."

난 저절로 고개가 끄덕여졌다. 그런 깊은 뜻이 있었군.

"하하하. 그리고 그런 국가 간 교역 틈새를 비집고 들어가는 것이
우리 상인들입니다."

"예?"

난 이스튼의 말에 궁금증이 생겼다. 교역 틈새라니?

"그러니까 생각해 보세요, 조금 전에 말한 최악의 경우를요. 그건 다
시 말하자면 인기있어 잘 팔리는 과일은 별로 못 사 왔다는 말입니다.
만약 어떤 나라에 사과는 인기가 없어 거의 안 팔리고 배는 무척 잘 팔
린다고 치죠. 그런데 그 나라가 그만 교역을 잘못해서 사과만 잔뜩 사
왔다고 칩시다. 그럼 그 나라의 배는 품귀 현상이 생깁니다. 그러면 배
값은 높이 뛰어오릅니다. 그럴 때 우리가 미리 사두었던 배를 가지고
그 나라에 파는 겁니다. 그럼 엄청난 이익이 생기겠죠? 그리고 또 그걸
다르게 생각하면 인기가 있든 없든 이 나라에서는 사과를 많이 사 간
겁니다. 그 말은 다른 나라가 사과를 적게 샀다는 말입니다. 그리고 이
나라는 사과가 인기가 없는 데다 물량이 많아졌기 때문에 사과 값이

떨어집니다. 그때 여기서 사과를 사서 다른 곳에 파는 겁니다."

"아하… 그렇군요."

난 새삼 이스튼이 대단해 보였다. 이스튼은 역시 상인이었다. 전에 볼 때도 지금도 그저 사람 좋고 인정 많은 상인으로 보였는데 이런 잔머리까지 있다니.

"그래서 우리 상인에게는 정보가 생명입니다. 국가 간에 이루어지는 회담의 내용을 먼저 입수하는 것이 장사의 승패를 좌우하는 일이죠. 먼저 가서 파는 사람이 제일이니까요."

하아… 난 나중에 무슨 일을 하더라도 장사는 말아야지. 이거 머리털 다 뽑히겠군.

"아, 다 왔습니다."

이스튼이 어떤 건물 앞에서 말했다.

"이 건물이 바로 품평회장입니다."

이스튼과의 대화 중 어느새 와버린 품평회장. 건물은 그저 사각형이었다. 그런데 건물 벽에는 창문이 하나도 없었다. 문도 구멍 하나 없는 나무 문이라 닫히면 이 건물은 완전 밀폐가 되는 그런 구조였다. 그리고 지붕 위에는 와이번을 탄 병사들이 여럿 있었다. 이스튼은 그 건물을 보며 말했다.

"저 건물은 겉보기엔 폐쇄된 것처럼 보입니다만 지붕에 큰 창이 있습니다. 그곳으로 채광을 하는데, 그 창은 리큠리트란 유리로 되어 있습니다. 품평에 나온 과일이 가장 잘 보이게 하기 위해서입니다."

호오… 리큠리트. 그 비싼 걸 달았단 말야? 리큠리트란 그냥 보기엔 평범한 투명 유리지만 마나를 가하면 빛의 투과율을 조절할 수 있는 유리였다. 그런데 그 마나 조절이 까다로워서 리큠리트도 비싸지만 그걸 조절하는 기술을 가진 사람을 쓰는 값은 더 비쌌다.

"그럼 저 위의 병사들은 그 창을 지키는 건가 보죠? 저 창으로 누군가 침입하는 것을 막기 위해서요."

리큠리트는 유리임에도 충격 흡수를 잘 하기 때문에 쉽게 깨지지는 않지만 열에 약한 단점이 있었다. 그래서 파이어 볼 한 방이면 그대로 녹아버리기 때문에 주의를 해야 하는 것이다.

"지키는 것은 지키는 것이지만 누가 침입해 과일을 훔쳐 가는 것을 막는 것은 아닙니다. 저 병사들이 지키는 것은 리큠리트입니다. 리큠리트 자체가 워낙 고가의 물건이라서요."

크흠흠. 아, 그, 그렇군. 하긴 리큠리트로 만들든 일반 유리로 만들든 천창을 부수고 침입해서 과일을 훔쳐 갈 사람은 없겠군. 이제 겨우 품평회에 나온 과일이 비싸면 얼마나 비싸다고… 하지만 이미 껴놓은 리큠리트를 훔치는 것은 좀 너무했다. 암만 고가의 물건이라지만.

"그, 그런가요? 참 별걸 다 훔쳐 가네요."

난 더 이상 말을 못하고 품평회장을 바라보았다.

"하하핫. 그리고 보니 예전 생각이 나는군요, 란셀 씨. 혹시 듀루라는 과일을 아십니까?"

"뮤루요? 그거 상당히 비싼 고급 과일이 아닙니까? 같은 무게의 금을 줘야 사 먹을 수 있다는 과일요. 그런데 그런 말을 하시는 걸 보니 혹시 그걸 여기서 사서 판 사람이 바로 이스튼 씨?"

"맞습니다."

이스튼은 다시 한 번 즐겁게 웃고 말했다.

"처음 그 과일이 나왔을 때 아무도 살 생각을 안 했습니다. 당연한 것이 모양도 볼품없고 맛도 시고 떫었으니까요."

"잠깐!"

난 이스튼의 말을 끊었다.

"저도 그거 한번 먹어봤는데 지금도 그 맛을 잊지 못할 정도로 맛이 좋았다고 기억합니다만."

"물론이죠. 그런데 뮤루는 설익었을 때 먹어야 맛있습니다. 다 익은 다음에 먹으면 그렇게 시고 떫죠. 그때 전 무루의 맛을 보고는 순간 영감이 왔습니다. 이건 사실 맛있는 과일이다. 하지만 아직 덜 익어서 이럴 뿐이다라고요. 물론 저도 착각을 한 것이었죠. 뮤루를 내놓은 사람은 뮤루가 가장 맛있을 때 따서 가지고 온 것이었습니다. 그러니 그동안 숙성한 것이었죠. 사실 뮤루를 가지고 온 사람은 과일을 전문적으로 키우던 사람이 아니었답니다. 그래서 그런 실수를 한 것이죠. 아무튼 전 그 뮤루를 수매했습니다. 그런데 수매한 사람이 저 혼자더군요. 어쩌다 독점한 결과가 된 것이죠. 하하하. 그 후에 전 참 당황했습니다. 숙성하면 맛있어질 줄 알았던 뮤루가 맛이 더 고약해지면서 썩어가지 뭡니까. 나중에야 왜 그런지 알았죠. 그래서 처음 수매한 일년은 손해를 봤지만 그 후에는 엄청난 이득을 보았습니다. 하하핫. 그때의 기분이란 천국과 지옥을 왔다 갔다 한 기분이랄까요?"

젠장 도박이 따로 없잖아? 우린 이스튼의 말을 들으며 품평회장에 들어섰다. 그곳은… 별것없었다.

"저… 이스튼 씨, 우리가 너무 일찍 온 것이 아닌가요?"

이스튼은 고개를 저었다.

"아닙니다. 지금이 좋은 시간입니다. 저기 책상 보이시죠? 저기서 좌석표를 받고 아침을 먹으면 대충 시간은 맞을 겁니다."

우린 이스튼의 말대로 좌석을 배치받은 후 식당으로 가서 아침을 먹었다. 그리고 와보니 과연 품평회를 시작하기 직전임을 사회자가 알리고 있었다. 우린 좌석에 앉았다. 우리의 자리는 맨 앞줄이었는데 이스튼이 아까 밥을 먹으면서 한 말로는 우수 고객일수록 좋은 자리를 준다고 했다. 그런데 우리 자리를 보니 이스튼은 여기서 상당히 알아주는 사람인 모양이었다. 아까 좌석표를 받을 때 우리보다 먼저 온 사람이 지금 우리 뒤에 있는 것을 보면 말이다.

"시작합니다."

이스튼이 우리에게 말했다. 과연 불이 꺼지고 앞에 있던 커튼이 열리며 과일이 나오는 것이 보였다. 그리고 다시 실내가 천천히 밝아졌다. 리큠리트의 빛이 조절되는 모양이었다. 실내가 충분히 밝아지자 우리 앞에 있는 과일이 제대로 보였다. 자줏빛의 원추형 과일. 크기는 5리스 정도? 겉보기엔 제법 맛있어 보이는 과일이었다. 그런데 뭔가 빠진 듯한 게 있는데… 그게 뭐지? 우리가 과일을 보고 있을 때 사회자의 설명이 나왔다.

"이번에 새로 나온 과일은 유베나란 과일입니다. 유베나 나무에서 열리는 과일로 보시다시피 잘 익으면 이렇게 자줏빛이 납니다. 이 상태가 가장 맛이 좋을 때입니다. 우선 이 과일의 맛을 설명하자면 조금 후에 맛보실 테지만 사각거리는 느낌이 매우 좋은 과일입니다. 그리고 물이 많은 과일입니다. 신맛은 거의 없고 순수하게 단맛이 대부분인데 약간 매콤한 맛이 섞여 있어 그 맛으로 인해 더 달게 느껴집니다. 이 유베나를 가지고 오신 분은 하라스 메나클이란 분으로 메나클 과수원을 운영하시는 분입니다. 그럼, 메나클 씨의 설명을 잠시 들어보도록 하겠습니다."

사회자가 물러나고 약간 마른 듯한 사람이 나왔다. 새로운 과일을 내놓는 긴장감 때문인가? 얼굴이 무척 수척해 보였고 또 매우 피곤한 기색이었다.

"아, 안녕하십니까. 전 하라스… 메나클이라고 합니다."

하라스는 좀 긴장했는지 마른침을 삼키고 계속 말했다.

"이 유베나는 그렇게 많이 자생하는 나무는 아닙니다. 아마 그래서 이렇게 맛있는 열매가 났는데도 다른 사람이 지나쳤다고 생각합니다. 하지만 전 우연히 유베나의 열매를 보았고 여러 번 시험을 거쳐 유베나 재배를 성공시킨 겁니다. 마법사와 현자들에게 물어보기도 하고 개나 쥐에게 먹여가며 독은 없는지 마약 성분은 없는지 살폈습니다. 그리고 마지막에는 제 자신이 먹어봐서 맛을 살폈습니다. 그리고 이렇게 품평회에 가지고 나온 것입니다. 그럼, 잘 부탁드립니다."

하라스의 말이 끝나자 박수가 나왔다. 이스튼이 옆에서 말해 주길 하나의 과일을 상품으로 만든 농부의 땀에 대한 것과 새로운 과일의 맛을 보여주는 감사에 대한 박수라고 한다. 흠… 농사짓는 것도 어려운 일이군. 과일 하나 재배하는 데 마법사에 현자에 스스로 시험까지 하고…….

내 앞에 지금 과일이 하나 놓여 있었다. 바로 그 유베나. 흠… 이거 먹어도 되나 몰라? 설마 이거 먹고 탈나는 것은 아니겠지?

"하하하. 란셀 씨, 처음 먹어보는 것이라 걱정되십니까?"

옆에서 이스튼이 물어왔다. 윽. 찔려……. 하지만 나도 자존심이 있지 먹어보기 겁난다는 말은 못하겠다.

"아, 아닙니다. 우선 모양부터 살피느라……."

"그런가요? 하하. 모양 좋죠. 하지만 역시 과일은 맛이 중요한 것 아님니까? 아까도 들으셨겠지만 이 과일들은 이미 여러 사람들이 검사에 검사를 거친 것입니다. 다만 우린 상품성이 있나 없나를 살펴보는 것입니다. 물론 걱정은 되시겠죠. 하긴 이미 많은 사람들이 먹고 있는 음식이라도 그걸 처음 먹는 사람은 어느 정도 걱정하고 긴장하게 되는데 이것은 이번에 처음 나온 과일이니 더 그럴 겁니다. 하지만 이것도 기회입니다. 남들이 못 먹어본 것을 처음 먹어보는 즐거움. 지금 아니면 언제 누리겠습니까? 그렇기에 다른 사람들도 다 즐겁게 먹는 것입니다."

그러고 보니 정말 다들 맛있게 먹고 있었다. 어떤 사람은 벌써 다 먹고 입맛을 다시는가 하면 어떤 사람은 조금씩 먹으며 맛을 음미하고 있었다. 그리고 죠세프나 예나, 아르티닌, 이브린, 다리온도 맛있게 먹고 있었다. 응? 그러고 보니 의리없네? 나보고 먹어보란 말도 없이 자기네만 먹어? 좋아, 먹어주지. 먹어준다. 난 유베나를 입에 가져갔다.

음… 과일의 맛은… 정말 사각사각하면서도 맛있었다. 매콤한 맛이 있다고 했는데 그건 잘 모르겠고. 아무튼 무척 단맛이었다. 깊은 맛이 없는 것이 흠이긴 하지만 끝 맛이 깔끔한 것이 장사엔 문외한인 내가 보더라도 상품 가치는 있어 보였다.

"이건 상품 가치가 없군요."

유베나의 맛을 보던 이스튼이 먹다 말고 내려놓으며 말했다.

"어째서죠? 음… 맛은 좋은데."

"맛이 좋다라… 란셀 씨는 못 느끼십니까, 이 유베나란 과일의 약점을? 유베나에는 누구나 알 수 있는 아주아주 큰 약점이 있습니다."

난 이스튼의 말을 듣고 유베나를 천천히 씹으며 음미했다. 음… 약점이라… 우선 맛은 좋으니 그건 약점이 아니고… 그럼 그건가? 아니,

확실히 그것이군.

난 이스튼의 말대로 금방 알 수가 있었다. 그건 아까 내가 뭔가 빠진 듯 느꼈던 것인데 유베나에는 특유의 향기가 없었다. 유베나라는 과일이 가질 향기만이 아니라 향기 자체가 아예 없었던 것이다. 이 정도로 단맛이 난다면 최소한 단내라도 나야 할 텐데 그것조차 없었던 것이다.

"향기가 없군요."

"맞습니다. 과일을 평가하는 데 향기는 과일의 맛과 함께 가장 중요한 요인입니다. 그렇기 때문에 이 유베나는 상품 가치가 없습니다."

"하지만 맛은 좋은데요? 이 정도의 맛이라면 과일 향이 없어도 사람들이 사 먹을 것 같은데요."

내 의견에 이스튼은 고개를 저었다.

"그건 란셀 말이 맞습니다. 하지만 투자에 비해 큰 이득은 없을 겁니다. 우선 다른 건 다 제쳐 두고 고급 과일이 될 수는 없습니다. 그렇다고 이 유베나가 많은 사람들이 사 먹을 수 있는 과일도 아닙니다. 아까 말을 들었듯이 유베나는 그렇게 많은 나무가 아닙니다. 그것은 생장 조건이 까다롭다는 뜻이고 아무리 사람이 개량해 재배에 성공한다 해도 역시 많이 생산되지는 않을 겁니다. 그렇다면 당연히 값이 비쌀 겁니다. 고급 과일도 아니면서 값이 비싼 과일이라면 별로 매력이 없는 거죠. 그리고 제가 노리는 것은 고급 과일입니다. 그래야만 많은 이익을 볼 수가 있습니다. 새로 나온 고급 과일을 귀족이나 돈 많은 사람들에게 비싸게 팔 수가 있으니까요. 그런 점에서 이 유베나는 적어도 저에게는 매력이 없는 과일입니다."

그런가? 난 생각도 못했는데. 역시 내가 상인이 아닌 게 다행이군. 그랬으면 난 쫄딱 망했을 거야.

유베나는 피언이란 상인에게 팔렸다. 다른 상인들도 이스튼과 같은 생각이었는지 유베나를 사려는 사람이 없었는데 하라스란 농부에게는 다행히도 유베나가 팔린 것이었다. 그런데 피언이 유베나를 산 이유가 재미있었다. 유베나를 다른 곳에 가져가지 않고 바로 이 피란 시에 팔 거란 것이었다. 그리고 보니 피란 시에서 새로 나온 과일 품평회를 열기는 했지만 그렇게 나온 과일이 피란 시 사람들에게 팔린 적은 없었다고 한다. 피언은 그 점을 이용한 것인데 비록 향기가 없긴 하지만 처음으로 품평회에 나온 과일을 피란 시 사람들에게 판다는 자체만으로도 장사가 될 거라는 것이었다. 그런 피언의 생각은 이스튼도 무릎을 칠 정도로 기발하고 참신한 생각이었다.

"장사를 하려면 창의력도 필요한 법이죠."

돌아가면서 이스튼이 한 말이었다.

"그럼 이젠 뭘 할까요? 시장이나 둘러보시겠습니까? 아니면… 아! 여기 제드론이란 나라는 와이번 타는 것으로 유명한 것은 알고 계시죠? 그런데 그걸 관광 상품화해서 관광객에게 와이번을 타게 해준답니다. 물론 와이번을 모는 사람이 같이 타지만 와이번을 타는 것이 어딥니까? 어떻습니까, 한번 와이번을 타고 하늘을 날아보지 않겠습니까?"

아니, 이스튼 씨. 그 무슨 엽기적인 발언이신지요. 와이번이라니. 설마 제 일행들이…

"꺄아~ 멋져요."

흠… 예나는 빼고…

"정말 좋은 생각입니다."

"아, 벌써부터 흥분되기 시작하는데요."

아르티닌과 이브린 빼고…

"여기서 이러지 말고 당장 가죠."

다리온도 빼고… 역시 죠세프, 너밖에 없…

"혼자 타는 법도 가르쳐 줍니까?"

죠, 죠세프… 너마저……. 그, 그래도 난 와이번 안 타. 못 타!

"자, 가만히 계세요. 잘못하면 공중에서 떨어질 수도 있습니다."

이, 이 사람 이름이… 까먹었다. 으… 내가 지금 와이번 위에 있다니……!

"움직이지 말라니까요. 안전 수칙 못 들으셨습니까?"

"아, 안, 안전 수, 수치, 칙이라… 뇨……."

마, 말도 안 나와.

"저기에 써 있으니까 보세요."

난 그가 말하는 곳을 보았다. 가까운 곳에 무슨 글씨가 써 있는데 읽을 수가 없었다.

"모, 못 이, 읽겠어요……."

"저 가까운 거리에 있는 글자가 안 보이신다고요? 잘 들으세요. 우리가 비록 와이번을 다스리고 와이번도 사람 말을 잘 듣지만 그건 우리 제드론 사람들에 한해서라고요. 그러니 타 지역 사람들이 자신을 타면 와이번의 성격이 매우 예민해져요. 그래서 손님처럼 몸을 심하게 떨어서 와이번을 자극하면 언제 어떻게 변할지 몰라요. 최악의 경우 타고 있는 사람들을 떨어뜨리고 그대로 잡아먹어 버립니다. 그건 눈깜짝할 사이에 일어나기 때문에 우리도 어떻게 손쓸 도리가 없어요. 물론 그렇게 사람을 잡아먹은 와이번은 곧바로 잡아서 죽이지만 그런다고 죽은 사람이 되살아나나요? 괜히 손님 때문에 저도 죽고 싶지 않단 말입니다. 그러니 가만히 좀 계세요."

그는 그렇게 말하고 와이번에 올라탔다.

"자, 날자."

그의 한마디에 와이번은 순식간에 위로 치솟아 날기 시작했다. 순간 집들이 까마득히 밑으로 보였다. 난 아찔해졌다. 그렇잖아도 가까이 가기도 싫은 와이번을 탄 데다 이 정도의 높이라니……. 그, 그래도 진정하자. 떨지 말자. 다른 사람도 아무 이상 없이 다 타는 건데 나만 이렇게 겁먹을 필요는 없어. 게다가 난 드래곤도 탔었잖아. 와이번이 아무렴 드래곤만 하겠어? 그래, 진정. 진정.

"어어. 손님, 가만히 계세요."

엉? 무슨 소리지? 난 분명…

"어어? 뭐 하는 겁니까? 그, 그만 떨어요. 정말 와이번이 미쳐 버리기라도 하면… 으악~ 와, 와이번이……."

와이번을 모는 사람이 비명을 질렀다. 그 순간 난 몸이 붕 뜨는 느낌이더니 밑으로 떨어지는 것이 느껴졌다. 그리고 난 보았다. 가까워지는 땅과 집들. 그리고 날 향해 달려드는 날카로운 이빨을 가진 와이번의 입을……. 난 순간 숨이 막혔다. 그리고 내 머리가 와이번의 입에 들어가자 난 참았던 비명이 터져 나왔다.

"으아아아악!"

"란셀, 란셀."

순간 내 몸이 흔들렸다. 난 그 흔들림에 반응하여 눈을 떴다.

"죠, 죠세프?"

난 주위를 둘러보았다. 아직 얼떨떨한 기분이었지만 여기가 우리가 묵는 여관방이란 것을 알 수 있었다.

"후우… 살았군."

난 저절로 안도의 한숨이 나왔다. 꿈을 꾼 것이었다. 너무나도 생생한 꿈을.

"란셀도 악몽을 꾸셨나요?"

난 죠세프의 질문에 정신이 번쩍 드는 느낌이었다.

"뭐? 그럼 죠세프, 너도?"

"예. 하하. 글쎄 제가 란셀을 죽이는 꿈을 꾸었지 뭡니까. 이렇게 말이죠."

순간 죠세프의 얼굴이 싸늘해지더니 죠서프는 나에게 칼을 휘둘렀다.

"으아아아앗!"

순간 누군가 날 흔들었다.

"란셀, 왜 그래요?"

난 눈을 떴다.

"죠… 세프?"

이런, 대체 뭐가 꿈이고 뭐가 현실이지? 설마 이것도 꿈인가? 방금 전의 꿈도 너무 생생했었다. 나와 죠세프가 서로 신뢰하지 않았으면 아마 난 멀리 도망가고 있을 것이었다.

"란셀, 방금 악몽을 꿔서 제가 깨웠는데 눈 한번 깜빡이는 새에 또 악몽을 꾼 건가요?"

죠세프가 어이없다는 듯이 말했다. 그런데 죠세프의 말을 들으니 내가 잠에서 깨어 죠세프와 악몽 이야기를 하는 동안에도 순간적으로 졸면서 또 악몽을 꾸고 비명을 질렀다는 말인데… 그럴 수도 있나? 난 내가 꾼 꿈이지만 이해가 가지 않았다. 난 여지껏 악몽을 꾸지 않았다.

정확히 말하자면 에레모니카와 함께할 때부터 지금까지 삼백 년이 넘는 기간 동안 악몽을 꾼 적이 없었다. 그런데 하룻밤에, 그것도 짧은 시간 차이로 악몽을 두 번이나 꾸었다는 사실이 이해가 가지 않았고 뭔가 찜찜한 기분이 들었다. 거기다 죠세프까지 악몽을 꾸었다고 했…나?

"하아… 악몽이라… 그런데 죠세프, 죠세프도 악몽을 꾸었다고 하지 않았어?"

"예, 꾸었죠. 하지만 그건 내일 얘기하죠. 기억하고 싶은 꿈이 아니니까요. 내일까지 기억에 남는다면 말해 드리죠."

좋은 방법이긴 했다. 나도 악몽을 기억하고 싶진 않으니까. 게다가 죠세프가 날 죽이는 꿈이라니… 이걸 말하면 말하는 나도 기분 나쁘지만 듣는 죠세프는 기분이 더 나쁠걸. 차라리 나도 한숨 푹 자고 잊고 싶다. 그런데 잊혀질 것 같지 않은 느낌이 드는 것은 왜일까? 그리고 지금 자면 또 악몽을 꿀 것 같아…….

난 비틀거리며 식당으로 내려갔다. 내 스스로 이렇게 일찍 일어난 적이 몇 번이었는지… 그런데 어찌 된 영문인지 식당 안에는 사람들이 많았다. 내가 내려온 시간은 아직 어둑한 새벽이었다. 피란 시에서 이 시간에는 꼭 두 부류의 사람이 있는데 시장에서 열심히 일하는 사람과 달콤한 새벽잠에 빠져 있는 사람, 이렇게 둘이라고 한다. 여관 종업원도 깨어 있기는 하지만 그들은 일하는 사람으로 쳐야 했다. 따라서 이 시간에 식당에서 죽치고 있을 사람은 없다는 뜻이었다. 어쩌다 있다 해도 손에 꼽을 정도? 그런데 지금 식당 안은 꽉 차 있었다.

"란셀, 여깁니다."

누군가 날 불렀다. 돌아보니 거기엔 이스튼이 있었다.

"어? 이스튼 씨는 상당히 일찍 일어나시는 모양이군요."

내가 묻자 이스튼은 쓴웃음을 지으며 고개를 저었다.

"아닙니다. 제가 일찍 일어나는 편이긴 하지만 이 정도로 일찍 일어나지는 않습니다."

"그럼 왜……."

"아, 글쎄, 눈만 감으면 악몽을 꾸더라니까요."

난 이스튼의 말을 듣고 흠칫했다. 내가 왜 여기에 내려왔는데……. 이런 내 생각을 아는지 모르는지 이스튼은 말을 계속했다.

"그래서 계속 악몽을 꾸니 차라리 일찍 일어나자라는 생각으로 내려온 겁니다. 그런데 훗, 사람이 많더군요. 그래서 기왕 내려온 김에 여기 있는 사람들과 이야기를 했는데 참 희한하더군요. 여기 있는 사람들 모두 악몽을 꾸고 내려온 것이라 합니다."

난 그 말을 듣고 다시 놀랐다. 이 시간에 사람이 이렇게 많은 것이 이상하긴 했지만 설마 이 사람들 전부가 악몽을 꾸고 내려온 것이라니……

"아, 란셀. 어? 이스튼 씨도 계셨네요?"

뒤에서 누군가 말을 걸어왔다. 죠세프였다. 그런데 고개를 돌려서 보니 죠세프만 있는 것이 아니라 예나와 이브린도 있었다. 그런데 아까 죠세프도 악몽을 꿨다는데 설마…

"하하하. 후우… 정말 잠을 못 자겠더라고요. 잠만 들면 계속 악몽이니… 그래서 나오는데 예나랑 이브린도 악몽 때문에 못 자겠다며 나오더라고요."

역시 저들도 악몽을… 그런데 한 사람이 안 보인다?

"그런데 음… 다리온 씨와 아울 씨는 악몽 꾸면서도 안 깨고 잘 주무시는가 보군요."

옆에서 이스튼이 물어왔다.

"글쎄요… 제가 보기엔 둘 다 악몽도 안 꾸고 잘 자는 것 같던데……."

죠세프의 대답이었다. 그런데… 아르티닌은 좀 이해가 가지만 다리온은 의외인걸?

"부럽군요. 달게 잔다는 것도 복인데 말입니다. 그건 그렇고 란셀, 지금의 상황이 좀 이상하지 않습니까? 악몽을 꾸는 것이 무슨 유행도 아닌데 이렇게 많은 사람들이 악몽을 꾸다뇨. 지금 상황을 따지니 두 가지로 보여집니다. 하나는 신의 계시. 앞으로 이곳에 큰일이 닥칠 것이란 경고지요. 또 하나는 이건 란셀의 전공과 관련된 것으로 어떤 이상한 병이나 독이나 여러 가지 요인이 사람들에게 영향을 미친 것이라고 볼 수 있습니다. 물론 제 개인적인 생각이긴 하지만 가능성은 있다고 보여집니다."

이스튼의 의견이었다. 그런데… 참 이 상황에서 별걸 다 생각하십니다. 난 그저 우연이라고 믿고 싶은데.

"하암… 그래요. 이스튼 씨 말이 맞는 것 같아요. 란셀, 우리 한번 알아보죠."

예나가 하품을 하면서 한 말이었다. 하지만 알아보긴 뭘 알아봐. 이건 우연이야. 기적 같은 우연이라고. 왜 이런 우연에 내가 나서야 하는데? 게다가 이 시간에 알아볼 수 있는 것이 있을까? 차라리 잠이나 더 자라. 저렇게 하품을 하면서 뭘 하겠다고… 아참, 잠자면 악몽을 꾸지. 그럼 차라리… 할 게 없나? 뭘 하기에도 시간이 이르군. 그럼 잠이나…

아차, 악몽.

"란셸, 어째서 당신은 제 말을 안 믿죠?"

그때 이스튼이 하는 말이 들렸다.

"이 현상은 뭔가 있습니다. 이런 건 우연으로도 있을 수 없는 겁니다."

"맞아요."

옆에서 예나가 맞장구쳤다. 그런데 어째 두 사람 다 말투가 싸늘하네.

"사람이 남보다 다른 능력을 지니고 있으면 그 능력을 여러 사람을 위해 써야 하는 것이 도리입니다. 그런데 지금 란셸은 우리를 악몽에서 구해줄 수가 있는데도 그렇게 가만히 계십니까? 란셸은 너무 이기적이군요."

이스튼의 말이 끝나자 여관에 있던 사람들이 다 일어서서 다가왔다.

"당신은 능력이 있다면서 왜 우리의 고통을 외면하지?"

"이기주의자. 당신 같은 사람은 병적인 존재야."

"이기주의자."

"이기주의자."

"세상에서 없어져야 해."

"없애 버리자."

갑자기 사람들이 거칠어지면서 내게 덤벼들었다.

"아악!"

"란셸, 란셸."

누군가 날 흔들었다. 난 순간 눈을 떴고…

"헙!"

순간 다리의 힘이 빠지면서 쓰러질 뻔했다. 다행히 뒤에서 누군가 받쳐 주었다.

"서서 잠들고 악몽까지 꾸시다니 란셀도 중증이군요."

이스튼이 날 보고 말했다. 난 잠시 어리둥절해서 주위를 둘러보았다. 주위에서 이상한 눈, 놀란 눈, 한심하게 보는 눈, 동정하는 눈 등 다양한 눈빛을 내며 사람들이 쳐다보고 있었다. 그리고 날 잡아준 사람은 죠세프였다.

"조심해야죠. 그런데 란셀, 몹시 피곤한 모양이군요?"

"하하. 악몽 때문에 잠을 설쳐서……."

휴우… 안 되겠다. 정말 무슨 일인지 알아봐야지. 우연 찾다가 내가 먼저 쓰러지겠는걸.

벌써 동이 터오고 있었다. 난 우선 여기 있는 사람들부터 살피기 시작했다. 처음엔 정말 막막했지만 그래도 말을 하다 보니 통하는 부분이 있었다. 우릴 정신이 좀 어떻게 된 사람이 아닌가? 하는 눈으로 보던 사람들도 우리와 말문을 열었다. 우리와 그들 간에는 악몽이라는 공통 분모가 있었기 때문이다. 없어도 되는데 말야.

"혹시 장사에 대한 불안감이 아닐까요? 여기는 대규모로 장사하는 사람들이 많아서 까딱하다가는 큰 손해를 입게 되니까요."

주점에 있던 어떤 사람의 말이었다. 난 고개를 저었다.

"저희 같은 경우는 여기에 편한 마음으로 온 겁니다. 그런데 그런 우리도 악몽을 꾸었지요."

그러자 사람들은 웅성거렸다. 아까부터 웅성거리긴 했지만 계속 듣고 있으니 무척 신경이 쓰였다. 잠을 잘 못 자서 신경이 날카로워진 모양이었다. 하지만 신경 쓰여도 참아야지. 나만 그런 것이 아닐 텐데 괜히 신경질 내다 저 사람들한테 한 대씩만 맞아도… 흠흠.

"란셀, 이제 잡담은 그만 하고 본격적으로 시작하죠."

죠세프가 한 말이었다. 그런데 본격적? 그럼 죠세프는 지금까지 내가 한 걸 뭐라고 생각하는 거지?

"아아, 제 말을 오해하셨군요. 여기 있는 사람들과 어느 정도 안면도 트고 친해졌으니 이제부터 왜 악몽에 집단적으로 시달리는지 공통점이 없나 찾아보자는 거죠."

이, 이런… 죠세프, 내가 지금까지 한 것이 그거란 말야.

"차라리 이러는 것이 어떻습니까?"

가만히 있던 이스튼이 말을 꺼냈다.

"아까부터 갖은 추측도 하고 여러 가지로 생각을 말했지만 그건 그저 입에서 나오는 대로 하는 말뿐입니다. 그러니 우리 이럴 것이 아니라 한번 심사숙고해서 왜 이렇게 집단으로 악몽을 꾸게 되었는지 글로 적어보는 것입니다. 그러면 거기서 공통점을 찾지 않을까요?"

이스튼의 말에 일리가 있었다. 사실 지금까지 그렇게 많은 의견이 나왔지만 기억나는 것은 없었다. 피곤한 데다 즉흥적으로 나온 말이어서 아마 말을 한 사람도 기억을 못할 것이다. 어떻게 아느냐고? 왜냐하면 내가 그러니까.

"아, 일찍 일어나셨네요."

그때였다. 누군가 우리에게 말을 걸었다. 다리온이었다.

"아, 다리온 씨군요. 안녕히 주무셨습니까? 그런데 다리온 씨는 무슨 악몽 같은 것 안 꿨습니까?"

이스튼이 다리온에게 인사하며 질문을 했다.

"악몽이요? 아뇨, 피곤했는지 푹 잤습니다. 꿈도 안 꾸고요. 다, 물론 사람은 누구나 꿈을 꿉니다. 다만 대부분 기억을 못할 뿐이죠. 그래서 꿈을 안 꾼 것으로 생각하는 겁니다. 제가 그런 경우로……."

다, 다리온… 지금은 그런 말 할 때가 아니란 말입니다.

"하지만 강렬한 꿈은 기억에 남는 것 아닙니까? 잘 때마다 기억에 남는 악몽을 꾸는 건 무슨 까닭입니까?"

누군가 다리온에게 물었다.

"건강에 이상이 있으면 그럴 수 있죠. 혹시 몸이 허약……."

난 다리온이 말을 멈추는 이유를 알았다. 방금 다리온에게 질문을 던진 사람, 저 사람 팔뚝이 내 다리보다 굵어 보였다. 저런 사람이 허약하다면 난 관을 짜야 할 거다.

"하하… 뭐, 많은 이유가 있죠. 예전의 기억이 뭔가 강렬한 인상을 받고 꿈에서 기억이 된다거나… 예지몽이거나… 그런데 왜 그런 걸 묻나요?"

난 다리온의 말에 저절로 한숨이 나왔다. 다리온은 정말 푸욱 잘 잤구나.

"여어, 잘 잤냐? 웬일이야, 란셀이 이렇게 일찍 일어나고?"

이번에 나온… 드래곤은 아르티닌이었다. 그러고 보니 아르티닌도 잘 잤겠군.

"어? 그런데 분위기가 왜 이래? 왜 이런지 아시나요, 다리온?"

"아뇨, 저도 모르겠군요."

정말 부러운 두 사람이었다. 난 자초지종을 둘에게 말해 주었다. 그러자 다리온의 얼굴이 어두워졌다.

"혹시 신탁이 아닐까요? 앞으로 이곳에 좋지 않은 일이 생길지도 모른다는 꿈일지도 모르죠. 혹시 여기에 신전이 있습니까?"

"엘렌디아 여신의 신전이 있고, 그 외에 작은 소신전으로 페튼 신과 라스틴 신의 신전이 있습니다만……."

이스튼의 답변이었다. 그런데 신전이 세 개? 소신전이라면 한두 사람 정도만 들어갈 정도의 작은 집으로 그저 간단한 기도나 기원을 하는 신전을 말했다. 하지만 소신전도 엄연한 신전인데 같은 지역에 일반 크기의 신전을 포함해 세 개나 있다는 것은 드문 일이었다. 그만큼 외부 사람들의 왕래가 많다는 뜻이기도 하고. 하긴 모든 신전이 모인 곳도 있었지. 트로핀이라고. 거기서 이스튼을 만났던 걸로 기억하는데 말야. 그러고 보니 참 우연치고는 절묘하군. 단 두 번 만났지만 이스튼과 만나는 곳에서는 꼭 신전이 두 개 이상 있군.

"설마 다리온 씨는 그 세 분의 신 중 한 분의 신께서 우리에게 내리신 경고라고 생각하십니까?"

이스튼의 질문에 다리온은 고개를 저었다.

"그게 아니기를 바랄 뿐이죠."

뭐야, 저 고갯짓은 부정의 뜻이 아니었나? 오히려 더 강한 긍정을 나타내는 셈이 되었군.

"신탁도, 신께서 예지몽을 주신 것도 아닙니다."

그때 누군가 여관문을 들어서며 말했다. 옷차림새를 보니 신관이었다. 그는 들어오자마자 그대로 바닥에 털썩 주저앉더니 숨을 헐떡거렸다.

"후우후우… 그렇잖아도 잠도 못 잤는데 막 뛰어왔더니 정말 힘들군. 흠… 그런데… 혹시 이 중에 슈만델리오라는 분 계십니까?"

난 신관이 아침부터 여관에 들어온 것이 이상했는데 이제 그 이유를 알 수 있었다. 사람을 찾는 것이었다. 신관이 직접 저렇게 뛰어와서 찾는 것을 보면 중요한 사람인 모양이었다.

그런데… 슈만델리오? 내 중간 이름과 같네? 아니지, 그게 중요한 것이 아니라 슈만델리오는 하이 엘프의 이름인데. 그럼… 혹시 하이 엘프가 여기에? 하지만 여기 하이 엘프는 없었다. 고작(?)해야 하프 엘프인 예나만 엘프의 피가 섞인 존재일까? 게다가 하이 엘프는 폴리모프도 안 하는 존재들이었다. 마법 능력으로 폴리모프는 드래곤처럼 완전한 것은 아니더라도 상당한 실력이지만 그들은 그들 자신의 외모에 자긍심을 가지기 때문에 폴리모프를 하지 않았다. 그런데 여기서 하이 엘프를 찾는다면 그건 하이 엘프의 모습을 숨길 일이 있다는 건데… 설마 하이 엘프가 사람들이 악몽을 꾸게 하는 이상한 짓을 했다는 것은 아닐 테고……

"여기 슈만델리오란 마도의사 안 계십니까? 저도 신탁받고 온 겁니다. 빨리 나오세요."

어느 정도 숨을 돌렸는지 신관이 소리쳤다. 그런데… 마도의사? 그건 나잖아?

"저… 무슨 일이신데 그러시죠?"

난 조심스레 나서며 물었다. 혹시 내가 아닐지도 모르니까.

"혹시 슈만델리오 씨입니까?"

신관이 반색하며 물어왔다.

"아… 그게… 제 중간 이름에 슈만델리오가 들어가긴 하지만……."

"그래요? 그럼 신에 대한 공경은 전혀 없으면서 단지 여자라는, 그것도 미인이라는 이유만으로 엘렌디아 여신을 섬기고 스승이 드래곤인데 마법은 간단한 것도 쓸 줄 모르고 직업이 마도의사라고 의사란 말이 들어가지만 실상 의학 상식조차 제대로 없다는 그 슈만델리오라면 제가 찾고 있는 분이 확실합니다."

…아, 왠지 이 사람이 찾는 사람이 아니고 싶어.

"그, 글쎄요… 원래… 대충 저 같기는 한데… 말이 돌다 보면 이상하게 왜곡이 되는 법이죠. 하… 하… 하……."

히, 힘 빠지는군…….

"아닐 겁니다. 이건 마나스 신께서 내리신 신탁이니 확실할 겁니다."

큭. 대체 무슨 그런 신탁이 있어? 그리고 왜, 왜 사람들이 날 쳐다보는 거야? 그리고 그 눈빛들은 뭐냐고? 흑… 나 정말 마나스 신 미워…….

"만나서 반갑습니다, 슈만델리오 씨. 전 리오라고 합니다. 그냥 리오 신관이라고 불러주십시오. 참, 여기서 이럴 것이 아니라 빨리 엘렌디아 여신의 신전으로 갑시다."

리오라고 자신을 소개한 신관이 날 잡아끌었다.

"자, 잠깐만, 왜 그러는데요? 이유나 압시다."

난 우선 버텼다. 내가 도살장 끌려가는 소도 아니고 이게 대체 뭐 하는 거지? 그런데 리오 신관은 날 보며 한심스럽다는 눈으로 말했다.

"아니, 대체 신탁이 내려졌고 그러면 그 신탁에 해당된 사람이 신전으로 가야지 왜 그러긴 왜 그러겠습니까? 신탁입니다, 신탁. 그럼 큰일이 있다는 것쯤은……."

퍽.

그때였다. 어디선가 날아온 그릇(?)에 리오가 얻어맞고 쓰러졌다.

"이 한심한… 하도 걱정이 돼서 따라왔더니 역시 내 예감이 적중했

구나. 리오 신관, 이 무슨 한심한 짓거리인가? 한 대 더 맞고 싶은가?'

리오 신관을 한 방에 쓰러지게 한 사람은… 여신관? 중년의 여신관이 서 있었다. 그녀는 내게 다가왔다.

"죄송합니다, 슈만델리오 신도님. 이 리오란 녀석, 신관이 무슨 큰 벼슬인 걸로 아는 덜떨어진 녀석이죠. 처음부터 잘 설명을 드렸어야 하는데 죄송합니다. 우선 제 소개를 하겠습니다. 전 치엠이라고 합니다. 엘렌디아 여신님의 종입니다."

치엠 신관은 고개를 숙이며 사과 겸 소개를 했다. 그런데… 지금 저 치엠 신관이 들고 있는 것이 벽돌덩이 맞지? 문에 받쳐 둘 때 이용하는 벽돌. 음… 저걸 던졌단 말이지? 저기 쓰러져 있는 리오 신관 옆에 똑같이 생긴 돌이 있는 걸 보면 확실한데… 하하. 치엠 신관… 여자가 힘도 좋다. 저건 남자도 무겁게 느끼는 건데.

"그런데 부탁이 있습니다."

갑자기 치엠 신관이 말을 했다.

"예? 아, 하시죠. 뭐, 들어줄 수 있는 것이라면 뭐든지……."

"그렇습니까? 그렇게 어려운 것은 아닙니다. 다만 원래 왜 슈만델리오 신도님을 모시려는지 자초지종을 말해야 하지만 지금 시간이 없어 가면서 말해 드릴 테니 먼저 같이 가자는 겁니다."

음…….

"아, 그러죠. 시간이 없다는 데야……."

뭐, 상관없겠지. 신전이란 곳이 사람 가두는 감옥도 아닌데 내가 너그럽게 생각해서 가줘야지. 이건 절대적으로 내가 너그러워서지 치엠 신관이 들고 있던 벽돌을 만지작거리며 말해서가 아니다. 절대로 그건 아니다. 흠흠… 그건 그렇고 무겁지도 않나? 웬만하면 벽돌 좀 내려놓지. 간다는데 왜 아직까지 들고 있는 거냐고?

"그런데 왜 신탁은 마나스 신이 내리고 가는 곳은 엘렌디아 여신의 신전입니까? 그리고 여긴 마나스 신의 신전이 없는 것으로 압니다만……."

난 가면서 치엠 신관에게 물어보았다.

"그걸 말하자면 먼저 처음부터 말해야겠군요. 하긴 어차피 해야 할 말이었지요."

치엠 신관은 우리에게 상황 설명을 했다.

"우선 여러분 모두 악몽을 꾸었을 겁니다. 그리고 여관에 있던 사람들도 악몽을 꾸었을 겁니다. 그건 단순히 그 여관에 국한된 것이 아니라 이 피란 시에 사는 사람들 모두 당한 겁니다. 이상하지 않습니까? 도시에 사는 사람이 한두 명도 아니고 수만 명인데 동시에 악몽을 꾼다는 것이 말이 된다고… 아니, 가능하다고 보십니까? 그런 가능성보다 차라리 죽은 사람이 살아날 가능성이 더 크죠. 그런데 그런 가능성 없는 일이 실제로 일어난 것입니다. 저희 신전에 마나스 신을 모시는 신관님이 계십니다. 일이 있어서 길을 떠났다가 여기 피란 시에 왔는데 마침 과일 시장이 열리는 바람에 방을 못 구해서 하루 묵게 된 건데 그분이 신탁을 받으셨습니다. 여기 피란 시에 엄청난 일이 생겼다고 말입니다. 신탁에 관한 나머지 것은 신전에 가서 그분께 들으시면 될 겁니다. 아무튼 그분께서 신탁을 받으셨고, 그 내용을 저희 신전의 대신관님께 전한 겁니다. 비록 믿는 신은 다르지만 사람을 구하자는 것이니 그분도 저희에게 말했고 우리도 그분의 말을 들은 것이죠. 그런데 그 신탁에 이 도시를 구할 사람의 이름이 나왔는데 바로 그 이름이 슈만델리오란 이름입니다. 처음에 우린 사람이 아닌 줄 알았습니다. 저희 대신관님은 신관이시기도 하지만 대학자이자 젊을 적에는 온 대륙을 여행한 분이시라 그 이름이 엘프의 이름이란 것을 아셨습니다. 그래서 처음엔 신께서 은유적인 표현으로 신탁을 내리신 것으로 알았는데 실제로 그런 이름을 가진 분이 계셨군요."

"그, 그런가요?"

거참, 들으면 들을수록 황당하네. 이거 신탁에 내 이름이 나온 것이 좋은 건지 아닌지 갈피가 안 잡히는구만.

"어쨌든 신탁에 따르면 신도님 덕분에 우리가 위험한 일을 넘길 테니 미리 감사해야겠죠?"

하… 이거 신탁에 내 이름 나온 게 별로 좋은 것 같지는 않아. 남들은 말야, 신탁에 이름 나오면 없던 능력도 신의 이름으로 생기는데 난 고생만 생길 것 같으니……

어느새 신전이었다. 역시 사람이 많이 다니는 곳에 있어서 그런지 매우 큰 신전이었다. 물론 이 신전도 단층이긴 했지만.

"여깁니다."

치엠 신관은 방문을 열며 말했다. 나와 내 일행은 방 안에 들어갔다. 거기엔 몇몇 사람들이 있었다. 한 사람은 복장으로 봐서 대신관이 틀림없는데 다른 두 사람은 잘 모르겠다. 한 사람은 귀족처럼 생긴 젊은 이인데 평범한 옷을 입었고 다른 한 사람은 완벽한(?) 농사꾼 인상의 중년 남자인데 옷은 고급이었다.

"당신이 슈만델리오 씨십니까?"

그중에 젊은 사람이 물었다.

"예, 그렇습니다."

"난 여기 피란 시의 시장인 바슬라 하켈입니다. 이쪽에 계신 신관님은 대신관이신 토페멘 대신관님이시고 제 옆에 계신 분은 피란 시 상업 길드의 길드장이신 레오 도발 씨입니다."

하… 전부 한가락씩 하는 사람들이군. 그런데 저 젊은 사람이 시장이라고? 암만 봐도 20대인데 벌써 시장이라니… 저런 사람이 시장까지 될 동안 난 대체 뭘 한 거지?

"흠흠, 이번에 슈만델리오 씨를 모시게 된 이유는 치엠 신관에게 들으셨겠지만 신탁에 의한 겁니다. 그 신탁이 경고하는 것이 이 도시 사람들이 꾸는 악몽인 것도 아실 거라고 믿습니다. 더 자세한 것을 들으셔야겠죠. 대신관님."

시장인 바슬라가 토페멘 대신관을 부르자 그는 고개를 끄덕이며 우리를 안내했던 치엠 신관에게 눈짓을 했다. 그러자 치엠 신관은 어디론가 갔다. 아마 그 마나스 신의 신관을 부르러 간 모양이었다. 그리고 얼마 지나지 않아 누군가 오는 소리가 들렸다.

"여기 로일 신관님을 모셔왔습니다."

"어머, 로일 신관님."

예나가 로일 신관을 보고 소리쳤다. 나도 로일이란 이름을 듣자 생각나는 사람이 있었다. 바로 날나리 세 천사들. 그중의 하나인 아난 천사에게 꽉 잡힌 불행한 신관. 그 로일?

"아하하하, 안녕하셨나요? 란셀? 예나? 아, 죠세프도 있었군요."

우리를 보며, 아니, 정확히 날 보며 쭈뼛거리며 인사하는 로일. 흠… 보통 저런 태도는 뭔가 켕기는 일이 있는 사람이 하는 행동이지? 그러고 보니 확실히 켕겨야 할 부분이 있지.

"오랜만이군요, 로일 신관님. 그런데 신탁을 받으신 분이 로일 신관님이신가요?"

"아… 예… 그렇죠. 하하하."

"그러시군요. 그런데 로일 신관님 정도 되시는 분이 고작 신탁이나 받는다는 겁니까? 제가 알기론 직접 신께 말을 받는 위치로 아는데요."

지금 내가 로일을 신관이라고 부르지만 실제로 그는 신의 사도, 즉 천사였다. 대체 신탁받는 천사가 어디 있어? 오히려 신의 뜻을 신탁이라는 형식으로 전해주지. 그렇게 따지면 로일이 받았다는 신탁, 그건 바로 로일의 말이었다. 그런데 그 말에 뭐? 단지 여자라는, 그것도 미인이라는 이유만으로 엘렌디아 여신을 섬기고 스승이 드래곤인데 마법은 쓸 줄 모르고 직업이 마도의사라고 의사란 말이 들어가지만 실상 의학 상식조차 제대로 없어? 뭐, 틀린 건 아니지만… 그래도 너무하잖아.

"하하하… 그, 그런가요? 하하하. 제가 워낙 과거를 그리워하다 보니……."

"그런가요? 그런데 한 가지 궁금한 게 있는데, 여기 신관님들이 날 찾던 조건은 로일 신관님께서 말하신 겁니까?"

"아참, 그전에 저도 궁금한 것이 하나 있습니다. 제가 아난 천사의 인도로 마나스 신의 밑으로 들어갈 수 있었던 것이 란셀 씨의 공이라는데 사실입니까?"

"…하하하. 그런데 로일 신관님, 많이 변하셨군요."

"사람이란 환경이 중요하다는 것을 절실히 깨달았답니다."

하아… 악몽 때문에 일진이 안 좋은 거냐… 아니면 일진이 안 좋으려고 악몽을 꾼 거냐… 달걀이냐 계란이냐……

난 한숨을 쉬며 고개를 들었는데…

"어? 왜 그러십니까?"

대신관을 비롯하여 치엠 신관과 리오 신관 모두 무릎을 꿇고 있었다. 난 그것에 잠시 놀라서 물었지만 곧 그 이유를 알 수 있었다. 바로 로일 신관 때문이었다. 믿는 신이 다르긴 해도 그들은 서로를 존중해 주고 인정하는 신이고 신관이었다. 그러니 비록 로일 신관이 마나스의 신관이라고 해도 신탁이 아닌 직접 신의 말을 듣는 위치라면 그에 따른 예를 갖추어야 하는 것이었다. 신의 말을 직접 듣는다면 그건 대신관조차도 감히 함부로 못 바라보는 지고한 위치였기 때문이다. 쩝, 난 또 나한테 무릎을 꿇은 줄 알았는데. 허망해라……

우린 신전에서 나왔다. 그런데 아직도 시장이 한 말이 귓가에 울렸다.

"모든 것은 슈만델리오, 아니, 란셀 네르반 씨에게 맡기겠습니다. 부탁드립니다."

으아… 나한테 뭘 바라는 거야. 난 시장과 다른 사람들의 눈빛을 보았다. 비록 신탁을 받아서 날 찾았지만 그래도 어딘지 날 불신하는 듯한 눈빛. 하지만 로일 신관의 실체를 알고 나서는 날 완전히 신임하는 눈빛으로 바뀌었다. 덕분에 일을 떠맡게 되었다. 아아, 귀찮게 됐어. 같은 일을 해도 내가 스스로 하는 것과 남이 시켜서 하는 것은 다른 것이다. 나도 처음엔 많은 사람들이 악동에 시달리는 이유를 알아보려고 했지만 이렇게 명령에 가까운 부탁을 받고 보니 갑자기 하기가 싫어졌다. 그래도 하긴 해야겠는데… 한숨 자고 할까? 앗! 아니지. 또 악몽 꿀라.

난 이렇게 생각했다. 악몽을 꾼다. 그런데 사람이 이유없이 악몽을 꿀 리는 없었다. 그래서 그때 생각하기를 무서운 일이 생길 것을 경고한 신탁이라고도 생각했지만 그 신탁(?)은 오히려 나에게 그 일을 해결하라는 것이었다. 그렇다면 일이 생기기 때문에 악몽을 꾸는 것이 아니라 악몽 때문에 일이 생긴다는 것이었다.

그 일이라는 것은 생각하면 여러 가지가 될 수 있는데 너무 현실적인 악몽을 꾸어서 현실과 꿈을 혼동하는 경우, 이런 경우 다른 사람이 자신을 죽이려는 꿈을 꾸다 깬 후 자신을 방어하기 위해 꿈에서 나온 사람을 죽이는 사태가 생길 수도 있었다. 아니면 무서운 곳에서 탈출한다는 것이 실제로 창밖으로 뛰어내려 죽을 수도 있고. 다행히 여긴 단층 건물만이라 죽지는 않을 테니 다행이었다. 또 이런 경우도 있을 것이다, 악몽으로 인해 잠을 설치고 설쳐서 신경이 매우 날카로워졌을 경우. 아무것도 아닌 일에 살인도 일어날 수 있는 경우다. 아니면 악몽을 예지몽이라고 착각해서 괜히 남을 의심하고 경계하는 경우. 이 경우에도 과민 반응이 일어날 수 있었다.

아무튼 어떤 일이든 일어날 확률이 크기는 했다. 그런데 악몽은 왜 꾸는 것일까? 보통 사람의 불안한 심리나 예지몽 같은 경우도 아닌데 이렇게 많은 사람들이 집단으로 꿀 때는 저주를 먼저 생각해야 한다. 누군가 악의적인 생각으로 악몽을 꾸게 하는 것은 사람 괴롭히는 가장 보편적인 방법의 하나였다. 하지만 도시 사람 전체를 그런 저주에 건다? 그럴 바에야 차라리 다른 방법을 쓰는 것이 나을 것이다. 저주는 기본이 일대일 마법이기 때문에 이 많은 사람들에게 다 건다면 그건 상당한 실력의 마법사란 뜻이었다. 그 정도의 마법사면 더 편하면서도 효과적인 방법이 있을 테니 굳이 저주를 안 걸어도 되는 것이다. 물론 그것도 여기 사람들이 그런 마법사의 심기를 거슬릴 일을 했다는 가정 하에서지만… 하지만 이렇게 많은 사람들이 오가는 곳에서는 불가능한 일이었다.

그렇다면 남은 하나는 어떤 약물에 의한 것이다. 아니, 또 하나. 마나 이상에 의한 것이 있긴 하다. 마나의 흐름이 무슨 이유에서인지 사람의 뇌에 영향을 미칠 경우. 하지만 그런 희귀한 현상이 이 많은 사람들에게 다 나타난다는 것은 불가능한 일이었다. 그렇다면 우선 약물 중독을 의심하는 것이 가장 빠를 것 같다는 생각이 들었다. 특히 이 제드론이란 나라는 식수를 요쿤 강에서 얻었다. 강의 물줄기를 끌어와 정화시켜서 마시는데 누군가 요쿤 강에서 끌어온 물줄기에 약을 탔을 가능성이 있었다.

"글쎄요… 물에 대한 정화는 확실히 하는데……."

내 말을 듣고 치엠 신관이 한 말이었다. 치엠 신관의 말로는 강에서 끌어온 물을 재와 모래를 섞은 필터에서 한번 거르고 마법으로 정화를 시킨 후 다시 신성력으로 정화시킨다는 것이었다. 이 도시 사람들 전체가 마시는 물을 그런 식으로 정화하다니… 상업 도시라 그런지 돈도 많았다.

"하지만 그런 것들도 못 잡아내는 약물이 없으리란 보장은 없죠. 우선 시장님께 이 도시와 무슨 원한을 가질 만한 사람이 있나 알아봐 주지 않겠습니까? 그리고 저희는 저희대로 조사를 하죠."

말을 전하려고 간 사람은 리오 신관이었다. 치엠 신관은 남아서 우릴 돕겠다고 했다.

"그럼 물줄기를 한번 따라가 보죠."

내 제안에 우린 강에서부터 물줄기를 따라가며 살피기 시작했다. 아니, 물줄기는 구경도 못했다. 그 물줄기란 것이 커다란 관이었다. 강에서부터 시작한 그 관은 모두 12개였는데 각각 집수장에 와서 정화 처리가 된다는 것이었다. 그리고 그 물은 다시 저수조로 가는데 두 개의 저수조가 있어서 양쪽을 번갈아가며 쓴다고 했다. 저수조가 두 개 있는 이유는 새 물과 쓰던 물이 섞이지 않게 하기 위해서라고 했다.

"이거, 어떻게 외부 사람이 접근할 구석이 없군요."

난 집수장을 살펴보고 말했다. 집수장에는 와이번을 탄 병사들이 철통같이 지키고 있었고 물을 끌어오는 관은 강철로 만들어진 강관이었다.

"그럼 약물에 의한 것이 아니었나?"

"아뇨, 맞을 겁니다."

내가 중얼거리는 소리를 들었는지 다리온이 말했다.

"다만 우리가 잘못 짚은 것 같군요. 사람이 약물을 먹게 되는 방법은 매우 많습니다. 물은 그중의 하나일 뿐이죠."

흠… 다리온의 말이 맞기는 한데 머리는 더 복잡해지는군. 다리온 말대로 약물을 먹는 방법은 많은데 그중에 어느 것이냐가 문제였다.

"그런데 방법이야 많지만 많은 사람들이 동시에 마실 수 있는 방법은 그리 많지 않다고 보는데요."

옆에서 예나가 말했다. 난 예나의 말을 듣고 문득 생각난 것이 있었다.

"치엠 신관님, 혹시 피란 시에서는 술을 다른 도시에서 사 옵니까? 아니면 양조장이 있습니까?"

"그야 물론 양조장이 있습니다. 과일 시장이 있다 보니 과일주도 따라 생겨서 말이에요. 그리고 여기 사람들 대부분이 이곳 특산의 과일주인 폴로라를 좋아하기 때문에 다른 곳에서는 별로 사 오지 않는 것으로 압니다."

난 속으로 만세를 불렀다. 폴로라는 여러 가지 과일을 섞어서 만드는 과일주였다. 그렇다면 그렇게 많은 과일이 섞여 발효되는 과정에서 이상 성분이 생성될 수도 있었다. 특히 폴토라는 일정한 종류와 수량으로 만드는 것이 아니라 그해 과일 시장에서 판매되는 과일 중 팔고 남은 것으로 만들기 때문에 해마다 재료가 달라졌다. 그래서 폴로라는 연도를 무척 중요시했다. 과일 궁합이 잘 맞으면 명주가 나오고, 아니면 별 볼일 없는 술이 나오기 때문이었다. 아무튼 그런 제작 특성으로 작년에 없었던 일이 올해 일어나도 이상할 것은 없었다.

"좋습니다. 그럼 그 양조장으로 가보죠. 치엠 신관님, 길을 아시면 부탁드립니다."

"예, 좋습니다."

치엠 신관은 고개를 끄덕였다. 그리고 손가락을 꼽기 시작했다.

"에… 모두 일곱인데… 날 빼니까 여섯. 한 명은 나랑 타고… 그럼 여섯 마리 지원받으면 되겠군."

난 치엠 신관이 중얼거리는 소리를 듣고 순간 불안해졌다.

"저… 치엠 신관님, 지금 뭘 계산하시는 겁니까?"

"예, 여기서 양조장은 좀 멀거든요. 그래서 와이번을 타고 가려고 합니다. 와이번을 타면 순식간에 가니까요."

케엑! 뭐, 뭐라고? 와이번? 안 돼. 안 돼! 대체 와이번을 타라니… 난 죽어도 못 타!

"저, 치엠 신관님."

"왜 그러시죠? 음… 내가 조종하고 그 뒤에 누구를 태울까……."

"아니, 와이번은 안 부릅니다."

"예?"

내 말에 치엠 신관은 놀라서 날 바라보았다.

"지금 뭐라고 하셨나요?"

"와이번은 안 타겠습니다."

내 말에 치엠 신관은 좀 난처한 얼굴을 했다.

"하지만 여긴 말을 타고 다니기엔 좀 복잡합니다. 그렇다면 걸어가는 건데……."

"아닙니다. 오히려 와이번을 타고 가면 주위의 것들을 살필 수가 없습니다. 지금은 모든 것을 의심하고 살펴야 할 때입니다."

내 말에 다른 사람들도 납득한 표정을 지었다. 휴우… 와이번 안 타도 되겠군.

"슈만델리오… 아니, 란셀 신도님, 정말 살피며 가긴 가는 겁니까?"

치엠 신관이 지친 기색으로 물었다.

"아… 그게… 볼 게 없군요……."

아니, 작다고 알려진 제드론의 일개 시가 왜 이리 크냐고. 두 시간을 넘게 걸었는데도 아직 양조장이 안 나오다니… 다, 다리 아파… 하지만 난 후회하지 않았다. 와이번을 타느니 차라리 삼 박 사 일을 걸어가겠다. 비록…

"에이, 와이번 타고 갔으면 얼마나 신나게 빨리 가. 대체 왜 걸어가자는 건지……."

"가면서 살핀다잖아."

"하지만 뭘 살핀 거나 있어? 줄기차게 걸었지."

"하긴 그래. 아… 그리운 와이번. 여기서 못 타면 다른 곳에서는 탈 기회도 없는데……."

이렇게 말이 나왔지만… 이런 건 나이로 밀어붙이자. 나 삼백 살 넘었어.

"저깁니다."

치엠 신관이 어떤 건물을 가리켰다. 옆으로 긴 건물. 우린 급히 그곳으로 다가갔다. 가까이 가면서 느껴지는 짙은 술 냄새. 머리가 다 어질했다. 그런데 양조장으로 가던 난 한 가지 생각이 떠올랐다.

"그런데 치엠 신관님, 궁금한 것이 있는데요."

"예, 물어보세요."

"저… 혹시 아이들도 악몽을 꾸나요? 그러니까… 아직 어린 아이들요."

"물론입니다. 그래서 더 문제죠. 아직 정신력이 약한 아이들이라 그 정신적인 피해는 더 클 겁니다."

하아… 그랬단 말야? 난 조용히 일행들에게 말했다.

"여기가 아닌가 봐."

설마 아이들이 술을 마실 리는 없기 때문이었다.

"저… 치엠 신관님, 남녀노소가 같이 먹는 것이 어떤 건가요?"

난 조심스럽게 물었다. 잘못 말하면 맞을 것 같은 분위기. 이럴 땐 조심하는 것이 최고다. 치엠은 화를 삭이려는지 한 번 크게 숨을 쉬고는 말했다.

"흐으으음… 글쎄요. 아마 매일 먹는 주식이겠죠. 빵이라든가……."

"아… 그럼……."

"하지만 빵의 경우는 대체로 빵집에서 사 먹습니다. 그리고 빵집마다 쓰는 밀가루도 다 다르고요."

치엠 신관의 말대로면 빵은 아니었다. 그렇다면 약물에 의한 것이 아니란 소린데…

"앗, 그렇지!"

갑자기 이브린이 소리쳤다.

"왜 그 생각을 못했지? 란셀, 과일이라면 가능하지 않을까요?"

"뭐?"

"그렇잖아요. 여긴 대규모의 과일 시장이 열리는 도시잖아요. 그렇다면 누구나 과일을 먹게 될 거라고요. 국제 교역을 하고 남은 과일이나 싼 과일들이 다 어디로 가겠어요. 그리고 보니 여기서 먹었던 수프는 모두 과일이 들어간 과일 수프였잖아요."

난 이브린의 말을 듣고 머리가 환해지는 느낌이었다. 그리고 한 가지 사실이 떠올랐다.

"치엠 신관님."

"예, 왜 그러시나요?"

"혹시 여기서 과일을 재배할 때나 팔 때 약을 뿌리지 않습니까? 썩지 말라고요."

"왜 그런… 아!"

치엠 신관은 내 말이 무엇인지 깨달은 모양이었다.

"어떤 약을 쓰는지 알아야겠네요."

"예. 특히 신약의 경우를 중점적으로 알아보시면 됩니다."

그나마 다행이었다. 한 가닥 실마리를 잡은 느낌이었다.

"자, 그럼 빨리 가서 알아보아야지요."

난 먼저 몸을 돌렸는데…

"어이, 왜 안 따라와?"

글쎄, 다른 사람들이 안 오는 것이었다. 다리온이나 치엠 신관에게는 차마 따질 수가 없어서 죠세프 등에게 들어보았는데 모두들 한 발 뒤로 물러섰다.

"란셀 혼자 가세요. 우린 여기서 와이번을 빌려 타고 갈래요. 아까 오면서 들었는데 여기 와이번을 빌려 탄 후 그냥 놓아두면 다시 제자리로 돌아간다고 하더라고요. 그래서 와이번을 빌려주는 것이겠지만."

예나가 대표로 말했다.

"무, 무슨 소리야, 같이 가야지."

"싫다니까요. 그 거리를 또 걸어가라고요? 절대 못해욧!"

이, 이런… 그렇다면 다시 이 방법을…

"아니, 그냥 가는 것이 아니라 살피면서 가는 거잖아."

"와이번 타고 가면 더 멀리까지 살필 수 있어요."

"…그, 그래? 그런데… 아! 그렇지. 죠세프, 넌 수련 안 해? 그렇게 와이번만 타고 다니면 언제 몸을 강하게 하겠어? 이렇게 걸어가는 것도 수련의 일종이라고."

난 죠세프부터 구슬리기 시작했다. 죠세프만 잘 구슬리면 예나도 따라오고 그러면 다른 사람도… 흐흐. 난 머리가 좋아.

"그건 육체 수련이 아니라 쓸데없는 중노동입니다. 와이번을 타는 것이 오히려 경험을 쌓고 담력을 기르는 데 도움이 될 거라고 생각합니다."

크흑. 죠세프 너마저… 아… 원숭이도 나무에서 떨어진다더니 나도 이런 실수를 다 하는군. …그, 그렇다고 내가 원숭이란 건 아니고.

"그러지 말고 란셀 씨도 우리와 같이 와이번을 타고 가도록 하시지요."

오히려 다리온이 날 설득하려고 했다.

"그건 내가 싫어요."

"그래요? 그럼 우리 먼저 와이번을 타고 가죠."

윽! 이건 배신이었다. 배반이다. 이럴 수가, 나만 두고… 지금 저들은 와이번을 타고 있었다. 언제 데려온 거지? 내가 얼떨떨해하는 사이그들은 와이번을 타고 날아갔다.

"란셀, 천천히 쉬엄쉬엄 오세요. 우린 먼저 갑니다."

예나의 그 말에 난 정신을 차렸다.

"정말 가네? 좋아, 나도 오기다. 와이번이 빠른지 내가 빠른지 어디해보자."

그리고…

"에고, 힘들어…….."

역시 와이번을 이기겠다는 생각은 바보 같은 생각이었어. 괜히 빨리걷다가 지치기만 했네.

난 잠시 쉬어가기로 했다. 솔직히 어디서 자고 싶었지만 잘 곳도 없고, 또 잤다가는 악몽을 꿀 테니 잘 수도 없었다. 지금도 잊혀지지 않는 어렸을 적 내 친구 중 한 명은 잠자다 악몽을 꾸면서 그만 이불에실례를 했었다. 그래서 집 밖에서 손 들고 있는 것을 놀린 적이 있는데, 내가 꾸었던 꿈이 너무 생생한 악몽이었던지라 자칫하면 내가 그 꼴날지도 모른다는 걱정도 되었다.

"하아……."

난 저절로 한숨이 나왔다. 길은 왜 이리 먼 거냐? 지금까지 여행을 걸어서 했는데 겨우 이 정도 걸었다고 피곤하다니… 잠을 못 자서인가?

"그런데… 악몽이라……."

기왕에 앉은 김에 악몽에 대해 생각해 보기로 했다. 갑자기 꾸게 된 악몽. 그것도 도시 사람들 전체가. 우선 저주 마법 때문은 아니었다. 왜냐하면 나도 깜박했던 거지만 난 저주 마법에는 걸리지 않기 때문이었다. 그렇게 생각하던 중 한 가지 이상한 생각이 들었다. 지금 내가 알기로 악몽을 꾸지 않은 사람은 두 명이었다. 한 명은 아르티닌, 그리고 나머지 한 명은 다리온. 하지만 아르티닌은 사람이 아닌 드래곤이다. 아무리 완벽한 폴리모프를 해서 인간이 되었어도 원판이 드래곤인지라 약물 따위에 악몽을 꾸지는 않는다. 하지만 다리온은 사람이었다. 그런데 어떻게 아무렇지도 않은지 이상했다. 전에는 그냥 넘어갔는데 이건 그냥 넘길 문제가 아니었다. 먹는 것도 움직인 곳도 우리와 같은데 어째서 다리온만 악몽을 꾸지 않았는지 불가사의한 일이었다.

그리고 보면 전에 황금장미로 우리가 거의 폐인이 되기 전까지 갔을 때도 다리온은 멀쩡했었다. 그 외에도 이상한 점이 한두 가지가 아니었다. 우선 내가 생각하는 것을 그대로 알아차리는 것도 이상했다. 다리온은 스스로가 많은 것을 아는 대현자이기 때문에 미루어 짐작한다지만 그게 쉬운 일은 아니었다. 그리고 마도시대의 지식도 어느 정도 알고 있었다. 그런데 그 지식들은 내가 배우긴 했지만 이미 사장된 것들이었다. 나도 카나이드란 고룡을 만났기에 배울 수 있었던 것이다. 그런 지식을 다리온은 어디서 배웠는지 궁금했다. 게다가 또… 게다가 또…

"으아~ 머리 복잡해."

난 다리온을 생각하다가 머리를 흔들었다. 대체 드래곤도 아니고 마족도 아니고 신족도 아니고… 다리온은 대체 뭐란 말인가? 드래곤이라면 아르티닌이 알아챘을 테고 마족이나 신족이라면 내가 알았을 것이다. 마족과 여행을 다니면서 놀기만 한 건 아니었다. 신? 설마…….

난 머리를 한번 흔들고 일어섰다. 지금은 다리온 문제보다 더 큰일이 있었다. 난 시장이 있던 곳을 바라보았다.

"배신자들……."

나만 두고 와이번을 타고 가다니… 난 터벅터벅 걸어가기 시작했다. 솔직히 주위의 것들, 볼 건 없었다. 흔히 보던 나무, 흔히 보던 풀, 흔히 보던 길 가는 사람…….

"어이, 젊은이."

누군가 날 불렀다. 고개를 들어보니 어떤 할아버지였는데 큰 수레에 뭔가 잔뜩 싣고 있었다.

"이것 좀 잠시 잡아주지 않겠나?"

난 수레 옆으로 갔다.

"뭘 말입니까?"

"여기 이 고삐 좀 말일세. 어려운 건 아니네. 수레바퀴의 나사가 헐렁해 조여야 해서 말야. 그런데 고삐를 놓고 하자니 이 녀석이 방해할까 봐. 이 녀석, 꽤 애교가 많다니까."

난 두말없이 고삐를 잡아주었다. 뭐 어려운 일이라고.

"그런데 이게 뭔가요?"

난 수레에 실려 있는 물건을 가리키며 말했다. 수레에는 포장이 쳐져 있어서 무엇이 들었는지 안 보였기 때문이다.

"아, 그거 말인가? 이번 품평회에서 나온 과일 있지?"

"유베나 말인가요?"

"그래, 그 유베나일세."

"어? 유베나는 팔린 것으로 아는데요?"

내 말에 노인은 껄껄대면 웃었다.

"그렇지, 팔렸지. 수많은 과일이 있는 여기서 팔았는데 하루 만에 동이 났어. 생각하면 기분이 좋구먼. 이제 우리 과수원도 형편이 피려나? 아, 난 메나클 과수원에서 일한다네. 여기 있는 건 열매가 아니라 나무야. 아, 물론 나무 전체는 아니고 가지지만. 우리만이 아니라 과일 품평회에 나오는 과일들은 대부분이 이렇게 가지째로 나온다네. 그래야만 최대한 싱싱한 채로 나올 수가 있거든. 어디 한번 보겠나?"

노인의 말에 난 좋다고 고개를 끄덕였다. 내가 고개를 끄덕이자 노인은 포장을 일부 들추었다.

"그런데 이렇게 아무에게나 보여줘도 되는 건가요?"

"허허, 뭐 과일 품평회도 끝났으니까. 이젠 이 나무를 선전할 때가 아닌가?"

난 노인의 말을 듣고 이스튼이 한 말을 떠올렸다. 유베나가 상품성이 없다는 말을. 이번에 유베나가 팔린 것도 단순히 틈새를 비집고 들어간 것이 아닌가? 하지만 난 그 말을 할 수 없었다.

"자, 보게."

난 노인이 보여주는 나뭇가지를 보았다. 약간 붉은 기가 도는 나무껍질에 푸른빛이 도는 마름모꼴 무늬. 이건…

"저… 이게 유베나 나무인가요?"

난 노인에게 다시 한 번 확인해 보았다.

"그럼, 이게 유베나야. 허허. 생기 건 이래도 여기서 열린 과일은 맛있지."

난 잠시 심호흡을 하고 가지가 잘린 부분을 보았다. 거기엔 별 모양으로 시작된 나이테가 있었다.

"흐음… 저, 이 유베나가 어디서 자라던가요?"

"그거? 그러니까… 그늘진 곳에서 자라지. 서늘하고 습기도 많고, 아무튼 좀 까다로워서 재배하는 데 애를 먹었다니까."

난 노인의 말을 듣고 어리둥절했다. 그늘진 곳? 서늘한 곳? 그리고 습기가 많은 곳? 이건 유베나가 아니었다. 아니, 지금은 유베나라고 부르겠지만 원래 이 나무의 이름은 휠겐 나무였다. 휠겐 나무의 가장 큰 특징은 바로 이 나이테에 있었다. 무슨 이유에서인지 휠겐 나무의 나이테는 별 모양에서 시작이 되었다. 나중에 크면서 점차 원형이 되기는 했지만 휠겐 나무의 나이테가 완전히 원형이 되려면 200년이란 세월이 필요했다.

그런데 휠겐 나무는 거친 황무지에서 자라는 나무였다. 건조하고 강한 햇볕이 내리쬐는 무더운 곳에서 자라는 나무. 그런데 노인의 말은 그것과는 완전 반대였다. 아무리 세상에 우연이 많다지만 이렇게 똑같이 생긴 나무가 완전히 반대되는 환경에서 자라는 것이 가능할까? 내 생각은 절대 아니라는 것이었다. 이건 분명 휠겐 나무. 무슨 사정에서인지 여기로 씨인지 묘목인지 모르지만 아무튼 흘러왔고 전혀 다른 환경에서 적응하며 살게 된 것일 것이다. 난 거기까지 생각이 미치자 갑자기 속이 메스꺼워졌다. 내가 먹은 열매, 그 유베나란 열매, 유베나 나무가 휠겐 나무라면 그 열매는… 난 그만 구역질을 했다.

"우억, 우억!"

"어허, 이런이런, 속이 안 좋은 게로군. 쯧쯧, 음식을 잘못 먹은 모양이야."

노인은 내 등을 두들겨 주었다. 그래, 잘못 먹었지. 한참 잘못 먹었어. 아구구~ 생각할수록 속 뒤집혀… 그나마 뒤에서 등을 두드려 주니 좀 낫네.

"그만 해라, 그러다 다치겠다."

노인의 말이 들렸다. 응? 그런데 누구에게 하는 말이지? 여긴 나와 노인밖에는 없는데……. 난 고개를 돌렸다. 그런데 거기에는…

"와, 와이… 번……."

"그렇네. 내 귀염둥이지. 너무 귀염둥이라 애교가 많아. 그래서 아까 자네에게 고삐 좀 잡아달라고 했었지. 가만두면 애교 부리느라 내 일을 방해할 테니 말일세."

"그, 그럼 그 고삐가……."

"이 녀석이라네. 귀엽지?"

하아… 그, 그럼… 내 등을 두들겨 준 게 이 와이번이란 거야?

난 얼이 빠졌다. 와이번이… 와이번이…….

"왜 그러나? 내 와이번이 귀엽지 않나?"

"아… 그, 그게……."

대체 내 코앞에 와이번이 있는데 무슨 소리를 하라는 거야!

"이런… 내 와이번을 무시하다니……."

갑자기 노인의 차가운 음성이 들렸다.

"아, 아니… 그, 그게……."

"흥, 변명 마라. 정말 버릇없는 놈이군. 애야, 이 녀석이 너를 무시했다. 혼 좀 내줘라."

크워어어!

노인이 말하자 와이번이 이빨을 드러내고 덤벼들었다.

"으, 으악……!"

난 벌떡 일어났다. 이, 이런, 또 꿈을 꿨군. 대체 언제 잔 거지?

"호오, 일어났는가? 이런, 세상에. 와이번 보고 놀라서 기절하다니……. 우리 제드론이 아닌 다른 곳에서는 와이번이 흉포한 몬스터이긴 하지만 그래도 와이번을 보고 기절한 사람은 못 들어봤는데. 여기 와이번처럼 순한 녀석을 보고 기절하다니 기록에 남겨야겠어."

에구, 기록에 남기든 말든 그건 내 알 바가 아니지만 이건 확실히 해야겠군.

"저, 그런데 할아버지는 악몽을 꾼 적이 없나요?"

"악몽? 꾸었지. 많이 꾸었어. 그것도 아주 생생한 악몽이었어. 아마 유베나를 선보이는 중압감과 긴장 때문이었을 게야. 그러고 보니 여기 사람들도 악몽을 꾸었다며? 악몽도 전염이 되나?"

헤에… 의외로 악몽에 덤덤하네? 내가 생각하기에 가장 오래 악몽을 꾸었을 사람 중 한 명인데. 아니다, 지금은 감탄할 때가 아니지.

"흠… 그건 그렇고 할아버지, 할아버지는 저 유베나가 열매를 못 맺는 나무란 것을 알고 계신가요?"

내 말에 노인은 무슨 소리냐는 표정을 지었다.

"자넨 유베나를 먹지 않았나? 아, 어쩌면 못 먹었을 수도 있겠군. 여기 피란 시에서 단 하루 만에 팔린 과일이니……."

"먹었습니다. 제가 아는 사람이 대상인이라서 품평회에서 직접 먹었습니다. 하지만 유베나란 나무가 저것이었다는 것을 알았다면 절대로 안 먹었을 겁니다."

그러자 노인은 의문스러운 표정이었다.

"할아버지는 나무에 대해 잘 아시죠?"

"그럼, 내 직업인걸. 내가 이래 봬도 메나클 과수원의 수석……."

"아, 예. 척 봐도 그렇게 보입니다. 그럼 저 나무의 잘린 면을 잘 봐 주세요. 그리고 한 가지 물어볼 것이 있어요. 저 유베나 나무는 어떤 환경에서 자라야 정상인가요?"

"무슨 뜻인가?"

"그러니까, 지금 유베나 나무는 습하고 서늘한 음지에서 자란다고 하셨는데 다시 한 번 확인해 보시고……."

"그만 됐네."

노인은 내 말을 끊고 한숨을 쉬며 말했다.

"자네는 정말 이 유베나 나무에 대해 아는 모양이군. 나도 저 나무가 어떤 나무인지는 모른다네. 다만 아까 말한 그 환경에서 소량의 나무가 자란다는 사실 외에는. 그러다 우연히 유베나 열매를 보았고 우린 유베나를 대량 재배하기로 했지. 그런데 말일세, 자네가 안다니 하는 말인데 난 저 나무를 면밀히 살피고는 놀랐다네. 저 나무는 여기서 살 나무가 아니었어. 아니, 지금 자라는 곳과는 정반대인 덥고 건조하고 햇볕이 강한 그런 곳에서 자라는 식물이었네. 적어도 내가 판단하기로는 그랬지. 내가 아는 것은 여기까지이네. 그럼 자네의 말을 듣고 싶군. 유베나 나무는 열매가 안 열린다? 자네는 유베나에 대해 잘 아는 것 같군. 그럼 우리가 판 과일은 뭐지?"

뭐긴, 내가 토할 물건이지.

"결론부터 말하죠. 벌레 집입니다."

"뭐, 뭣! 벌레 집?"

"예, 유베나에 기생하는 호졸 좀파리란 녀석이 있습니다. 그 녀석이 유베나에 알을 낳으면 그 부분에 이상 작용이 일어나 크게 부풉니다. 나무의 진액과 알을 둘러싼 액체가 서로 반응하고 발효해서 크게 부풀어 오르는 겁니다."

순간 노인의 얼굴이 굳어졌다.

"그, 그럼 자네 말은……."

"예. 벌레의 알집을 열매로 착각한 거죠."

"하지만 그 씹히는 감각이나 맛을 보게. 어떻게 벌레 알집이라고 할 수 있겠나?"

"단맛은 나무 진액이 발효하면서 생긴 겁니다. 씹히는 감각은… 과일의 씹히는 감각이란 것은 딱히 정해진 것이 없죠. 과일에도 단단한 것에서부터 물렁거리는 것까지 많으니까요. 오히려 유베나는 신맛도 없었고 향도 없었죠. 그리고 또 한 가지, 유베나엔 씨가 없었습니다."

내 말을 들은 노인의 얼굴이 살짝 일그러졌다.

"그런가? 자네는 자네 말에 책임을 질 수 있나?"

"예? 물론입니다. 또 한 가지, 지금 도시 사람 전체가 악몽을 꾸었다는 것은 아시죠? 그것도 매우 생생한 악몽이었죠. 할아버지처럼 그냥 무덤덤히 넘어가는 사람도 있지만 자칫하다가는 꿈과 현실을 구별 못해 큰일이 벌어질 수도 있습니다. 그런 악몽의 원인이 바로 유베나입니다."

노인은 내 말에 놀라는 눈치였다.

"아까 말한 발효 과정에서 앙큐나란 물질이 나오는데 그 물질이 악몽을 꾸게 합니다."

"그, 그런… 정말 자네의 말에 책임을 질 수 있나?"

"다시 말하지만 물론입니다."

난 자신있게 대답했다. 문제가 있다면 유베나, 아니, 휠겐 나무는 원체 거친 환경에서 강하게 자란 터라 영 다른 환경에서도 적응했다고 치자. 그럼 호졸 좀파리도 적응을 한 건가? 대체 그 추운 겨울을 어떻게 견딘 거지?

지금 신전에는 여러 사람들이 둘러앉아 있었다. 감히 날 버리고 먼저 와이번을 타고 간 괘씸한 일행들과 시장, 신관 등의 기타 사람들. 그들은 지금 내 말을 듣고 있었다.

"정말 하늘이 도왔군요."

"그러게 제가 걸어가자고 한 것은 이런 깊은 뜻이 있어서였죠."

난 치엠 신관의 말에 자랑스럽게 대답했다.

"그러면 어떻게 치료를 하면 됩니까?"

시장인 바슬라가 물었다. 음… 내 말이 씹혔군. 이런.

"근본적인 치료법은 없습니다. 그저 약 기운(?)이 떨어질 때까지 기다리는 거죠."

"뭐욧!"

바슬라는 화를 냈다.

"내가 당신에게 부탁한 것은 단순히 악몽을 꾸는 원인만 알려달라는 것이 아니었소. 그 치료법도 함께 원했던 거요. 그런데 약 기운이 떨어질 때까지 기다려? 그런 말은 어린애라도 할 수 있겠다."

어어? 그러다 사람 치겠네.

"아, 진정하시고. 내 말을 오해하신 모양인데 내 말은 근본적인 치료가 어렵다는 거죠. 다만 유베나의 약 기운이 빨리 떨어지게는 할 수 있다는 말입니다. 뭐, 약 기운을 빨리 없어지게 하는 것과 약으로 사라지게 하는 것과는 비슷해 보이지만 근본적으로 차이가 있어서 그렇게 말한 것뿐이죠."

내 말에 바슬라는 화를 가라앉혔다. 허어… 바슬라, 보기와는 다르게 상당한 다혈질이구만.

난 약을 만들기 시작했다. 우선 유베나 나무, 그건 노인이 가지고 있어서 간단히 해결되었다. 그 다음엔 코겐 잎과 탈라트 뿌리… 흠… 이것도 간단히 구했군. 음… 그런데… 베논 뿌리? 이건…

"왜 그러십니까?"

"음… 저, 치엠 신관님, 여기서 가장 가까운 온천이 어딥니까?"

베논은 온천 지역에서만 자라는 식물이었다.

"아… 여기는 화산 지대가 아니라서 온천이 없는데요… 게다가 이 근방에 온천이 있는 곳도…….."

치엠 신관은 말끝을 흐렸다. 난 다른 사람들을 둘러보았다. 그들 모두 고개를 저었다. 그럼 약 만들기는 물 건너간 것이로군. 잘됐지 뭐. 그거 만들려면 계속 옆에서 지켜봐야 하고 또 다 만든 약은 얼마나 쓴데. 차라리 악몽을 꾸자. 뭐, 한 열흘 고생하면… 음… 온천을 찾아보자.

"저… 온천이란 것이 뜨거운 물이 나오는 것 아닙니까?"

말을 건넨 사람은 하라스 메나클이었다.

"제가 유베나의 열매를 발견했을 때 그 주위에서 뜨거운 물이 흐르는 것을 목격했습니다. 그래서 그것에 착안해 유베나를 재배한 것이죠."

메나클이 유베나를 재배할 때 뜨거운 물이 근처에 있었다는 것은 알았지만 그 양이 매우 적었다고 한다. 그래서 유베나를 여러 가지로 재배한 결과 뜨거운 물을 주는 것이 아니라 주변을 덥게 해주면 된다는 것을 알고 투명한 유리로 지은 집에 유베나를 기르고 항상 유리 집 안에 불을 피웠다고 했다.

"제가 열매가 열린 유베나를 발견한 그곳이 아마 온천이라고 생각됩니다. 그런데 그게 양도 적고 오래전의 일이라 지금은 사라졌을지도 모릅니다."

우린 메나클이 말한 곳으로 달려갔다. 아니, 나만 빼고 모두 갔다. 나참, 왜 꼭 와이번을 타고 가느냔 말야. 말도 있고 소도 있고 탈 게 없나? 에효… 아무튼 온천도 온전히 있고 제대로 베논 뿌리를 캐와야 하는데…….

저녁때가 다 돼서 모두들 돌아왔다. 그리고 베논 뿌리도 함께.

"후… 거긴 무척 덥던걸요. 온천 때문인 모양이에요. 메나클 씨 걱정대로 온천이 없어진 것이 아니라 오히려 더 커졌다고 하더군요."

예나는 말을 하면서 베논 뿌리를 내놓았다. 푸른색의 금속 광택이 나는 뿌리. 이건 무기질을 비롯해서 많은 성분을 포함한 약초인데 그 성분이 너무 강해 그냥 쓰면 오히려 극독이 되는 뿌리였다. 약을 만들 때 계속 옆에서 지켜봐야 하고 맛도 쓴 것은 바로 이 베논 뿌리 때문이었다.

"어제도 악몽을 꿨소. 빨리 약을 만드시오."

거참, 겨우 이틀 밤 악몽 꾼 것 가지고 되게 성화네.

"약을 만드는 데는 하루가 걸려요. 우선 약재를 다듬어야죠, 분량에

맞추어야죠. 아니, 그전에 한동안 물에 담궈서 불필요한 물질을 우러내야죠. 그러려면 하루의 반은 지나갑니다. 나머지 시간은 약을 달여야 하는데 그게 또 시간이 많이 들죠."

"아, 알았으니까 빨리 만드시오."

시장은 그 말을 남기고 나갔다.

지금 여긴 다른 사람들이 베논 뿌리를 찾으러 간 사이 신전 안의 주방에 마련한 약재실이었다. 시장이 나가자 다른 사람들도 나갔고 남은 건 죠세프를 비롯한 우리 일행과 치엠 신관뿐이었다. 난 치엠 신관도 나가길 요구했지만 피란 시 대표로 있어야 한다나? 내가 볼 때는 그런 말도 안 되는 의무감 때문이 아니라 호기심 때문인 것 같은데.

"시장님이나 다른 분들이 걱정하는 것은 사람이 아닙니다. 와이번이 악몽을 꾸고 꿈과 현실을 혼동해서 난동을 부릴까 걱정이 돼서죠. 꿈은 사람만 꾸는 것이 아니라 동물도 꾸니까요. 지금 꾸는 악몽이 얼마나 생생한지 아시죠? 이성적인 사고를 가진 사람도 현실과 혼동하는데 와이번은 어떻겠어요?"

같이 약제를 다듬으며 치엠 신관이 한 말이었다.

"그거라면 걱정 마세요. 유베나는 사람에게만 영향을 미치니까. 혹시 모르죠, 사람과 혼혈인 하프 와이번이라면 또 모르겠지만 그건 불가능하죠?"

난 치엠 신관을 안심시켰다.

"그런데 한 가지 궁금한 것이 있어요."

"뭔가요?"

"왜 우린 여기서 약재를 다듬고 란셀 신도님은 거기서 앉아만 계시는 거지요?"

아. 하. 하. 하. 벼, 별걸 다 따지십니다…….

"그, 그야, 그걸 제가 다 할 수는 없는 노릇입니다. 그랬다가는 시간이 너무 걸리니까요. 그래서 시간을 단축해야 하는데 그 방법이 여러 사람이 각자 일을 나누어 하는 것이죠. 하지만 거기에는 문제가 있죠. 처음 하는 생소한 일이라는 것. 따라서 일을 지도, 감독하는 사람이 필요한데 그걸 하려면 그 일에 대해 알아야 하지 않겠습니까? 바로 저 같은 사람이 말입니다. 그런데 제가 일을 한다고 해봅시다. 그럼 다른 사람들을 못 보살펴 주죠. 아시겠습니까?"

치엠 신관은 내 말을 납득한 듯 고개를 끄덕이고는 계속 일을 했다. 다른 사람들? 한숨을 쉬며 고개를 저었다. 이런, 나에 대해 너무 잘 아는군…….

약은 다 만들었다. 시장이나 대신관 등 다른 사람들 말로는 도시 사람 전체라고 했는데… 그건 지금 찬찬히 생각하니 절대적으로 불가능한 일이었다. 피란 시에 있는 사람 수가 얼만데… 하지만 상당히 많은 사람들이 유베나를 먹은 것은 사실이었다. 특히 피란 시의 상류층에 속한 사람은 대부분 유베나를 먹었던 것이다. 그래서 시장이 저렇게 나선 것이었다. 그건 약을 만들 때 치엠 신관이 알려준 것이었다.

나는 은근히 부아가 났다. 어쩐지 이상하더라. 이럴 땐 응징을 가해야 하는 법이다. 그래서 난 특별히 약을 쓰게 만들었다. 아마 이 약을 한 번 먹고 나면 약이란 말만 들어도 기겁을 할걸. 큭큭큭.

"자, 다 만들었습니다."

난 약을 내놓았다. 응? 그런데 기껏 약을 만들어달라고 한 사람들의 저 불신의 표정은 뭐지?

"그런데 정말 그 약 효과가 있소?"

시장이 조심스럽게 물어왔다. 난 약간 기분이 나빠졌다. 날 뭘로 보고.

"효과있습니다. 제가 만들었으니까요. 이 약 저도 먹을 겁니다."

그 말을 하고 난 순간 내가 한 실수를 깨달았다. 어허… 이런 실수가… 이럴 수는 없는데……. 내가 실수를 깨달음과 동시에 시장의 번쩍이는 눈을 보았다. 예, 예감이 안 좋아…….

"그런가요? 그럼 먼저 드셔보십시오."

시장이 내게 말했다.

"아닙니다. 전 나중에 먹겠습니다. 우선 급한 사람들부터 먹여야죠."

"아뇨, 약을 만드느라 수고하셨는데 약을 먼저 먹을 권리까지 없다면 얼마나 억울합니까? 먼저 드시죠."

"아닙니다. 약은 필요한 사람이 먼저 먹는 것이지 권리를 찾아 먹는 것이 아닙니다."

시장은 내게 약을 먹이려고 했고 난 필사적으로 거부했다. 시장은 내 약이 못 미더워서 내게 먼저 먹게 하려는 것이고 난… 내가 먹을 약을 안 만들었다. 내가 먹을 건 좀 덜 쓰게 만들어야 하는데… 이, 이봐요, 시장. 나 먹을 약 만들어 그거 먹으면 안 될까?

"왜 자꾸 이러십니까? 약을 만든 사람이 안 먹겠다고 하면 누가 먹겠습니까? 많은 악몽에 시달리는 사람들을 위해 부디 먼저 먹어주시기 바랍니다."

모두들 날 바라보았다. 뭔가 강요하는 눈빛으로. 흑, 이런 상황에서는 어쩔 수가 없잖아.

"조, 좋습니다. 마⋯ 시죠⋯⋯."

어쩔 수 없이 약을 마셨다. 으윽⋯ 크크으⋯ 캬캬캭.

"무, 물 줘. 꾸, 꿀 줘. 단거라면 아무거나 줘. 캬악⋯⋯!"

"란셀 씨, 약이 그렇게 쓴가요?"

시장이 내 모습을 보고 놀라서 물었다. 난 그때 죠세프가 떠다 준 물을 입 안에 머금고 있어서 고개만 끄덕였다.

"정말 쓴가 보군요. 그런데 방금 단것을 찾으셨는데 단것과 같이 먹어도 약효는 변함이 없는 모양이죠?"

그러니까 내가 단걸 찾았지 별걸 다 묻네. 난 다시 고개를 끄덕였다.

"다행이군요. 그럼 우린 약에다 꿀을 타 마셔야겠습니다. 란셀 씨의 모습을 보니 그냥 마시면 크게 고생할 것 같군요."

난 시장의 말을 듣고 기절하기 일보 직전까지 갔다. 왜 난 그 생각을 못했지? 어려운 방법도 아니고 별다른 방법도 아닌 간단한 건데. 으아아아아⋯⋯!

"그렇게 들이닥친 용사에게 드래곤은 흥미를 느꼈다고 합니다. 실력도 없으면서 오직 나라를 생각하며 자신의 레어로 뛰어든 용사에게 호감이 가기도 했고요."

"아, 에⋯⋯."

아효, 아직도 입 안이 쓰다 못해 아렸다. 다리온이 뭐라고 이야기를 하지만 난 대충 맞장구치며 대답했다. 입 안이 너무 써서였다. 내가 어쩌자고 약을 그렇게 쓰게 만들어서⋯⋯.

"드래곤은 그 용사와 대화를 원했다고 합니다. 용사도 자신의 능력을 알기에 대화에 응했고요. 어느 정도 지나자 상당히 친해진 둘은 친구가 되었다고 합니다. 하지만 용사는 계속 드래곤의 레어에 있을 수가 없었죠. 나라를 위해 싸워야 했으니까요. 그때 드래곤은 친구인 용사에게 선물을 주겠다고 했답니다. 아마 뛰어난 검이나 마법 무구를 생각했겠지요. 저라도 그런 걸 요구했을 테니까요. 하지만 용사는 좀 엉뚱한 구석이 있었던 모양입니다. 그때 그 드래곤의 레어 주변엔 와이번이 많이 살았다고 합니다. 레어 문지기로 쓰이던 와이번들이지요. 그런데 용사는 그 와이번을 타고 싶어했죠. 애초 모험심도 크고 호기심도 많은 용사였는데 와이번을 타면 그만큼 자신에게 강한 전력이 될 수가 있을 테니까요. 말과 와이번. 비교가 안 되니까요. 그런데 그 드래곤도 엉뚱한 드래곤이었지요. 용사가 사는 나라의 모든 사람들이 와이번을 탈 수 있게 하겠다고 했답니다. 그 드래곤은 용사가 얼마나 자신의 나라를 사랑하는지 알고 있기 때문이었지요. 그래서 드래곤은 자신이 부리던 모든 와이번을 그 용사에게 주었다고 합니다. 그때 와이번의 숫자는 고작(?) 수천 마리뿐이었지만 삼십 년간 번식을 해서 이제 그 나라는 모든 사람이 와이번을 타고 다닌다고 하더군요."

처음 피란 시에 올 때 듣던 이야기의 후편이었다. 전편은 죠세프가 얘기했었는데… 아무튼 그렇게 모든 국민이 와이번을 다루게 되자 제드론, 아니, 그 나라는 비약적으로 강해져 다른 나라들이 침공할 생각을 못하게 되었다라는 결말의 이야기. 에이, 뻔한 이야기잖아. 하긴 와이번만 해도 일반 기사 십수 명이 달려들어야 잡는 강한 몬스터였다. 그런데 그 위에서 철갑 입은 병사가 공격까지 하면… 병사 한 명에 와이번 한 마리의 조합을 이룬 힘은 거의 정예군사 100여 명에 가까운 능력을 나타내니 제드론이 강할 수밖에 없는 것이다.

"그럼 여기서 헤어지는군요."

우리를 배웅하러 따라오던 이스튼이 작별의 말을 했다. 이스튼은 피란 시에 계속 볼일이 있어 우리와 같이 가지 못하는 것이었다.

"그럼 모두들 조심하시고 다음에 또 만나기를 바랍니다."

"예, 이스튼 씨도 몸조심하시고요. 치엠 신관님께도 안부 전해주세요."

"알겠습니다, 란셀 씨. 치엠 신관님도 일만 없었으면 같이 나왔을 텐데……."

우린 이스튼과 아쉬운 작별을 했다.

"로일 신관은 먼저 돌아갔으니 그렇다 치고 치엠 신관도 일이 생겨서 그렇다 쳐도 시장이나 다른 사람들은 너무하는군. 어떻게 작별 인사는커녕 사람 가는데 얼굴조차 안 내밀 수가 있지?"

아르티닌이 뒤에서 투덜거렸다.

"맞아요. 수고비도 없었어요. 뭐라더라… 신탁을 받은 일이라 신의 뜻을 행한 일이기 때문에 자신들이 돈을 줄 이유가 없다던가? 말도 안 돼."

예나가 맞장구치는 소리도 들렸다.

"그런데, 란셀."

옆에서 다리온이 날 불렀다.

"예. 왜 그러죠?"

"대체 메나클 씨에게 무슨 말을 했기에 다 죽어가는 듯한 얼굴이 그렇게 환해질 수 있었죠?"

"그거요? 사실 메나클 씨가 유베나를 재배할 때 많은 공을 들였죠. 돈도 많이 들고요. 사실 유베나는 메나클 과수원의 생사를 건 모험이자 마지막 희망이었거든요. 그런데 그런 유베나가 악몽을 꾸게 한다고 생각해 보세요. 그야말로 죽을 맛이었겠죠. 메나클 씨의 표정이 그랬던 것은 그런 이유에서죠."

"그럼 갑자기 환해진 이유는요?"

"그것도 유베나 덕이죠. 다리온도 봤지만 유베나의 나이테는 매우 독특하거든요. 그걸 가공하면 아주 멋진 무늬가 나오죠. 유베나를 제대로 쓰려면 이백 년은 있어야 쓸 만한 목재가 나오긴 하지만 단순히 외장 장식만 할 거면 나뭇가지로도 충분합니다. 거기에 제가 약을 만들 때 유베나의 가지를 썼었죠? 그 이유는 유베나에는 사람의 마음을 진정시키는 물질이 있습니다. 그 물질에 호졸 좀파리의 알을 둘러싼 액체가 반응하고 발효해서 악몽을 꾸게 하는 앙큐나란 물질로 바뀌는 것이지요. 아무튼 그런 효과에다 방충 효과도 있습니다. 물론 호졸 좀파리한테는 영향을 못 끼치지만… 그 외의 곤충에는 상당한 효과가 있죠. 그래서 마도시대 때에도 고급 목재로 쓰였습니다. 그 이야기를 해 주었지요."

"아, 그렇군요."

다리온은 감탄을 했다. 그런 다리온을 보며 난 조금 우쭐해졌다. 악몽으로부터 사람도 구하고 과수원 사람들도 구하고. 그런데 난 다리온을 본 순간 다리온에게 느꼈던 의문이 떠올랐다.

"그런데, 다리온."

"예, 말씀하세요."

"다리온은 대체 누구죠?"

"예? 저는 현자 중의 현자인… 다리온……."

"아니, 그런 거 말고요. 대체 어떤 존재죠?"

"예? 음… 그러니까 전 생물학적으로 동물계에 속하고 척추동물이 며 포유류강, 영장목……."

"아니, 그것도 말고요."

난 좀 부아가 났다. 다리온이 내가 한 말의 의미를 모를 리 없건만 계속 딴소리였다.

"다리온은 그때 황금장미의 향기에 멀쩡했어요. 그리고 이번에도 마 찬가지로 다리온도 유베나를 먹었는데 악몽을 안 꾸었지요. 다리온, 다리온 정말 사람 맞나요?"

"왜, 왜 그러시죠? 저만이 아니라 아울도……."

쩝. 아울은 드래곤이란 말입니다라는 말이 목구멍까지 치밀었지 만…

"아울은 딴 이유가 있어요. 우선 다리온의 말을……."

"안녕."

그때였다. 누군가 인사를 하며 내려왔다. 페디였다.

"어? 페디?"

그러고 보니 피란 시에 올 때만 해도 있던 페디가 안 보였었다. 악몽 때문에 챙기지 못했고 생각도 못했다.

"아니, 페디. 어디 갔다가 온 거지?"

갑자기 다리온이 나서서 페디를 꾸짖었다.

"아니… 전… 그냥 와이번이 무서워서……."

페디의 말이 끝나자 다시 다리온이 말했다.

"와이번이 무서워? 드래곤인 네가? 대체 말이 돼?"

"아니… 전 그냥……."

페디가 울먹였지만 다리온은 그만둘 기세가 아니었다. 오죽하면 예나도 못 나서겠어. 그런데 내가 볼 때 이건 다리온이 내 말을 회피하려고 페디를 희생양, 아니, 희생 드래곤 삼고 있는 것이었다. 이럴 땐 내가 나서야지.

"다리온, 그러지 말고……."

"페디."

다시 호통 치는 다리온.

"저… 다리온……."

"다시 그럴 거야?"

"우웅……."

"저… 다리… 온……."

음, 왜 갑자기 작아질까? 이건 말도 안 돼. 왜! 왜! 왜!

"자, 란셀, 페디가 다신 안 그런다니 그만 길을 갈까요?"

다리온이 날 보며 말했다.

"예."

흑. 다, 다음엔 꼭 물어볼 거야.

제二장
남과 여

피란 시를 떠나온 지 벌써 이레째. 아니, 제드론이란 나라를 빠져나온 지 어언 닷새째. 제드론에서는 발에 챠이던 것이 마을이요 여관이요 식당이건만 지금은 아무것도 없었다. 어딘가 마을이 있겠지만 그 어딘가 있는 마을을 찾아 헤맬 수는 없는 노릇이었다.

"란셀, 피곤한가 봅니다."

"그럴 수밖에요……."

난 다리온의 말에 시큰둥하게 대답했다. 그럴 수밖에 없는 것이, 우선 몸이 지쳐서 힘이 들어가지 않았던 것이다.

"그래도 어쩝니까, 아직 해가 중천이니. 힘을 내세요."

흑, 다리온 미워. 이러니 내가 시큰둥하게 대답 안 하게 됐어?

"어머, 저거……."

그때였다. 예나가 갑자기 소릴 질렀다. 우린 놀라서 예나가 가리키는 방향을 보았다.

두두두두두.

거기에는 사두마차 한 대가 우리 쪽으로 거칠게 달려오고 있었다. 마부석에는 여자 한 명이 타고 있었는데 미친 듯이 날뛰는 말들을 제어하지 못하는 모양이었다. 그걸 보더니 아르티닌과 죠세프가 달려갔다.

"조심해!"

예나의 걱정을 뒤로하고 죠세프와 아르티닌은 마차 위로 뛰어올랐다. 그리고 능숙한 솜씨로 말을 세웠다. 우린 마차를 향해 달려갔다.

"어때? 무사해?"

내 질문에 죠세프는 땀을 닦으며 말했다.

"예, 다행히도요. 그런데 마차 안에 누군가 또 있는 것 같아요."

"도와주신 것 감사드립니다."

그때 말을 몰던 여인이 우리에게 고맙다는 인사를 해왔다. 짧지만 화사한 밝은 갈색에 부드러운 갈색 눈동자의 아름다운 미녀였는데 외출용으로는 보이지 않는 긴 치마를 입고 있었다. 저런 차림으로 마차를 몰았단 말야? 미녀만 아니라면 벌써 한마디 해주었다. 쯧.

"무슨 크게 급한 일이 있는 것 같군요."

난 여인에게 물어보았고, 여인은 고개를 끄덕였다.

"예. 전 지금 아무 곳이나 가까운 도시로 가서 신관과 마법사를 불러와야 합니다."

"그러시군요. 그런데 어쩌다……."

"마차를 타고 오는 도중에 너무 급하게 몰았는지 고삐를 놓쳤고 그 바람에 말이 길을 벗어났습니다. 길을 벗어난 말들이 풀숲으로 들어가는 바람에 땅벌집을 건드렸고 벌 떼에 놀란 말들이 날뛴 겁니다.”

여인은 그렇게 말하고 마차 안으로 고개를 돌렸다.

“괜찮아, 당신? 다친 데는 없고?”

“예, 전 괜찮아요.”

응? 그런데… 들려오는 소리가 굵직한 게… 남자 목소린데? 설마…
저 안에 있는 사람이 남자? 그렇다면 위급한 환자라도 되나? 난 마차
안을 들여다보았다. 마침 여인이 마차의 후장을 걷었기에 안을 제대로
볼 수 있었다. 그런데 거기엔…

“마, 맙소사… 팔뚝이 내 다리보다 굵어…….”

이브린의 탄성처럼—참고로 이브린은 의외로 다리가 굵은데… 음… 이 말
이 이브린 귀에 들어가면 난 끝장이겠지?—근육질의 덩치 큰 남자가 있었
다. 부리부리한 눈에 구레나룻까지 기른 것이 매우 거칠어 보이는 남
자였다. 그런데 아픈가? 눈에 눈물이 고였네?

“괜찮아?”

여인은 안으로 들어가 남자를 토닥였다.

“흑, 무서웠어요.”

여자의 가슴에 얼굴을 묻는 남자. 이, 이게 뭐야? 이거… 뭔가… 흠,
기분이… 암튼 여자가 남자고 남자가 여자면 딱 어울릴 광경인… 이거
당황스러워서 뭐라고 표현할지 생각도 안 나네.

“저게 뭔 꼴이야?”

이브린이 황당한 듯이 중얼거렸고 다른 사람들도 이브린의 의견에
동의한다는 듯 고개를 끄덕였다. 물론 나도. 난 특별히 남녀 차별주의
자는 아니었다. 당장 이브린만 봐도 나보다 더 강한데 그런 생각을 할
수는 없었다. 하지만 남녀의 보편적인 차이는 어쩔 수 없는 것이다. 남

자는 여자보다 힘이 세고 여자는 남자보다 몸이 유연하다. 그 외에도 여러 가지 차이점이 있는데, 그런 관점에서 힘센 남자 대신 연약한 여자가 마차를 몰고 그것도 모자라 덩치 큰 남자가 여자의 가슴에 얼굴을 묻고 애교 떠는 것도 아니고 흐느끼는 것도 아닌 저 꼴은 정말 못 봐주겠다.

"아, 죄송합니다. 제 아내가 너무 무서워하길래."

여인은 우리를 의식했는지 남자를 진정시키며 우리에게 말했다.

"아, 아닙……."

응? 자, 잠깐. 뭐시라고라? 아내? 이 동네는 부부 간 호칭이 반대인가? 아니면…

"아, 제가 말한 게 이상한가요?"

"어… 그러니까……."

"예, 이상합니다."

내가 더듬거리자 다리온이 나서며 말했다.

"여자 분이 남자를 남편이라고 안 부르고 아내라고 부르는 것이 이상하지 않습니까?"

여인은 고개를 저었다.

"그러시겠지요. 그럼 제 소개를 하죠. 전 케인 발크란입니다. 그리고 얼마 전까지는 남자였습니다. 이쪽은 얼마 전까지 여자였던 제 아내 이니라 발크란입니다."

"예에?"

난 여인, 아니, 자칭 케인이라는 남자라고 소개한 사람의 말을 듣고 놀랐다.

"훗, 놀라셨습니까? 당연합니다. 우리조차 믿기지 않으니까요. 하지만 현실입니다. 저희 마을 사람들이 모두 이상하게 되었습니다. 남자는 여자로, 여자는 남자로."

케인의 말이 끝났지만 난 아직도 믿을 수가 없었다. 그런 일이 어떻게 있을 수 있지? 물론 자연계의 암수가 바뀌는 경우는 있었다. 귀족들 연회에 빠지지 않고 나온다는 굴의 경우 수온에 따라 암수가 바뀌고 물고기도 한 무리를 이끄는 수컷이 죽으면 가장 활발한 암컷이 수컷이 된다고 한다. 하지만 그건 어디까지나 하등 생물의 이야기고 사람은 육체가 복잡한 고등 생물로 멀쩡한 사람이 하루아침에 남자가 여자로, 여자가 남자로 바뀔 수는 없는 노릇이었다. 마법이라면 몰라도… 흠, 마법이라… 혹시?

"그럼 누군가 마법을 건 모양이지요?"

내 물음에 케인은 고개를 저었다.

"차라리 그러면 속이나 편합니다. 이유를 확실히 아니까요. 하지만 한 달 전인가? 마을에 한바탕 열병이 돌았었습니다. 그 열병에 안 걸린 사람이 없었죠. 하지만 열병에 걸린 사람들은 단 하루 만에 열이 내려 대수롭게 생각하지 않았는데 그때부터 사람들이 차츰 변하기 시작했죠. 그리고 닷새 만에 이렇게 바뀐 겁니다."

난 케인의 말을 듣고 참 희한한 일도 다 있다고 생각했다. 그리고 그들을 도와줘야겠다는 생각이 들었다.

"참 별일 다 있군요. 아참, 아까 도시로 신관과 마법사를 찾으러 간다고 하셨죠?"

"예, 아무래도 신관이나 마법사가 와야 해결될 문제 같아서……."

"그래요. 그럼 이쪽으로 쭉 가면 제드론이란 나라가 나오는데요, 잘 발달된 상업 국가라 신관이나 마법사는 쉽게 찾을 수……."

"란셀."

하지만 난 말을 다 하지 못했다. 뒤에서 예나가 소리쳐서 내 말을 끊었기 때문이다.

"왜 그래?"

"아니, 왜 그래라뇨? 란셀은 정신이 있어요? 우리가 제드론을 떠나온 지 닷새째예요. 그럼 이 사람들보고 닷새나 가라는 건가요? 그리고 돌아오는 길은요?"

"하지만 저 사람들은 마차를 탔는데?"

"그래도 먼 길은 먼 길이에요. 마차를 타도 계속 달려갈 수는 없잖아요? 못해도 사흘은 걸릴걸요."

그런가? 흠… 어쩐다. 그럼 도울 방법이 없는데…….

마을은 한산했다. 사람들이 갑자기 바뀐 몸 때문에 활력을 잃어서 그렇다는 케인의 설명이 있었지만 그래도……. 그런데 왜 갑자기 마을이냐고? 그거야 우리 일행의 행각을 보면 알 수가 있는 것이지. 내가 무슨 능력이 있다고 이 사람들을 고치라는 거야. 혹…….

"다 왔습니다. 여기가 우리 집입니다."

케인은 그 말을 하고 마차에서 내렸다. 우리도 케인을 따라 내렸다. 우리가 내리자 케인은 자신의 아내(?)를 부축했는데 호리호리하고 가냘픈 케인이 덩치 큰 아내를 부축하며 휘청거리는 것이 보기에 안쓰러웠다. 기왕 저렇게 된 거 한 번쯤 역할을 바꿔보는 것도 좋을 텐데…….

"후우… 힘들군. 말씀은 안 드렸지만 제 아버지가 이 마을 촌장이시죠. 그래서 제가 길을 나선 것이었죠. 제 아내는 몸이 바뀐 충격으로 신경이 예민해져 있는데 제가 길을 떠난다고 하니 무섭다고 해서 같이 간 것이고요."

"그런데 이 마을은 도시나 다른 마을과 동떨어진 곳에 위치해 있는데 무슨 배짱으로 그렇게 길을 나선 겁니까?"

내 질문에 케인은 그냥 웃으며 말했다.

"하하하, 어쩔 수가 없었죠. 원래 저 산을 넘으면 다른 마을이 있긴 하지만 그 마을도 저희 마을과 마찬가지로 큰 마을이 아니라 신관이나 마법사는 없거든요. 결국 멀리 떨어진 도시로 가는 수밖에 없었으니까요. 이대로 지낼 수는 없잖습니까?"

케인은 말을 하면서 집 문을 열었다.

"들어오시죠."

우린 케인을 따라 들어갔다. 그런데 우리 앞에 보이는 것은 벽에 걸린 커다란 칼이었다.

"제 아버지의 칼입니다. 그분은 용병 출신이시죠. 저야 제 어머니를 닮아 안 그렇지만 아버지는 큰 덩치에 힘이 장사시기 때문에 저런 칼을 한 손으로 휘두르셨답니다. 그런데 갑자기 연약한 여자가 되셨으니 못 견디실 겁니다. 아니, 이 마을 자체가 퇴역 용병들이 세운 마을이라 남자들은 대부분이 덩치가 좋고 힘이 셉니다. 그런데 그런 힘을 못 쓰게 되었으니 적응이 되겠습니까?"

케인은 그렇게 말하며 집 안을 둘러보더니 말했다.

"아버지께선 출타 중이신 모양입니다. 우선 이 집은 좁으니 마을회관으로 갑시다. 제가 마을 사람들을 불러오겠습니다. 거기서 사람들을 살펴주십시오. 이나라, 이분들을 마을회관으로 안내해 드려."

"예. 다녀오세요."

케인이 가고 나서 이니라는 우리를 마을회관으로 안내했다. 난 가는 도중에 다리온에게 슬쩍 물었다.

"그런데 다리온, 이 사람들이 당한 일을 내가 해결 못하면 어쩌죠?"

"그야 몰래 도망치면 되겠죠. 그리고 잡힌다고 해도 설마 우리를 죽이겠습니까?"

아, 아니, 무슨 대답이 이래? 이건 내가 바라던 대답이 아닌데. 왜 이리 살벌한 대답을… 이상해… 요즘 다리온이 은근히 날 가지고 노는 것 같단 말야.

"여깁니다."

이니라는 우리에게 한 건물을 가리켰다. 그런데… 퇴역 용병들이 세운 마을이 맞긴 맞는 모양이군. 마을회관이란 것이 꼭 전쟁터 임시 건물처럼 생겼다. 막사를 짓기에는 거주 기간이 길고, 그렇다고 제대로 짓자니 그전에 떠날 테고. 그럴 때 짓는 튼튼함과 만약을 대비한 방어를 목적으로 지은 건물. 통나무로 만든 건물은 보기에도 매우 두터워 보였고 통나무의 틈새는 흙으로 발라져 있었다. 그리고 작게 난 창. 만약 전쟁터라면 활이나 석궁을 쏘는 구멍도 되었을 창이 줄지어 나 있었다.

"마을회관 한번 인상적이군요."

"그러게."

죠세프의 말에 나도 맞장구치며 마을회관을 바라보았다. 이런 건물 전쟁터에서나 보는 거니 지금 실컷 봐둬야지.

"누구시오?"

그때 회관 뒤에서 한 중년의 여인이 걸어나왔다. 옷은 남자 옷을 입었는데 척 보기에도 옷이 몸에 비해 상당히 컸다. 그녀의 손에는 1.5길드 정도 되는 몽둥이가 들려 있었는데 잡은 상태로 봐서 아마 그걸로 검술을 연마하고 있었던 모양이다.

"어머, 아버님."

이나라가 중년의 여인을 불렀다. 그런데 아버님? 그럼 촌장이란 소린데…….

"어? 네가 여긴 어떻게… 케인 녀석과 도시로 가지 않았냐?"

중년 여인, 아니, 촌장은 이나라를 보고 어이없는 얼굴로 물었다.

"예. 그게… 도중에 이번 일을 해결할 수 있는 분들을 만나서… 그런데 아버님께선 여기에 어쩐 일이세요?"

"나야 검술 좀 연습하러 왔지. 이거 여자 몸이 되니 아무래도 힘이 약해져서 너무 불편해. 그런데 이번 일을 해결할 분들을 모셔왔다고? 그분들은 어디에 계시지?"

이나라는 촌장의 말을 듣더니 우리를 가리키며 말했다.

"이분들이십니다."

촌장은 이나라에게 소개받고 우리를 살펴보는 듯했다.

"당신들이 우리가 당한 일을 해결할 수 있다고? 마법사시오?"

이거 괜히 기분이 나쁘네? 날 못 믿겠다는 거야?

"전 마법사는 아니지만 내 동료는 마법사압니다. 그리고 전 이런 희한한 일을 해결하는 일을 하고요."

내 말에도 촌장은 의심의 눈길을 보냈다. 아니, 내 말을 듣고 나서 의심의 눈빛을 보낸 거였나? 난 촌장의 의심을 풀어야겠다고 생각했다.

"죠세프, 파이어 볼 한 방."

"예, 그러죠."

죠세프로 나와 같은 생각이었는지 두말없이 마법을 썼다. 촌장은 놀라는 눈빛을 했다.

"호오~ 겉보기엔 검사처럼 보이는데 마법이라? 설마 마법검사는 아니겠지?"

왜 아니겠습니까. 난 고개를 끄덕였다. 촌장은 더 놀란 눈으로 죠세프를 바라보았다.

"대단해, 대단해. 보통 마법검사는 마법과 검 둘 다 별 볼일 없는데 당신은 안 그렇군. 역시 이 정도 되니 우리의 일을 해결해 주겠다고 당당히 나선 것이겠지."

촌장은 정말로 감탄한 모양이었다. 그런데… 이봐요, 촌장. 이번 일을 해결할 사람은 나라고요, 나. 죠세프가 아니라고요.

마을회관 앞에는 마을 사람들이 모여 꽉 찼다. 회관 안으로 들어갔으면 좋겠지만 회관은 사람들을 전부 수용할 크기가 아니어서 회관 앞에 모인 것이었다. 난 마을 사람들을 찬찬히 둘러보았다. 겉보기에는 그냥 평범한 남녀들. 하지만 그들이 모두 남녀가 바뀐 거라니 참 믿기지 않았다.

"우선 열병이 문제군요."

옆에서 같이 마을 사람들을 보던 다리온이 말했다.

"맞아요. 열병의 원인부터 알아봐야겠어요. 그러자면 언제, 어디서, 어떻게 열병에 걸렸는지 자세히 알아야겠죠."

내 의견도 다리온과 다를 바 없기에 우선 결론은 그렇게 내렸다.

우린 마을 사람들을 붙잡고 열병에 대해 물어보았다. 하지만 별다른 말은 들을 수가 없었다. 고작 갑자기 열이 나더니 하루 만에 나았다.

그것이 전부였다. 그건 이미 케인에게도 들은 이야기였다.

그렇게 별 소득도 없이 하루가 지나갔다. 우린 촌장의 집에 묵기로 했다. 그런데 잠을 자려고 할 때 문득 이런 생각이 들었다.

그런데 남녀가 바뀌는 것, 열병이 먼저 시작이 되었지. 그리고 남자가 여자로, 여자가 남자로… 그런데 열병부터 시작된 것을 보니 전염성이 있는 건가? 그럼 나도? 음……

이런 생각이 드니 잠이 제대로 들 리 없었다. 에고에고, 이거 또 악몽 꾸는 것 아냐?

짹짹.

난 새가 지저귀는 소리에 잠에서 깨어났다. 다리온과 죠세프, 아르티닌은 벌써 일어나 있었다. 내가 일어난 것을 보고 죠세프가 먼저 말을 걸어왔다.

"일어났나요, 란셀? 그런데 얼굴이 별로 안 좋군요. 악몽이라도 꾸었나요?"

꾸었죠, 꾸었어. 내가 여자가 되는 꿈. 그런데 다 좋다 이거야. 꿈에 다른 사람들도 다 성별이 바뀌었으니까. 내가 불만인 것은 죠세프도, 아르티닌도, 다리온도 다 미녀로 변했는데 왜 나만, 왜, 왜, 왜 추녀가 되었냐는 거야! 으… 나 같은 미남이 추녀가 되다니, 정말 악몽이야.

"자, 여기 세숫물 받아놨어요. 빨리 세수하세요."

예나가 우리 방문을 두드리며 말했다. 고답군, 세숫물까지 받아주고. 응? 잠깐, 이게 아니지. 왜 예나가 세숫물을 받아주었을까? 난 급히 방에서 나가려다 옷 입고 나갔다. 큰일 날 뻔 했군.

"예나."

난 방에서 나가자마자 예나부터 찾았다.

"왜요?"

예나는 벌써 머리까지 감았는지 머리를 수건으로 털며 나왔다.

"예나, 여긴 물을 어떻게 쓰길래 네가 세숫물을 받아야 해?"

내 물음에 예나는 뒤쪽을 가리키며 말했다.

"이 마을은 다른 마을처럼 우물이 있는 것이 아니라 집집마다 긴 관을 지하수가 있는 곳까지 꽂아서 물을 뽑아 쓰더라고요."

"지하수?"

"정확히 지하수가 아니고요, 산에서 내려오는 물을 지하의 큰 공간에 저장하고 거기에 관을 꽂아서 쓰는 거라고 하던데요."

난 예나가 가리키는 곳에 하나의 큰 대롱이 있고 거기서 물이 나오는 것을 볼 수 있었다.

"그런데 그것이 물을 받아주는 이유는 아닌 것 같은데?"

"물론이지요. 그런데 저 물에는 불순물이 섞여 있다고 하더라고요. 그래서 씻는 물은 받아논 다음 불순물이나 앙금이 가라앉은 다음에 쓰고 마시는 물은 따로 정수해서 먹는다고 하더군요."

난 그제야 예나가 세숫물을 받아놓았다고 한 의미를 알았다. 앙금을 가라앉히기 위해 물을 미리 받아논 것이었다. 기특하기도 해라. 응? 그런데 앙금? 불순물? 혹시⋯⋯.

난 급히 물이 있는 것으로 달려갔다. 어쩌면 앙금과 불순물에 이상한 성분이 있어서 남녀가 바뀌는 일이 생겼을지도 모른다는 생각에서였다. 그리고 그것을 확인하기 위해 앙금과 불순물을 모아야 했다. 앙금과 불순물에서 이상한 물질이 발견되면 그 물질이 물에 녹아 있을 가능성도 클 것이었다.

"지금 뭘 하십니까?"

내가 어떻게 하면 앙금과 불순물을 효과적으로 얻을 수 있을까 하고 세숫물을 들여다보며 연구할 때 그걸 케인이 보았는지 지나가다 물었다.

"예, 여기 물에 불순물과 앙금이 많다고 해서 그걸 조사해 보려고요."

"그래요?"

케인은 그대로 날 지나치며 말했다.

"그럼 거기서 그러지 말고 집 뒤쪽으로 돌아가시면 그것들만 모아놓은 통을 보실 수 있을 겁니다."

난 케인의 말을 듣고 집 뒤로 돌아갔다. 과연 거기엔 통이 하나 있었고 그 안에 거무스름한 흙 비슷한 것들이 담겨 있었다. 난 그것을 약간만 가지고 방으로 갔다.

"이건 뭡니까?"

다리온이 내가 들고 온 것에 대해 물었다. 난 예나에게 들은 말과 내가 생각한 것을 말해 주었다.

"하지만 어떤 물질이 있을 줄 알고 알아본다는 겁니까?"

다리온의 질문에 난 약병 하나를 꺼내 들었다.

"이건 류싱이란 약이죠."

"호오~ 그게요? 그건 대체 몇 가지나 됩니까?"

다리온의 말과 표정을 보니 류싱에 대해 아는 모양이었다. 류싱은 하나의 순수한 물질로 다른 물질과 닿으면 빛을 내었다. 하지만 가공할 때 다른 물질과 섞으면 그 섞은 물질에 대해서는 아무런 반응을 보이지 않았다. 재미있는 것은 류싱은 어떤 물질과도 섞이지 않는다는 것인데 다른 물질과 섞어도 결국 남는 것은 순수한 류싱일 뿐이었다. 하지만 그렇게 순수하게 남은 류싱은 한번 섞었던 물질과는 반응을 보이지 않는다. 그래서 학자들은 류싱이 섞었던 물질을 읽는다고도 했고, 사실은 류싱이 생물이라고도 했다.

물론 생물은 아니었다. 류싱은 원래 단단한 돌 같은 물질인데 한번 강한 열을 받으면 액체가 돼서 다신 고체로 돌아가지 않는 광물이었기 때문이다. 그렇게 강한 열을 주는 것이 바로 류싱의 가공이고, 그렇게 열을 가할 때 여러 가지 물질을 섞는 것이다. 아무튼 그 외에 어떤 학자는 지능을 가진 물질이라고도 했다. 하지만 알아낸 것은 없었다. 마도시대 때에도 밝혀내지 못했고 드래곤들도 류싱의 그런 특성에 대해선 왜 그런지 밝혀내지 못했다. 신이라면 알려나?

하지만 류싱은 그런 특성 때문에 참 유용하게 쓰이는 물건이었다. 여러 가지 물질을 류싱에 섞으면 그 물질마다 반응을 안 하기 때문에 특히 귀금속 감별에 쓰였다.

예를 들자면, 누군가 금으로 된 물건을 샀는데 그걸 판 사람이 은이나 구리를 섞은 것 같다면 금만 섞었던 류싱을 그 물건에 뿌리면 된다. 순금이라면 아무런 변화가 없을 것이고, 만약 다른 것을 섞었다면 당장 빛이 나기 때문에 순금인지 아닌지 알 수가 있는 것이다. 다만 너무 고가라는 것이 문제여서 대상인 이상의 부를 가진 사람만, 그것도 필요할 때만 쓰는 물질이었다.

"이거요? 웬만한 물질은 다라고 하던걸요. 내 스승이신 카나이드가 한창 호기심이 넘쳐 날 때 세상에 없는 물질을 발견하겠다고 세상에 있는 물질이란 물질은 다 섞었었다고 하더라고요. 류싱을 아신다면 알겠죠? 여러 번 가공이 가능하고 열을 가해 재가공해도 한번 섞였던 물질에 반응 안 한다는 것을요. 그걸 이용해서 계속 재가공한 건데 한 이만 번 정도 재가공했다고 하더라고요. 한번 재가공할 때마다 많게는 스무 가지까지 넣었다니 세상에 존재하는 물질은 다 섞었겠죠? 쓰기가 아까워서 여태껏 아낀 것이지만 이번만큼은 써야지 어쩔 수 없네요."

내 말에 다리온은 신기하다는 듯이 보았다.

"정말 아깝겠군요. 세상의 모든 물질에 반응이 없는 류싱이라… 그걸 준 란셀의 스승님도 무척 아까워하셨을 것 같군요."

흠… 아깝다라… 과연 그럴까?

"그렇진 않습니다. 이건 그중의 아주 일부이니까요. 그 많은 물질을 넣는데 겨우 이런 작은 병에 담길 정도의 류싱만 썼겠습니까? 큰 통으로 하나 있는 중에 요것만 가져온 거죠."

난 말을 하면서 류싱을 앙금과 불순물이 담긴 그릇에 약간 부었다. 이제 여기에 알 수 없는 물질이 섞였다면 빛이 날 것이다.

"……."

"……."

"아, 아무래도 없는 모양 같군요. 안 그래요, 다리온?"

"아니면 사람들의 성별을 바뀌게 한 물질도 류싱에 들어 있었던가요."

아무런 반응이 없는 앙금과 불순물. 난 좀 허탈한 마음으로 그것을 바라보았다. 그 비싼 류싱을 썼는데도 안 나타나다니…….

"궁금한 게 있는데요."

죠세프가 불순물이 담긴 그릇을 들어보며 말했다.

"만약 여기에 알 수 없는 물질이 섞였다고 쳐도 알 수 없는 처음 보는 물질인데 어떻게 그걸 해결하겠다는 거죠? 알 수 없는 물질을 해결할 것 역시 알 수가 없는 거잖아요."

으윽. 그, 그러네, 정말…… . 그 생각을 못했다. 이런, 그런데 이런 상황 한번 겪어본 것 같아. 언제였지?

"그렇군요. 죠세프 말이 맞아요. 그렇다면 류싱에 반응이 없다는 것이 오히려 다행이군요."

다리온도 죠세프의 말에 동의했다. 하지만 다리온, 세상에 알려진 물질이든 아니든 우리가 모르면 말짱 헛것이잖아요. 에고, 이걸 어찌 처리하나… 머리 아파…….

난 이 마을에 머문 이틀 동안 밥을 먹으면서, 길을 가면서 사람들을 살펴보았다. 남자처럼 행동하는 여자. 여자처럼 행동하는 남자. 부자연스러웠다. 전에 몇 번 남장 연인을 본 적이 있었다. 남자 옷을 입고 남자처럼 행동하는 여자들. 그래도 그녀들은 나름대로 매력이 있었다. 하지만 지금 보이는 사람들은 부자연스럽기만 하고 매력 따위는 없었다. 이유가 뭘까? 간혹 자연스러운 사람들도 있긴 했지만 그건 다시 생각하면… 흠흠.

"어이, 페디. 저 사람들 몸에서 마법의 기운 느껴지는 것 없어?"

난 내 어깨 위에 있는 페디에게 물었고 페디는 고개를 저었다.

"없어요. 하지만 뭔가……."

페디는 말을 흐렸다. 난 순간 귀가 트였다.

"뭐가 있어? 이상한 것이?"

"그, 그게… 저 사람들에게 마법의 기운이나 마나의 힘이 느껴지는 않지만… 마나가 저 사람들 주변에 흐를 때가 좀 이상해요."

"마나의 흐름이?"

"예, 대놓고 꼬집어 말할 수는 없지만 뭔가 이상해요."

난 페디의 말을 듣고 생각에 잠겼다. 마나의 흐름이 이상하다라… 약간의 실마리는 잡힌 셈이지만 그걸로는 한참 모자랐다. 마나란 우리가 흔히 아는 쓰임새와 반응, 결과 등 그 외에도 많은 변화가 있는 힘이었다. 따라서 사람들 주변에 흐르는 마나의 흐름이 보통과 좀 다르다고 당장 이상하게 볼 수는 없었다. 그저 가능성만 있을 뿐.

난 마을을 휘휘 둘러보았지만 별것없었다. 특별히 자라지 말아야 할 식물이 자라는 것도 아니고, 음습한 습지가 있는 것도 아니었다. 다만 이곳 사람들의 생업은 산에서 동물을 잡아다가 내다 파는 것이었기에 혹시 산속에 뭔가 있을지도 모른다는 생각을 했다. 하지만 마을 사람들과 사냥을 다녀온 죠세프와 아르티닌의 말을 들으면 그것도 아니라고 한다.

말이 사냥이지 사냥 갔다가 오면서 따온 향이 좋은 버섯이나 약초들이 돈벌이가 더 잘된다나? 그게 무슨 사냥이야? 라는 생각이 들었지만 마을 사람들을 보면 당연한 이야기였다. 마을 사람들은 퇴역 용병. 한마디로 거친 남자를 이상으로 삼는데 그런 사람들이 세운 마을에서 고작 산에 나는 버섯과 약초로 먹고 산다면 자존심이 상하는 문제였던 것이다. 그리고 사냥을 하긴 했다. 토끼 사냥. 이곳의 토끼는 고기가 유난히 맛있고 가죽과 털도 질이 좋아 비싸게 팔린다나? 음… 그런데 지금이야 남녀가 바뀌어서 그렇지 원래는 근육질의 남자들이었다는데, 그런 근육덩어리들이 토끼를 쫓아다니는 모습이… 음… 생각을 말자. 괜히 웃다가 눈 밖에 날라.

하아… 아무튼 산에서도 이상한 건 없다는 말이지? 난 골치가 아팠다. 마을을 너무 쏘다녔는지 목도 마르고.

"여기에 물관이 있었는데……."

난 전에 예나가 가리켰던 곳을 가보았다. 그리고 거기엔 역시 물이 졸졸 흐르는 관이 있었다. 난 손을 대보았다. 시원한 느낌이었다. 마시면 갈증이 확 풀릴 것 같은 느낌. 난 그릇을 찾아 물을 받기 시작했다. 그냥 입 대고 먹을 수도 있지만 나 같은 문화인이 그럴 수야 없지.

"뭐 하세요?"

뒤에서 들려오는 굵은 목소리. 이니라였다.

"아, 물 좀 마시려고요."

"그런데… 왜 개 밥그릇에 물을 받고 있나요?"

잉? 개, 개 밥그릇? 이게? 어쩐지 눈에 잘 띄더라니…….

"어머, 제가 말을 잘못했나 봐요. 가끔은 개 밥그릇과 사람 밥그릇을 구분 안 하는 사람이 있는데 그걸 생각 못했네요."

어, 어이… 이니라. 전 문화인인데요… 문화인이라고요… 문화 인…….

"참, 그런데 그렇게 물을 받아 드시려고 했나요?"

"예, 그런데요. 왜 그러시죠?"

난 이니라를 보며 물었다. 내가 뭘 잘못했나?

"아… 저기… 우리 마을은요, 산에서 내려오는 물을 먹어요. 그런데 그 물이 마을로 흐르는 것이 아니라서 물줄기를 마을 지하에 있는 물을 저장하는 공간까지 끌어와 물을 저장해요. 그 물을 각 집마다 긴 관을 꽂아 사용한답니다. 그런데 그 물에 여러 가지 불순물이 있어서……."

난 거기까지 듣고 예나가 한 말이 떠올랐다.

"아, 그리고 마시는 물은 또 따로 정수시킨다고 했죠?"

"예, 맞아요."

난 물이 흐르는 관을 보았다. 그리고 이상한 생각이 들었다.

"그런데 마을 지하에 물 저장하는 공간이 있다면 어떻게 저렇게 물이 흐르죠?"

"사실 물을 저장하는 공간은 여기보다 위에 있어요. 여기보다 위인 저 산 쪽에요. 사람이 가는 길은 아니고 주로 채소를 재배해요."

흠… 그러고 보니 푸릇푸릇한 것들이 보이긴 하는군.

"오세요. 물을 정수시켜 드리지요. 마침 집에 마실 물이 다 떨어져 정수시키려던 참이랍니다."

이니라는 앞장서서 걸었다. 그러고 보니 이니라는 물 두 통을 들고 걸었다. 아마도 한 번 불순물을 가라앉힌 물일 것이다.

"안 무거우세요?"

내 물음에 이니라는 날 돌아보며 생긋―우… 저 얼굴에 정말 안 어울려―웃으며 말했다.

"전혀요. 전 여자의 몸이 좋긴 하지만 힘 좋은 남자 몸이 이럴 땐 편리하네요. 나중에 여자로 되돌아가도 힘만큼은 그대로이고 싶어요."

흠… 나도 힘은 있고 싶소이다. 쩝.

물을 정수시키는 곳은 그런대로 가까이 있었다. 큰 통 안에 뭔가 잔뜩 들어가 있었는데 보나마나 돌과 모래와 숯가루일 것이다. 이곳의 흙이 질이 좋으면 흙도 들어 있겠지만 암만 봐도 흙의 질이 좋지는 않았다.

"아, 그 그릇 주세요."

이니라가 내게 손을 내밀었다. 응? 그런데 개 밥그릇? 아, 아니, 내가 왜 이걸 가지고 왔지.

"아, 아닙니다. 그냥 먼저 정수하시죠. 그 물을 먹죠."

난 개 밥그릇을 땅에 내려놓았다. 이니라는 웃으며 물을 통에 부었다.

"보통 물을 정수하려면 통 하나에 물을 절반만 담아와서 다시 바가지로 정수통에 물을 붓는데 지금은 정말 편해요."

호오… 정말 그렇겠다. 저 근육, 어디 가서 비교해도 안 달릴 거야.

잠시 후 정수통 아래에서는 물이 흐르기 시작했다. 거기에는 미리 가져다 놓았는지 깨끗한 통이 있었고 그 안에 물이 담겨지기 시작했다.

"그런데 불순물이 많은 모양이에요? 이렇게 한번 가라앉히고 또 정수하고."

"예. 그래서 일 년마다 저 위에 있는 물 저장고를 청소해요. 마을에 사흘 쓸 물을 미리 받고 관을 제거한 다음에 저장고에 있는 물을 모두 빼고 일 년간 쌓인 것들을 걷어내요. 저장고를 청소한 사람들 말을 들으면 쌓인 높이가 거의 서너 뼘은 된다고 해요."

흠… 그 정도란 말야? 이거 그 정도면 정수해도 믿을 수 있을까?

"불순물이 상당히 많은 모양이네요. 그런데 그렇게 많은데 이렇게 정수해도 되나요?"

내 걱정스러운 물음에 이니라는 다시 웃으며 말했다.

"괜찮아요. 정화제가 있거든요."

"정화제요?"

"예, 보여 드릴까요?"

난 좋다고 대답했다. 이니라는 물을 가져다 놓고 집 안으로 들어갔다. 그리고 잠시 후 나와서 그 정화제라는 것을 보여주었다.

"처음에 만들었을 때는 이런 조약돌 모양이 돼요. 하지만 이걸 가루로 만들어 정수통 안에 넣어요. 우선 정수통 댄 아래 큰 돌을 넣고 작은 돌을 넣고 이 정화제 가루를 넣고 숯가루를 넣고 모래를 맨 위에 덮어요. 그러면 정말 물이 맑아져요."

난 이니라가 준 정화제를 받아 보았다. 어른 엄지손가락 한마디 정도의 크기. 형태는 계란형이고 하얀 표면에 짙은 분홍색의 구름띠 같은 줄무늬가 있었다. 난 그 정화제를 들고 저절로 신음 소리가 나왔다.

"음……."

"왜요? 뭔가 잘못되었나요?"

잘못? 난 아직 잘 모르겠다. 하지만 이것이 정화제가 아닌 것은 확실했다. 물론 정화 효력은 있지만 그건 어디까지나 부수적인 효과고 실제 쓰임새는 다른 곳에 있었다.

"제가 틀리지 않다면 이 약의 이름은 알렌트가 확실합니다."

"어머, 이 정화제의 이름을 아시네요? 이건 우리 마을에서만 만들고 쓰는 건데……."

하아… 그럼 확실히 알렌토란 말이지? 이거 한번 생각 좀 해야겠군.

방 안에는 나와 다리온… 에잇, 귀찮아. 기타 등등 우리 일행들이 있었다.

"그러니까… 이게 의심스럽다는 건가요?"

"예, 다리온. 아무래도 이 알렌토가 쓰이는 목적이 그거니까요."

"잠깐. 알렌토가 뭔데요?"

예나가 내 말이 끝나기 무섭게 물어왔다. 아마 많이 궁금했던 모양이었다.

알렌토는 일종의 양식 도구였다. 마도시대에도 여러 가지 활동이 있었다. 아무리 마법이 발달된 시대라지만 '먹을 것 나와라. 얏!' 한다고 먹을거리가 나오는 것은 아니었다. 하지만 발달된 기술로 적은 노동으로 많은 생산, 그리고 질 좋은 생산을 했었다고 한다. 알렌토도 그런 용도로 쓰였다. 지금은 많지 않지만 마도시대 때에는 양식이 많았었다. 지금처럼 돼지, 소, 닭을 키우는 것은 물론이고 물고기, 개구리, 조개류, 게 등 그 종류도 많았었다고 한다.

그런데 대체로 사람들이 좋아하는 건 암컷이었다. 물고기도, 게도 알이 통통하게 박힌 것을 좋아했다. 또 원래 암컷이 살도 많고 부드러워서 당연히 인기가 많았다. 하지만 사람이 좋아한다고 암놈만 태어나는 것은 아니었다. 어떨 때는 온통 수놈 천지인 경우도 있었다. 그래서 만들어낸 것이 바로 알렌토였다. 그건 어류 등의 하등 생물이 여러 외적 환경 요인에 따라 암수가 바뀌는 것에서 착안한 것이었다. 다시 말하자면 쉽게 암수가 바뀌는 성질을 이용한 것으로, 알렌토란 약으로 강제적으로 성별을 바꾼 것이었다. 우선 어떤 물고기가 있다면 그중에 가장 우수한 형질의 수놈 몇 마리만 다른 데 기르고 나머지는 암수를 따로 분리한다. 그리고 수놈이 있는 곳에 알렌토를 뿌리면 수놈들은 암놈이 되는 것이었다. 그 후에 다시 따로 골라둔 수놈과 원래 암놈, 알렌토로 수놈에서 암놈을 만든 물고기를 한데 섞는 것이었다. 수놈을 다시 넣는 이유는 암놈만 있으면 암놈 중에 한 놈이 수놈으로 바뀌기 때문이었다.

"한때는 돼지나 소에게까지 적용시키려고 했지만 실패를 했다고 하지. 아무래도 소 같은 고등 생물과 물고기 같은 하등 생물과는 많이 다르니까."

"세상에……."

내 말을 듣고 예나는 놀라는 표정이었다.

"별 약이 다 있네요. 그런데 왜 약을 쓰죠? 마법을 쓰면 더 편하잖아요."

"아니, 마법은 겉모습은 변화시키지만 형질까지 변화시키지는 못하니까."

난 그 말을 하면서 갑자기 이런 생각이 들었다. 마을 사람들, 지금은 모습이 바뀌었지만 하는 행동과 생각하는 것을 보면 바뀌지 않았다. 아무리 겉모습이 여자고 남자여도 그건 어디까지나 겉모습이었다. 일례로 지금 이 집의 주인인 촌장도 힘이 부족하다고 나무 몽둥이를 검 삼아 하루 종일 연습하고 있었다. 마치 누군가 마법을 써서 여자로 만들었지만 결국 형질은 남자여서 남자의 행동과 사고를 하는 것처럼.

하지만 마법은 절대 아니었다. 내가 예나에게 말한 형질은 몸 자체를 말한 것이지만 방금 내가 생각한 형질은 정신적인 것이었다. 마법에 의해 몸이 변한 것이라면 말 그대로 겉모습이었다. 사람이 말로 변한다고 힘도 말처럼 세지는 것은 아니었다. 사실 말로 변해 힘이 세지는 것은 이중 마법 때문이었다. 말로 변하는 마법 주문 안에 힘도 세지는 주문. 그렇기 때문에 사람의 몸을 변화시키는 마법은 어려운 것이었다.

지금의 경우는 몸 자체는 완전히 바뀌어 있었다. 이니라가 힘이 센 것을 보면 알 수가 있었다. 케인에게 은밀히 들으니 남자에게서 나타나는 모든 특징이 이니라에게도 나타난다고 했다 아울러 여자에게 나타나는 것이 케인에게도 나타나고. 마법으로는 불가능한 완전한 변신이었다.

여기까지 생각이 들자 난 뭔가 생각이 나려고 했다. 하지만 으… 도저히 생각이 안 난다. 대체 뭐냐? 생각 날 듯 말 듯하는 게…….

"이 알렌토와 마나가 반응하면……."

그때 죠세프가 중얼거렸다.

"응? 뭐? 뭐라고 했지? 다시 말해 봐봐."

"아뇨, 전 그저 혼잣말로……."

"아무래도 좋으니 다시 말해 봐."

난 죠세프를 닦달했다. 죠세프의 말을 듣는 순간 머리에 뭔가 또 번쩍이는 느낌이 일어서였다.

"아… 그러니까… 혹시 이 알렌토와 마나가 혼합되거나 반응해서 이상한 결과를 낳지 않았나 하는 거죠. 전에도 이 비슷한 일이 있었잖아요. 그러니까 그게 뭐냐……."

순간 난 죠세프를 껴안을 뻔했다.

"맞아, 그거야. 바로 그거야!"

난 죠세프의 말에서 의문을 풀었다. 알렌토는 마나의 영향을 받아 엄청난 위력을 발휘한 것이었다. 간단히 말하자면 알렌토의 효능이 비약적으로 강해져 고등 생물인 사람에게까지 미쳤다고 할까? 물론 정확한 것은 아니지만 어쨌든 내용은 비슷할 것이다. 그래서 마법의 기운이 느껴지지 않았던 것이었다. 마나로 알렌토의 효능이 커지긴 했지만 사람 몸을 남자로, 여자로 바꾼 것은 마나가 아닌 알렌토였다. 다만 마나가 어느 정도 작용을 했기 때문에 사람들 몸 주변에 흐르는 마나가 좀 이상했던 것이었다.

"그런데 왜 알렌토에 마나가 반응하죠? 이런 일이 그렇게 쉽게 일어나는 일은 아니잖아요."

이브린의 질문대로 물론 마나란 힘은 아무 곳에나 마법 반응하는 힘이 아니다. 하지만 문제는 마도시대였다. 마도시대에는 생물이든 물건이든 마나와 잘 반응했다. 워낙 마나의 힘이 풍부했고 마법도 발달해서였다. 알렌토도 그런 마도시대에 만들어진 물건. 만들어지는 과정에서 마나와 잘 반응하는 어떤 것이 있었을 것이다.

"그런데 문제는 어떻게 치료하느냐 이겁니다. 란셀의 말을 들어보면 알렌토는 필요에 의해서 만들어진 약이고, 그렇다면 일부러 다시 치료… 아니, 이 경우는 치료가 아니군요. 다시 원래대로 돌리는 약을 만들 이유가 없지 않습니까?"

다리온 말이 옳았다. 기껏 성별을 바꾸고 돌릴 이유는 없었다. 지금의 상황은 그게 큰 문제였다. 그렇다고 치료약을 만든다? 내가 아는 지식은 이미 배운 것을 써먹는 것이었다. 따라서 새로운 약을 개발하기엔 내 지식이 부족했고, 또 시간도 없었다. 어느 세월에 약을 개발한단 말인가? 음… 포기하고 야반도주를 할까?

"그런데 알렌토는 항상 성별을 바꾸나요?"

위에서 말소리가 들렸다. 페디였다.

"응? 그렇지. 그걸 위해 만들어졌으니까."

"그럼 그걸 쓰면 어떨까요?"

"뭘?"

"알렌토."

"뭣!"

난 페디의 말에 놀라 일어서다 페디의 몸에 머리를 부딪쳤다.

"크학! 우윽……!"

이건 내 비명…

"에코. 콜록."

이건 페디… 단순히 비명 소리만 들어도 누가 더 고통인지 알 만한데…

"페디."

예나가 페디를 안아 들었다. 그리고 날 쏘아본다. 왜 페디를 머리로 박느냐는 힐책의 눈초리를. 하지만 예나, 페디 걔는 드래곤이야, 드래곤. 사람이랑 드래곤이 부딪치면 누가 더 아프겠냐? 아구구… 머리야.

잠시 소란이 가라앉은 후에 난 페디에게 물었다.

"그게 무슨 소리야? 알렌토를 쓰라니. 그렇잖아도 남자가 여자로, 여자가 남자로 된 복잡한 상황에."

"하지만 더 나빠질 게 있나요?"

난 페디의 말을 듣고 잠시 생각에 잠겼다. 나빠질 게 없다라… 그건 맞았다. 이미 남자로, 여자로 바뀐 상황에 또 뭘로 바뀐단 말인가?

"그래서 어쩌자는 거야?"

"그러니까, 이미 성별이 바뀌어 있는 상황이잖아요. 다시 알렌토를 쓰면 남자의 몸은 여자로, 여자의 몸은 남자로 되지 않을까요? 그러면 원래대로 돌아가는 셈이잖아요."

그런 엉터리 같은… 하지만 말은 된다.

"그, 그럴까?"

하지만 이건 내 생각만으로 판단해서는 안 되는 문제였다. 우리가 생각한 결과가 아닌 엉뚱한 결과가 나올 위험성도 크기 때문에 마을 사람들의 동의를 구해야 하는 것이었다. 그런데 이걸 누가 설명하지? 응? 왜 날 보는 거야? 왜? 응? 응? 응?

"그러니까 란셀 씨, 당신의 말은 성공률이 반반이라 이것이오?"

지금 촌장은 열심히 수련을 하고 있었다. 특히 다리를 일자로 벌리거나 아예 곡예를 하듯이 허리를 꺾는 등 유연성 훈련을 하고 있었다. 남자의 몸으로는 도저히 불가능한 동작을 하는 것이 재미있고 신기한 모양이었다.

"흠… 갈등이 생기는걸? 난 여자의 몸이 불편할 거라고만 생각했지 이런 능력이 있는 줄은 몰랐소. 힘은 없지만 이런 유연성이라니… 뭐, 용병 생활 하며 돌아다니면서 여자들이 하는 곡예를 보긴 했지만 내가 직접 이런 몸이 되니 보는 것과는 느껴지는 것이 다른데? 여자의 몸으로 얼마나 강해질 수 있는지 도전도 해보고 싶고… 또 성공률도 반이라니… 하하하. 하지만 그래도 어쩔 수 없지. 좋아, 되든 말든 한번 당신의 치료에 따라보겠소."

촌장은 흔쾌히 허락했다. 그런데…

"저… 절반의 성공률이 아니라 반에 반도 안 되는……."

"아아, 결론은 성공이냐 실패냐 두 가지가 아닌가? 그럼 반반이지."

거참, 그 사람 성격 한번 시원시원하네.

촌장이 도와준 덕에 마을 사람들 모두 우리가 제시한 방법을 쓰기로 했다. 난 좀 극단적인 방법을 쓰기로 했다. 알렌토를 그대로 먹게 하는 것. 우리의 방법이 맞는 것을 가정하고 마을 사람들이 물을 먹는 방식대로 하면 다시 남자로, 여자로 돌아가겠지만 그건 시간이 너무 걸렸다. 이 마을의 물을 쓰는 방식은 십 년이 넘어서고 있어 그 방법대로 하면 앞으로 십 년 후에나 효과가 나타날 것이기 때문이었다. 난 알렌토를 쓰기 전에 심호흡을 했다. 그런 날 보고 페디가 날아와서 말했다.

"잘될 거예요. 걱정 말아요."

하아… 그랬으면 좋겠지만…….

"나도 좀 전에 생각났는데, 우리가 놓친 것이 두 가지 있어."

페디는 의아한, 그리고 그게 무어냐고 묻는 듯한 눈빛을 했다.

"우선 알렌토의 효능이 강하게 발휘된 것은 마나의 작용이야. 그런데 과연 우리가 생각하는 대로 작용을 해주느냐야. 사람들의 성별이 바뀌기 전에 열병을 앓았다는데 그건 지금까지 알렌토가 그저 부수적인 효능인 정화 작용만 하다가 무슨 이유로든 마나에 반응해서 갑작스레 이렇게 되었다는 것으로 볼 수 있지. 그러니 그런 마나의 반응이 없을지도 몰라. 둘째로는 저 몸체들이야. 아무리 남자가 여자로, 여자가 남자로 바뀌었어도 그렇지, 저건 이상하지 않아? 근육질의 남자가 호리호리해졌고 가냘픈 여자들이 근육질이 됐어. 마치 마법으로 몸을 바꾼 것처럼. 그건 우리가 모르는 마나의 작용이 있었다는 뜻이 아닐까?"

페디는 내 말을 듣고는 고개를 끄덕였다.

"정말 그렇네요. 하지만 우리에겐 선택의 여지가 없잖아요? 마을 사람들을 저대로 둘 것이 아닌 이상에는."

페디의 말이 옳았다. 우리에겐 선택의 여지가 없다. 다른 방법이 없었던 것이다. 하… 선택의 여지가 없다. 이건 어떻게 보면 가장 편한 방법일 수 있었다. 더 이상의 방법이 없으니 실패해도 추궁받을 일도 없고 여러 가지 방법을 놓고 머리 싸맬 필요도 없고. 하지만 그렇게 편한데도 피하고 싶은 방법이기도 했다.

"후우… 그래, 그럼 시작할까?"

뭐, 정 안 되면 야반도주하지. 흠.

마을 사람들은 곱게 가루를 낸 알렌토를 물과 함께 먹었다. 표정을 보니 그럭저럭 먹을 만한 모양인데… 나도 한번 먹어봐? 아니지, 내가 미치지도 않았는데…

"그럼 나머지는 신께 맡겨두어야겠죠."

마을 사람들이 다 먹은 것을 확인하고 내가 말했다. 그렇다. 지금은 정말 신에게 기도하는 것만 남은 것이다. 우리가 할 일은 다 끝났으니까. 그리고 밤도 깊었다. 어쩌다 이렇게 늦어졌는지 나도 모르겠지만 아무튼 들어가서 자야지. 아구구 졸려라……

"그런데 란셀, 페디 못 봤어요? 어디 갔는지 안 보이네요?"

들어가려는데 예나가 말을 걸었다.

"몰라. 그 녀석 가끔 그러잖아. 놔둬도 돼."

"하지만… 걱정이 되잖아요."

난 예나의 말을 듣고 실소했다.

"예나, 페디는 드래곤이야. 비록 자그마한 페어리 드래곤이긴 하지만 그 능력은 아무나 덤빌 정도가 아냐. 우리 중에 두 번째로 강하단 말야. 아니지, 아르티닌은 지금 힘을 못 쓰니 우리 중 가장 강하다고 할까? 걱정하지 마."

내 말을 듣고 안심하는 표정을 짓는 예나였다. 하아… 그런데 정말 예나는 가끔, 아주 자주 페디가 드래곤이라는 것을 까먹는 모양이야.

"그렇군요. 잘 자요, 란셀."

"예나도."

난 방으로 들어왔다. 그리고 페디를 생각해 봤다. 불쌍한 페디. 차라리 페디의 주인이 예나가 아닌 페디의 능력을 이용하는 자라면 그나마 페디를 드래곤이라 인정해 주는 건데. 예나는 날개 달린 강아지쯤으로 생각하는 것 같으니… 응? 날개? 그러고 보니 페디는 자주 박쥐로 오인되었는데 그건 페어리 드래곤을 본 일이 없는 사람들이 페디에게서 가장 먼저 보이는 날개를 보고 그렇게 생각한 것이었다. 하지만 페디의 날개는 가느다란 나비 날개 형태였다. 형태만으로는 도저히 박쥐 날개라고 볼 수 없었다. 그런데 그런 날개를 박쥐 날개로 오인한 것이다. 아마 날개가 계속 퍼덕여져서 자세히 볼 새도 없었겠지만 사람들의 선입견도 있었을 것이다.

"큭큭, 페디도 참 불쌍하군. 이리 치이고 저리 오해받고."

"란셀, 뭐 하시는 겁니까? 잠 안 잡니까?"

내가 페디를 생각하며 혼자 웃을 때 다리온이 내 생각을 중지시켰다.

"아, 예. 잡니다, 자요."

그래, 내일 일은 내일 맡기고 오늘은 푸욱 자자. 음… 졸려.

난 마을 사람들을 바라보았다. 확실히 우리의 예상대로 남자는 남자의 몸으로 여자는 여자의 몸으로 돌아와 있었다. 그리고 몸매도 남자는 근육질의 몸으로 여자는 호리호리한 날씬한 몸이었다. 그런데…

"하하핫! 이보오, 란셀. 이거 대단한데. 여자 몸일 때보다 더 유연해진 것 같아."

난 촌장을 바라보았다. 허리가 뒤로 반이 꺾여 엉덩이가 머리에 닿는 묘기를 하는 촌장을. 촌장은 그 상태에서 무릎을 구부렸다. 그러자 무릎의 위치가 머리보다 아래로 갔다. 저런 건 실력 좋은 여자 곡예사도 불가능한 건데… 그리고 땅에 무릎을 댄 채 그대로 일어나며 등을 완전히 둥그렇게 구부리는 촌장.

"하하, 힘은 전으로 돌아왔고 몸은 더 유연해졌어. 대단해, 더 좋아졌어. 게다가 십 년은 젊어진 몸 같군. 하하핫."

난 즐거워하는 촌장에게서 고개를 돌려 다른 곳을 보았다. 거기엔 가냘픈 몸매의 이니라가 물통을 들어 올렸다 내렸다를 하고 있었다.

"어머, 저 힘이 세진 것 같아요. 그러니까, 남자 몸일 때의 힘이 그대로 남은 것 같아요. 아니, 그보다 더 세진 것 같아요."

난 다른 사람들도 보았다. 모두 촌장이나 이니라와 다를 게 없었다. 대체 이게 무슨 조화냐? 나뿐만 아니라 우리 일행들 모두 놀란 눈으로 마을 사람들을 보고 있었다.

"란셀… 이게……"

예나가 내게 말을 하려 했지만.

"묻지 마, 나도 몰라."

난 예나의 질문을 끊어버렸다. 내가 묻고 싶은 걸 물으면 어떻게 해.

"란셀."

그때 다리온이 다가왔다.

"여기서 빨리 갑시다."

"예? 무슨……"

"혹시나 해서입니다. 제 불안감이 맞는다면 우린 맞아 죽어요."

다리온이 갑자기 이상한 소리를 했다. 대체 뭘 말하는 거지?

"아무튼 갑시다. 자세한 말은 가는 도중에 하겠습니다. 마침 아침이니 마을을 떠날 시간적 평계는 있군요."

우린 다리온이 잡아끄는 바람에 마을에서 떠날 수밖에 없었다. 마을 사람들이 더 머물다 가라고 권했지만 다리온은 우리가 해야 할 일이 있다며 그냥 떠나온 것이었다.

"대체 왜 그럽니까?"

솔직히 아까 그 마을에서 며칠을 있었으니 떠나와도 별 상관은 없었다. 어차피 볼 거리도 없는 마을이었으니까. 하지만 이렇게 쫓기듯이 떠나온 것이 기분 좋을 리는 없었다. 내가 항의하듯 묻자 다리온은 날 보며 한숨을 쉬며 말했다.

"휴우… 제 불안감이 단순한 기우면 좋겠지만……."

우린 다리온의 다음 말을 기다렸다. 뭐가 잘못되었나?

"최악의 경우 그들은 양성이 되었을지도 모릅니다."

"예?"

난 놀라서 물었다.

"그러니까 말입니다. 남자의 경우 힘은 그대로인데 몸은 여자의 몸처럼 유연하고 여자의 경우 남자처럼 힘이 셌죠. 그건 남자의 몸에 여자의 몸이 있고 여자의 몸에 남자의 몸이 있다는 것으로도 볼 수가 있습니다. 그게 뭘 뜻하겠습니까? 남자와 여자의 몸을 동시에 지닌 양성체라는 거죠. 다만 다른 이성의 특징이 겉으로 드러나는 것이 아닐 뿐. 그리고 그들의 능력으로 보면 어쩌면 특이한 양성체일지도 모르겠군요."

다리온의 말이 끝났다. 그런데 양성체?

"그럼 다리온, 남자가 임신도 가능하다는 말인가요?"

"어쩌면요."

난 다리온의 말을 듣고 가슴이 섬뜩해졌다. 그렇다면 이건 내가 그들을 고친 것이 아니라 더 망쳐 놓은 결과잖아?

"하지만 그들이 그런 자신들의 신체에 대한 정신적 충격을 극복하고 양성체로서의 몸을 인정하면 그들은 한 단계 더 발전된 인간이 될 수가 있겠지요."

내 표정이 어두워졌는지 다리온이 위로하듯 말했지만 난 좋게만 생각할 수 없었다. 자신의 몸이 남자에서 여자로, 여자에서 남자로 완전히 바뀐 것도 충격일 테지만 양성체가 되었다는 것이 그보다 더 충격이 될 수도 있기 때문이었다. 난 걱정스런 마음으로 마을이 있는 방향을 돌아보았다. 하지만 다시 되돌아갈 수는 없었다. 만약 다리온의 말대로라면… 가서 죽을 일 있어? 아무튼 난 다리온의 말대로 안 되기를 엘렌디아 여신에게 기도할 수밖에 없었다.

엘렌디아 여신이여, 저들이 다리온의 말대로 안 되고 완전히 정상이 되기를 빕니다. 그리고 만약 다리온의 말대로 되더라도 그들이 받을 정신적 충격에서 빨리 벗어나길 빕니다. 또 만약 충격에서 벗어나지 못하더라도 나에게 복수하는 일이 없게 되기를 간절히 빕니다.

흠흠. 나, 나도 살아야 하잖아.

"자, 그럼 다음 갈 곳이 어디였죠? 네안 시? 빨리 갑시다, 빨리 가."

그리고 내가 할 수 있는 유일한 방법. 빨리 저 마을과 멀어지는 것이었다.

제8장
악마의 편지

"여기가……."

난 주위를 둘러보았다. 그리고 눈앞에 있는 성벽을 바라보았다. 거기엔 '렌 바이안에 오신 걸 환영합니다' 란 글이 써 있었다.

"이상하네… 이봐, 예나. 여기가 렌 바이안이란 도시라는데 어떻게 된 거지?"

우린 분명 지도대로 왔는데 있어야 할 네안 시는 없고 이상한 도시가 있었다.

"지도에는 그런 이름 없어요. 게다가… 성벽이 있다는 표시도 없는데……."

예나도 지도를 보며 황당한 표정을 지었다.

"렌 바이안은 나라 이름입니다."

우리가 우왕좌왕하자 성문을 지키던 병사가 다가와서 말했다.

"원래 여기에 네안 시가 있었던 것은 맞습니다. 하지만 네안 시와 네안 시와 접해 있던 벨크나 시, 오넬 시, 이렇게 세 개의 도시가 모여 도시 국가로 독립했습니다. 그리고 그 나라 이름이 렌 바이안입니다."

우린 병사의 말을 듣고 이제야 지도와 지금 이곳이 왜 안 맞는지 알 수 있었다. 아주 최근에 개국한 나라이니 지도에 없었던 것이다.

"꺄악!"

그때였다. 갑자기 비명 소리가 들렸다.

"이런, 또 나타났군. 그럼, 우리 렌 바이안에서 좋은 시간 보내십시오."

우리에게 친절히 설명해 주던 병사는 급히 달려갔다.

"무슨 일이지?"

"아마 나라가 세워진 지 얼마 안 돼서 사회가 불안정한 모양입니다. 그래서 범죄자도 많아서 저런 것이겠죠."

내 의문에 대한 다리온의 대답이었다. 하지만… 백주대낮에 범죄라……

"우선 성안으로 들어가죠. 아마 이 성곽이 나라 전체를 둘러싼 모양입니다."

난 다리온의 말을 듣고 끝이 가물가물하게 이어진 성곽을 보았다. 듣기로 네안 시는 교통의 요지라 네안 시와 인근의 다른 도시들은 성을 둘러쌓아 보호했다고 하던데 정말인 모양이었다. 만약 네안 시와 다른 세 도시를 같이 합하여 성 주변을 둘러쌓았다면 약간의 수고로도 국가 전체를 성곽으로 두르는 효과가 나타날 것이다.

우린 성안으로 들어갔다. 성안은 밖에서 보는 것과는 달리 상당히 밝고 활기와 생기가 넘쳐났다. 성 밖? 시커먼 성문이 뭐 볼 것 있나?

"그런데 네안 시는 지리적으로 매우 중요한 곳에 위치했다고 들었는데 어떻게 독립해서 나라를 세웠죠?"

죠세프가 궁금하다는 듯이 말했다.

"글쎄요… 보통 이런 경우에는 복잡한 정치적인 문제가 있기 마련이죠."

다리온의 말대로 무슨 사정이 있을 것이다. 하지만 그건 내 알 바가 아니고…

"저 사람들은 뭐지?"

지금 우리 앞을 지나가고 있는 마차. 철로 된 마차였다. 완전히 밀폐된 철마차. 물론 철마차가 이상할 건 없었다. 필요하다면 얼마든지 만들 수도 있는 것이고, 밀폐되었다고 해도 그것도 필요에 의해서 만들 수 있을 것이다. 내가 정말 궁금한 것은 철마차 안에서 들려오는 소리였다. 흡사 맹수가 울부짖는 듯한 소리. 그리고 마차를 피하며 두려운 눈빛을 하는 사람들. 희대의 살인마가 잡혀가도 이런 풍경은 아닐 것이다. 지금의 상황은 정상적인 상황은 아니었다. 렌 바이안이라는 이곳, 확실히 뭔가 있었다.

"이제 어쩌실 겁니까?"

우린 점심을 먹고 앞으로의 계획에 대해 이야기를 나누었다. 여기 렌 바이안에서 며칠 묵을 생각이라 계획을 세워 렌 바이안 구경이나 하자는 것이 전체적인 의견이었는데 아직 렌 바이안에 대해 모르기 때문에 예나와 이브린이 한번 살펴보고 계획을 정한 후 내일부터 구경을 다니기로 한 것이었다. 문제는 남은 사람들. 지금 점심을 먹었으니 하루가 가려면 아직 시간이 많이 남아 있었다.

"전… 음… 여자들만 가면 위험하니 제가 따라가야 할 것 같아요."

죠세프가 먼저 입을 열었다. 그런데 위험? 예나는 또 모르지만 이브린의 경우는 아르티닌에게 틈틈이 검술을 배워 지금은 상당한 경지였다. 제국의 정예기사라도 가볍게 상대하고 용녕이 돼도 일급 용병으로 명성을 떨칠 그런 실력이었다. 그런데 위험할 거라니? 말도 안 되는 소리였다. 오히려 멋모르고 덤비는 녀석들이 더 큰 위험에 노출되는 것일 것이다. 게다가 예나에게는 페디가 있었다. 따라서 예나와 이브린은 둘이서만 나가도 절대, 저얼대 위험하지 않은…

"그렇군. 내 생각이 짧았군. 힘없는 약한 여자를 보호해야지. 나도 따라가겠어."

내 생각을 방해하고 나서는 사람(?)이 있었으니, 아르티닌이었다. 하… 그런데 힘이 없는 여자? 누가? 대체 아르티닌, 죠세프, 너희 생각을 누가 모를 줄 알아? 흐이그……

"그런가요? 그럼 란셀은요?"

다리온이 담담히 물었다.

"그냥 잘랍니다."

난 좀 퉁명스럽게 말했다. 에이, 정말 저 두 쌍의 헤모스테 보기 싫어 이불 푹 뒤집어쓰고 잠이나 자야겠다.

"그런가요? 그럼 저도 예나와 이브린을 따라가죠. 혹시 모르는 것이 나오면 대현자인 제가 설명을 해줘야 하니까요."

뭐, 뭐야, 다리온도? 이거… 결국 나만 빼고 다 나가서 논다는 소리? 이, 이런… 좋아, 좋다구. 난 잠이나 자야지. 자는 게 남는 거란 명언도 있잖아.

다들 나간 후 난 잠자리에 들었다. 이블루스 사건 이후에 어째 잠이 좀 많아진 느낌이었다. 그때 다리온이 말하기를, 날 재우긴 해야 하는데 수면제 먹이기 전에는 잠을 안 잤다고 했는데 그때 못 잔 잠이 지금 쏟아지는 건가? 하지만 이상하게 잠자리에 들자 정신만 더 말똥해지는 게 영 잠이 오지 않았다. 그래서 난 일어나 밖으로 나갔다. 하긴 다들 나가서 즐기는데 나만 방구석에 있을 순 없잖아.

여관 밖으로 나오니 도시는 평온해 보였다. 그런데 아까 본 철마차 때문인가? 뭔가 알 수는 없지만 위화적인 분위기가 느껴졌다. 난 여관 앞에 있는 길을 조금 걸었다. 한쪽에선 아이들이 전쟁놀이를 하고 있었고 다른 한쪽에서는 소꿉장난하는 아이들도 있었다. 노점상도 있었고, 가끔 담에 렌 바이안 만세라고 적힌 글도 있었다. 아무리 봐도 평화스러운 모습이었다. 이번에 새로 막 독립한 신생국이라고는 믿기지 않을 평온함. 하지만 나는 보았다. 도시 곳곳에 자리 잡은 병사들을. 신생국이라 치안을 위해 그런 모양인데 그렇더라도 저렇게까지 많을 필요가 있을까? 하는 생각이 들었다. 그렇다면 저 병사들이 내가 느끼는 위화감인가? 하지만 내 본능은 그렇지 않다고 소리치고 있었다. 뭔가 다른 것이 있었다. 그리고 그저 스쳐 본 철마차가 그렇게 인상 깊게 남은 것을 보면 아마 그 철마차와 연관이 있을 것 같았다.

난 계속 길을 걸었다. 시장 쪽을 한번 둘러볼 생각이었다.

"꺄악!"

그때였다. 여자의 째지는 듯한 비명이 들렸다.

"뭐지?"

난 그쪽으로 달려갔다. 아니, 달려가려고 했다. 하지만 난 반대로 도망쳐야 했다. 누군가 흉악한 기세로 내 쪽으로 뛰어왔기 때문이다. 생긴 건 멀쩡해 보이는 사람이었는데 두 눈이 붉게 충혈되어 있었다. 그는 마치 잠시 멈춰 서 야수처럼 으르렁대며 주위를 훑어보았는데 그만 나와 눈이 마주쳤다. 그런데… 으… 붉게 충혈된 눈이 정말 섬뜩했다. 난 피해야겠다는 생각을 했는데 내 생각을 알기라도 하듯 내게 달려들었던 것이다.

"뭐야, 저거?"

난 앞으로 달렸다. 왜 저 인간이 날 쫓아오는 거지? 설마 눈이 마주쳐서? 정말 그렇다면 정말 재수없는 경우인데… 그나마 다행이라면 날 향해 달려든 사람은 방향 전환을 잘 못한다는 것이었다. 그리고 난 운동 신경은 없지만 그나마 달리기는 좀 잘하는 편이고…….

"크아아!"

"우악! 비켜요, 비켜!"

난 사람들을 향해 소리쳤다. 사람들이 내가 달리는 방향에서 알아서 비켜주기는 했지만 난 이리저리 방향을 틀어야 하는데 내가 갈 방향에 오히려 다른 사람들이 먼저 피해 있었던 것이다. 젠장, 직선거리로 가면 잡힐 텐데 이리저리 막히니… 그나저나 대체 저 인간 뭐야? 미친 사람인가? 그리고 아까 병사들도 많더니만 다 어딜 간 거야? 이건 직무 유기라고! 으아아아악~

한참을 도망 다니던 난 순간 내 살길을 발견했다. 바로 시장 뒷골목. 내가 듣기에 네안의 시장 뒷골목은 미로라는 말을 들었다. 그 말은 그만큼 구부러진 길, 골목길이 많다는 뜻이었다. 여기 렌 바이안은 네안 시가 그 전신이고 개국한 지 얼마 안 되었기 때문에 시장 뒷골목도 아직 있을 것이 틀림없었다. 물론 막다른 골목이 나오면 끝장이지만 지금 그런 걸 따질 여유는 없었다. 난 곧바로 시장으로 들어가려고 했다.

"아악! 저걸 어째."

"애가 위험해요!"

난 사람들이 외치는 소리를 듣고 뒤를 돌아보았다. 그랬더니 거기엔 아까 날 쫓던 남자가 한 여자 아이를 보고 달려들려고 했다. 한참을 뛰어서인지 숨을 몰아쉬는데 곧 달려들기 일보 직전의 일촉즉발의 상황이었다. 난 급히 닥치는 대로 아무거나 잡아서 그 남자에게 던진 후 아이에게 달려갔다. 허억, 허억… 나도 심장이랑 허파가 터질 것 같은데…

"우욱!"

아이를 안아 드는데 순간 팔이 끊어지는 듯한 느낌이었다. 난 왜 그런지 곧 알 수 있었다. 방금 내가 집어 던진 건 돌로 만든 조각상이었다. 그것도 제법 큼직한 것이었다. 저걸 어떻게 던졌지? 하는 생각이 드는 돌 조각. 그걸 맞은 충격인지 날 쫓아오던 남자는 가슴을 부여잡고 길 위에 주저앉아 있었다. 아마 가슴에 맞은 모양이었다. 난 잠시 숨을 돌렸다. 지금 병사가 온다면, 아니, 저기 있는 사람 서너 명만 오면 쉽게 잡을 수 있었다.

"헉헉……"

난 숨을 고르면서 아이를 보았다. 눈을 크게 뜨고 있는 것을 보니 아이도 꽤나 놀란 모양이었다.

"아저씨. 아저씨, 또 와."

응? 무슨 소리지? 얘가 아직 놀란 충격에서 벗어나지 못한 모양이군. 뜬금없이 알아들을 수 없는 소리를 하는 것을 보니.

"아저씨, 또 온다니까."

아이는 다시 나에게 말했다. 난 무슨 소린지 몰라서 아이 엄마를 찾으려고 고개를 들었다. 그 순간 아이의 말을 이해했다.

"젠……."

안 되지. 아이 앞에서 고운 말… 으악! 지금 그걸 따질 때가 아냐. 난 급히 시장 뒷골목으로 뛰어 들어갔다. 우릴 쫓던 남자가 다시 달려들기 시작해서였다. 대체 이게 뭐야? 경비대는 왜 안 온 거야? 그리고 저기 있는 사람들은 뭐야? 내가 다 잡아논(?) 사람 안 잡고 왜 가만히 있어서 다시 쫓기게 하냐고! 그리고… 그리고… 얘는 또 왜 이리 무거워?!

"크아아앙!"

난 그 남자에게 쫓기면서 한 가지 느껴지는 것이 있었다. 아까 본 철마차. 그 철마차에서 들렸던 소리와 우릴 쫓는 남자의 고함이 같았던 것이다. 마치 짐승의 신음 소리 같은… 어쩐지… 그때 사람들이 철마차만 보고도 두려워하며 피했던 것을 생각하며 남자를 안 잡은 것도 이해가 갔다. 오히려 근처에 있어준 것만으로도 그 용기를 칭찬해 줘야 하나? 그런데 저 사람이 대체 뭐길래 그렇게 두려워하지? 난 골목을 돌고 또 돌았다. 뒤에서 자꾸 쿵쿵 하는 소리가 들리는 것을 보니 내 판단이 옳았다는 생각이 들었다. 방향 전환이 잘 안 돼서 벽에 계속 부딪쳤던 것이다. 잘만 하면 저 남자 골병들어 뻗겠군. 그럼 나도 안 쫓기겠지. 물론 내가 먼저 지치지 않는다는 조건이 붙지만…….

"란셀!"

그때 누군가 날 불렀다. 죠세프 목소리 같은데? 난 고개를 돌렸다. 정말로 죠세프였다. 죠세프와 아르티닌이 날 향해 달려오는 것이 보였다.

"휴우……."

난 다행이라는 생각에 안도의 한숨을 쉬었다. 하지만 그것도 잠시.

난 잠시 잊었었다, 그 남자가 달려들고 있었다는 사실을. 잠시 안도를 하자마자 곧바로 내 코앞으로 들이닥쳤다. 난 놀라서 아무 골목으로 들어갔다. 그런데…

"뭐, 뭐얏!"

이, 이런 실수가……. 난 골목을 달리면서도 최대한 정신을 집중해서 골목을 살폈었다. 혹시 막다른 골목이 아닌가 하고. 물론 막다른 골목이라도 길거나 중간에 꺾였으면 내가 그걸 모르겠지만 그건 운에 맡기고 우선 당장 잘 보이는 막다른 골목은 피했던 것이다. 다행히 난 그렇게 막다른 골목을 잘 피했는데 이런, 하필 들어온 곳이 막다른 골목이었던 것이다. 난 뒤를 돌아보았다. 나에게 달려들던 남자는 날 노려보았다. 아니, 내가 안고 있는 아이를 노려보았다. 내 경우도 그랬지만 저자는 자신과 눈이 마주친 사람에게 달려드는 모양이었다. 만약 내가 이 아이를 안고 달리지 않았다면 어떻게 되었을지 상상하기도 싫었다. 하지만 결국 결과는 같은가? 죠세프와 아르티닌이 오기에는 시간이 너무 없었다.

"크아아악!"

내 눈에 그 남자가 달려드는 모습이 보였다. 난 순간 눈을 질끈 감았다. 나도 모르게 나온 행동이었다. 난 한 가지 외에는 생각할 수 없었다. 다른 곳으로 공간 이동이 되었으면, 다른 곳으로 다른 곳으로. 최소한 저 남자의 뒤로라도…

그때 내 얼굴에 그 남자의 거친 숨이 닿았다.

"란셀, 란셀."

누군가 날 깨웠다.

"어… 엇!"

난 벌떡 일어났다. 내가 침대 위에 누워 있었던 것이다. 그런데… 여관은 아니네?

"여기가 어디야? 그리고 아이는? 날 쫓던 사람은?"

난 그렇게 물어보면서 혹시 내가 꿈을 꾼 것이 아닌가 하는 생각이 들었다. 분명 그때 난 빠져나갈 틈이 없었던 것이다. 막다른 데다 한 사람 겨우 지나갈 좁은 골목.

"란셀에게 달려들던 남자는 체포되었어요. 그리고 그 아이는 무사하고요."

죠세프의 말에 난 안도했다. 다행이군, 꿈은 아니어서. 응? 그게 아니잖아. 차라리 악몽이면 그게 더 다행이지. 여기에 그런 미친 인간들이 싸돌아다닌단 말야? 난 확신하고 있었다, 내가 본 철마차 안에 나에게 달려들던 사람 같은 사람이 실려 있었다는 것을. 그리고 처음 여기에 올 때 우리에게 친절히 설명하던 병사가 급히 달려간 이유도 그것 때문이라고. 그렇다면 미친 사람인지 뭔지 알 수 없는 그런 사람이 여럿 있다는 소리였다.

"그런데 나에게 달려들던 사람은?"

"하하, 란셀, 아직 정신이 없으신가 봐요. 방금 잡혔다고 말했는데… 병사들이 와서 잡아갔어요."

"아니, 그게 아니고……"

역시 눈치없는 죠세프라니까.

"그런 사람이 여러 명 있다고 들었어요. 멀쩡하던 사람이 갑자기 그렇게 미쳐 버렸다고 하더군요."

역시 눈치 빠른 예나의 설명이었다.

"다행히 이 나라가 건국된 지 얼마 안 돼서 만일을 위해 병사들이 나라 곳곳을 지키고 있는 상황이라 그 병사들의 도움으로 별 탈은 없었다고 하지만 언제 무슨 일이 터질지 모르는 상황이라고 하더군요. 그리고 이곳의 의사들은 전염병이라고 말하던걸요. 그리고 마법사들은 저주 마법이라고 말하고 신관들은 악마가 들었다고 하고요."

흠… 참 복잡하게 여러 가지 하는군. 어떻게 사람들마다 다 말이 다르냐? 암만 자기 전공이 다르다지만 말야.

"그래서 말인데, 란셀. 우리가 의논을 했거든."

옆에서 아르티닌이 말을 했다.

"음… 아… 나 힘드니까 이번 일 해결하자는 말만 빼고 다 말해."

난 아르티닌을 앞서 먼저 선수쳤다.

"이번 일 우리가 처리해야 할 것 같다고 결론이 났는데, 할 거지?"

음… 해결이란 말을 쓰진 않았군… 치사한 드래곤 같으니라고…….

"그래? 이번 일 처리하자는 것만 아니면 할게."

"그래? 그럼 이번 일 우리가 맡는 거다?"

…비열한 드래곤… 누워 있는 날 보고도 그런 말을 하다니…….

"참, 그런데 란셀, 어떻게 한 건가요?"

"뭐얼?"

난 힘없이 대답했다. 꼼짝없이 이번 일을 맡았으니… 난 다시 그런 광기에 사로잡힌 사람과 마주치기 싫단 말이야. 하지만 그래도 난 한 가지 희망이 있었다. 우리가 이번 사건을 해결하겠다고 나서도 허락을 해줘야 되는 것이었다. 내가 볼 때 각 계층마다 말이 달랐다. 의사, 마법사, 신관. 모두 자신들의 전공대로 말한 것이었다. 그렇다면 자신들이 해결하겠다는 신념으로 우리가 끼어들지 못하게 할 수도 있었다.

특히 신관이라면 사명감이 큰 집단이라 희망을 가져 볼 만했다.

응? 그런데 죠세프가 뭐가 궁금한 거지? 난 죠세프를 보았다.

"란셀, 어떻게 그 남자에게서… 아니, 그게 아니지. 전 분명히 봤어요, 아울과 함께. 그때 란셀은 막다른 골목에 갇혔고 그 남자는 달려들었죠. 그런데 그 순간 란셀은 그 남자의 뒤에 있었어요. 아이를 안은 채로요. 그 덕에 그 남자는 그대로 골목 벽과 브딪쳤고, 기절하는 바람에 잡을 수가 있었죠. 그런데 란셀이 그 남자 뒤에 나타난 것이 정말 뭐랄까……."

"마법이다."

아르티닌이 죠세프의 말을 끊고 말했다.

"정확히 하자면 공간 이동 마법이었어."

난 죠세프의 말을 듣고 어리둥절해졌다. 그런데 다시 아르티닌의 말을 듣고 웃음이 나왔다.

"아울, 잘못 생각했겠지. 난 마법을 못 쓰잖아. 그런데 어떻게 마법이란 말이 나오지? 그것도 네가 그런 말을 하다니."

하지만 아르티닌은 진지한 표정이었다.

"그래, 란셀. 넌 네 심장이 드래곤 하트라 다법을 못 쓴다고 했지."

"그럼~ 내 스승이신 카나이드가 그렇게 말했지."

"하지만 과연 그럴까? 내가 아는 상식 하나만 말하지. 드래곤 하트는 대단한 거야. 드래곤이 드래곤일 수 있는 이유 중 한 가지가 바로 드래곤 하트 때문이지. 그런데 그런 드래곤 하트를 심장으로 가지고 있으면 마법을 잘해야 정상인데 오히려 마법을 못한다? 그것이 말이 된다고 보냐?"

"뭐… 상식적으로 그렇긴 한데 현실이 아니니까 문제지. 아니, 그럼 네 말은 내가 마법을 쓸 수 있다는 거야?"

"그렇지. 내가 아는 한 드래곤 하트가 몸의 일부라고 마법을 못 쓴다는 건 없어. 그건 너도 알고 있을 텐데? 네가 찾던 악토프케시움, 그것이야말로 네 심장이 드래곤 하트라고 해도 마법을 쓸 수 있다는 반증이지."

말 되네… 그런데…

"아울, 악토프케시움이 뭐야?"

엉? 왜 다들 저렇게 죽으려고 하지? 내가 뭘 잘못 말했나? 아니면 나 빼놓고 놀러 가서 몰래 사 먹은 것이 탈이 난 건가? 아르티닌과 죠세프를 만난 곳이 시장이니 가능도 하겠군.

"아니, 란셀!"

갑자기 죠세프가 소리 질렀다.

"왜 그래?"

"왜 그러다뇨? 악토프케시움을 모른단 말이에요? 전에 그렇게 찾아 놓고?"

응? 내가?

"내가 언제?"

"쯧쯧, 삼백 년을 넘게 살았으니 치매에 걸릴 만하군."

이브린도 한마디 했다. 아니, 왜들 이러지? 내가 뭘 어쨌다고.

"란셀이 그렇게 찾던 악토프케시움을 모른단 말인가요? 그걸 찾으면 마법을 쓸 수 있다면서요? 그래서 여러 사람에게… 아니, 드래곤과 하이 엘프들에게 물어보았다면서요?"

난 죠세프의 말을 듣고 그제야 기억이 났다.

"아하, 그거? 뭐, 포기한 지가 언젠데… 까먹었지. 하하. 내가 아직도 그걸 기억하고 있다니, 오히려 그게 신기한걸? 어어? 이봐들, 어디 가?"

나 혼자 방에 덩그러니 남았다. 이럴 수가·· 이럴 수가… 악토프케 시움이 무슨 사람 능력을 향상시켜 주는 영약도 아니고, 대단한 마법 무구도 아닌, 그저 나한테나 필요한 건데 그것 때문에 내가 이런 꼴을 당하다니… 음… 잠깐, 그건 그렇고 방금 아르티닌이 한 말이 뭐였지? 내가 마법을 썼다고 그랬나? 내가 마법을? 마법? 음… 음으하하하하! 내가 마법을 쓰다니, 그럼 다시 한 번 주문을 외워보자. 마법 주문은 대부분 아니까 우선 간단한 걸로… 그래, 그게 좋겠군.

"파이어 볼."

엉? 아무 일 없잖아? 다시 한 번.

"파이어 볼."

안 나가잖아. 대체 무슨 마법이 된다는 거야? 이런, 드래곤이 거짓말을 하다니.

"바보가 따로 없군."

그때 아르티닌이 들어오며 말했다.

"뭐야. 너, 지금 내가 하는 거 다 봤지? 이거 완전 계획적이군. 멀쩡한 사람을 바보로 만들다니."

"쯧쯧, 보고 싶어 봤나? 보는 나도 민망하더라고. 어쩌다 우연히 마법 한 번 썼다고 지금도 마법을 쓸 수 있을 것 같아? 그리고 성공한다 쳐도 이런 방 안에서 파이어 볼을 써? 너, 혹시 머리에 충격받았나?"

"흠흠. 그, 그럴 수도 있지 뭐……."

"허튼짓하지 말고 나가자."

"어딜?"

"가보면 알아."

난 아르티닌이 끄는 바람에 어쩔 수 없이 끌려 나왔다. 나와서 보니까 내가 있던 곳은 신전이었다. 어쩐지 방 안이 너무 깨끗하더라. 내가 나와보니 어떤 사람들이 우릴 기다리고 있었다. 그중에 나이가 가장 많아 보이는 사람이 말했다.

"감사합니다, 제 딸아이를 구해주셔서."

이 사람이 내가 구한 아이의 아버지인가? 눈에 띄는 사람이었다. 다들 좋은 옷을 입고 있는데 유일하게 허름한 옷을 입고 있었다.

"하하하, 아닙니다. 저도 제가 살기 위해 뛴걸요."

내가 그렇게 말했을 때 신관인 듯 보이는 사람이 다가왔다. 응? 그런데… 치엠 신관?

"안녕하십니까, 신도님? 전 엘렌디아 여신의 종인 치레인이라고 합니다. 제 언니에게 란셀 신도님에 대한 말을 많이 들었습니다."

난 치엠, 아니, 치레인이라고 소개한 신관의 말을 듣고 놀랐다. 말을 들으니 자매가 확실한데 너무 닮았다.

"아하하하… 치엠 신관님과 자매셨군요. 자매가 같이 신관이라니… 너무 닮아서 놀랐습니다."

내 말을 듣고 치레인은 미소를 지으며 말했다.

"예, 제 언니와 전 쌍둥이입니다. 저희를 아는 분들은 저희 자매가 같이 있으면 그럭저럭 구별이 가지만 따로 보면 구분을 못한다고 하시더군요."

난 그 사람들의 말이 이해가 갔다. 응? 그런데 치엠 신관에게 내 말을 들었다면…

"저… 그런데 혹시… 여기에 많은 분들이 모인 건……"

내 말에 치레인 신관은 고개를 끄덕였다.

"짐작대로입니다. 지금 여기 렌 바이안은 자그마한 도시 국가로 새롭게 시작하는 나라입니다. 그런데 이런 일이 일어났습니다. 이대로 가다간 민심이 흩어져 나라가 그대로 망할 수가 있습니다. 그렇게 되면 그 피해는 고스란히 이곳 사람들에게 미칠 것입니다. 그런데 제 언니의 말을 들으니 란셀 신도님께서는 우리가 알 수 없는 희한한 일들을 해결하신다고 들었습니다. 또 그 능력이 대단하고요. 그리고 저희에게는 다행히도 란셀 신도님께서 오셨습니다. 이것이 다 엘렌디아 여신님의 은총이라고 생각합니다."

댁들이나 은총이지 나한텐 구리총도 안 돼요. 이거 이렇게 되면 내가 해결해야 되잖아? 무슨 사람들이 자존심도 없지, 처음 보는 사람에게 이렇게 일을 덥석 맡기다니.

"후우… 좋습니다. 그럼 어떻게 된 건지부터 들읍시다."

내 말에 치레인 신관은 누군가에게 눈짓을 했다. 그러자 여러 사람들 중에 한 사람이 나오며 말했다.

"전 하스 오크랄이라고 합니다. 이 렌 바이안 총경비대장입니다."

이 렌 바이안의 전신인 네안 시는 독립성이 강한 도시였다. 도시 자체는 샹드라는 작은 소국에 속해 있었지만 이미 샹드가 통제하기에는 너무 커버린 도시였다. 게다가 주변의 벨크나 시와 오넬 시도 네안 시의 영향을 받아 같이 크고 있었던 것이다. 벨크나는 포른이란 나라에, 오넬 시는 암샤임이란 나라에 속해 있었지만 오히려 네안, 벨크나, 오넬 이렇게 세 도시 간의 유대감이 더 강했던 것이다. 작은 나라 속에서 통제가 불가능해질 정도로 커져 버린 도시들. 결국 각 나라들은 도시를 분리시켰고 하나의 나라로 인정을 해주었던 것이다. 비록 도시 국가지만 그 힘만은 다른 나라들과 견줄 만했고, 또 훌륭한 왕이 있어 나라는 잠재력이 컸다. 그런데 나라를 세우자마자 이상한 일이 생겼다. 왕의 오른팔이랄 수 있는 카츠 멜도라는 상인 겸 재상이 건국 축하 연회에서 왕에게 달려들었던 것이다. 처음엔 재상이 격무에 지쳐 잠깐 정신이 나갔다고 생각했는데 그것이 아니었다. 재상과 같은 증상의 사람들이 하나둘 나오기 시작했다. 그래서 우선은 격리를 시켰는데 처음 발광을 할 때는 그저 사람들에게 달려들더니 어느 정도 시간이 지나자 무척 교활해지기 시작했다는 것이었다. 아픈 척을 하거나 죽은 척을 해서 격리된 곳을 빠져나갔다고 했다. 그중 심한 것은 정상으로 돌아온 것처럼 행동한다는 것이었다. 그걸 사흘간 했는데 너무 완벽한 연기에 모두들 속았다고 한다. 나중에야 그가 몰래 다른 사람을 덮치려는 것을 보고 사로잡았다고 한다. 그 후부터는 아예 사방이 막힌 감옥에 가두고 그들을 옮기는 것도 철마차로 옮겼다.

"한때는 렌 바이안이 속했던 나라들을 의심도 했었지만 그 나라들에는 혐의점이 없었습니다. 지금은 전염병이란 의견이 우세하지만 차츰 악마의 짓이란 의견이 많아지고 있습니다. 이건 위험한 일입니다. 치레인 신관님이 말씀하신 렌 바이안이 망한다는 뜻이 그겁니다. 어떤 누가 악마의 영향을 받은 나라와 상대하겠습니까? 그리고 그런 나라의 국민을 제대로 보겠습니까? 렌 바이안은 상업 도시 국가입니다. 국가 이미지가 나라를 지탱하는 힘의 반을 차지합니다."
하스의 말을 들으니 참 골치 아프겠다는 생각도 들었다.
"그럼, 우선 그 미쳐 버린 사람들을 좀 봅시다."

난 우선 그렇게 일을 풀어가기로 했다.

"예, 그런데 조심해야 합니다. 란셀 씨가 잡은 사람은 초기 단계입니다. 그래서 멍청하고 행동도 느리고 몸도 뻣뻣했지만 시간이 지나면 지날수록 상태가 좋아집니다. 그리고 그들이 어떤 행동을 해도 연극이라고 생각하시기 바랍니다. 그들은 너무 교활하니까요."

하스는 내게 주의를 주었다. 흠… 그런데 난 겁주는 소리로 들린다. 으휴.

"알겠습니다."

우린 그들이 잡혀 있다는 감방으로 갔다. 처음부터 두꺼운 철문이 가로막고 있는 것을 보고 사람들이 너무 겁을 먹어 과잉 반응을 보이는 것인지, 아니면 정말 저렇게 해야 하는 것인지 판단하기 어려웠다.

하스가 부하를 시켜 문을 열게 했다. 문이 열리자 우린 안으로 들어갔다. 그런데 생각과는 다르게 감옥 안은 매우 조용했다.

"이상하게 아무리 울부짖던 사람들도 여기 들어와 조금만 지나면 조용해집니다."

하스가 들어가면서 말했다. 난 하스의 설명을 들으며 마음이 무거워졌다. 저들은 미친 것이 아니었다. 그렇다고 무슨 일로 신지를 잃고 난동을 부린 것도 아니었다. 엄연히 지능을 가지고 있었다. 생각할 줄 알고 학습도 물론 가능했다. 감옥에 갇히기 전과 똑같은 사람이었다. 다만 달라진 것은 그들의 본능이거나 마음, 정신뿐일 것이다. 그렇게 그들이 생각하고 행동하니 우리가 볼 때는 교활하게 보인 것이었다. 나도 겪어서 아는데 처음 저렇게 되었을 때는 정말 멍청해 보였다. 무조건 직선으로 달려드니. 하지만 그렇게 분별없이 날뛰던 사람도 정신을 차리면 머리를 쓰는 것이다. 난 곰곰이 생각해 보았다. 사람의 본능이

나 마음, 정신만 바꾸는 것이 뭐가 있을까? 여러 가지가 생각났다. 난 우선 그것을 알아보기 위해 저기 갇힌 사람 중 한 사람을 보길 원했다.

"안 됩니다. 그들은 위험하다니까요."

하스는 내 말에 반대했다. 하지만 내 주위에 있는 사람들이 누군가? 한 사람은 마법검사에 또 한 사람은 폴리모프한 드래곤이었다. 무서울 건 없었다.

"상관없습니다. 옛말에 드래곤 슬레이어가 되려면 드래곤의 레어로 들어갈 용기부터 가지라고 했습니다. 그리고 드래곤도 만나야 잡는다는 말도 있고요. 마찬가지입니다. 저 사람들을 안 살피면 해결 방법도 없는 것입니다."

내 말에도 하스는 계속 머뭇거렸다.

"하지만… 란셀 씨도 보셨을지 모르겠습니다. 저들을 실은 철마차를 사람들이 피한 것을 말입니다. 왜 그런지 아십니까? 전염을 염려해서입니다. 의사들은 경고를 합니다. 저들에게 가까이 가지 말라고요. 전염이 될지도 모른다는 겁니다. 그래서 우리는 저들에게 밥을 줄 때도……."

그러면서 하스는 긴 장대를 들어 보였다.

"여기에 밥을 담아서 줍니다. 가까이 가지 않으려고요."

난 장대를 보았다. 아닌 게 아니라 장대 끝이 숟가락처럼 생겼다.

하스는 내가 쳐다보자 얼른 고개를 저었다. 하지만 나도 물러설 수는 없었다.

"하지만 저들을 못 보면 해결이 안 된다니까요. 그리고 정 전염되면 제가 고쳐 드리죠."

내 말에 하스는 눈살을 찌푸렸다.

"그러지 말고 빨리 한 명만 데리고 오세요."

계속되는 내 요구에 어쩔 수 없었는지 하스는 가장 가까운 감방의 사람을 데리고 왔다. 나와 하스가 실랑이를 하는 동안 눈치 빠른 병사들은 하스의 패배를 직감하고 도망쳐 버렸고 덕분에 하스 혼자 감옥에 있는 사람을 데려온 것이다. 감옥에서 사람을 데려오는 하스의 얼굴이 일그러져 있었다. 음… 도망친 병사들, 이젠 죽었군. 병사들을 위해 묵념.

"전 헬크인 샤프란입니다. 제가 집에 가는데 갑자기 머리가 멍하더니 정신이 멍해졌습니다. 그런데 눈을 뜨니 여기더군요. 대체 어떻게 된 겁니까? 참, 세상에 별일이 다 있군요."

자신을 헬크인이라고 소개한 사람은 순해 보이는 얼굴로 의문에 가득한 표정을 지으며 주위를 둘러보았다. 정말 누구라도 속아 넘어갈 행동이었다. 하지만 하스의 말대로 그것은 연극이었다. 왜 연극이냐고? 다른 건 안 봐도 되었다. 헬크인의 말이 사실이면 그는 멀쩡히 길을 가다가 한순간에 자신이 생각지도 못한 곳에 와 있어야 했다. 그것도 감옥에. 만일 이런 일이 보통 사람에게 일어났으면 어떨지 상상만 해도 답이 나왔다. 보통 사람이 감옥에 갇히던 우선 죄가 없다고 꺼내 달라고 소리를 지르게 마련이다. 그리고 누군가 감옥에서 꺼내어 어떤 처음 보는 사람에게 데려가면 그 사람에게 분명 자신이 무죄임을 밝히려고 해야 정상이다. 하지만 이 헬크인이란 사람, 너무 침착했다. 아니, 평범한 사람이라도 침착할 수는 있었다. 문제는 그 말이었다. 아니, 자기도 모르게 감옥에 갇혔던 사람이 한다는 말이 고작 세상에 별일 다 있다는 한마디? 차라리 드래곤을 속여라. 드래곤은 그래도 순진한 면이라도 있으니. 감히 날 속이려 하다니!

"그런가요? 하긴 세상에는 말로도 마법으로도 해결 안 되는 일이 있으니까요."

난 그렇게 헬크인을 안심시키며 그를 자세히 살폈다. 평온한 얼굴. 의문은 있지만 당혹감은 없는 얼굴. 그리고 눈빛. 보기에는 고요한 눈이었다. 하지만 난 느낄 수가 있었다. 태풍 전의 고요함과 같이 폭발할 듯한 광기를 감춘 고요한 눈빛임을. 난 계속 헬크인을 살폈다. 그의 얼굴색, 손, 손가락. 난 손가락에서 잠시 머물렀다. 손가락 끝. 자잘한 검은 점이 박힌 손톱. 난 뭔가 짚이는 것이 있었다. 난 다시 그의 전신을 보았다. 얼굴과 목, 손을 제외한 부분은 옷으로 단단히 둘러쌌다.

"더위를 잘 안 타시는 모양이군요."

"예? 아… 예."

내 말에 헬크인은 당황한 듯이 말했다. 더위를 안 탄다? 더위를 안 탄다는 것이 더위를 못 느낀다는 것은 아닐 것이다. 이 감옥의 창은 서향이었다. 비록 지금이 가을이라지만 낮 동안 태양열에 데워진 실내에 석양의 햇볕이 깊숙이 들어오는 이곳은 제법 더웠다. 아마 밖에 나가면 시원함을 느낄 것이다. 그런데 그는 저렇게 몸을 옷으로 감쌌다. 최소한 옷소매라도 올리는 것이 정상이었다. 나도 그렇고 하스도 그렇고 다른 사람들도 다 옷소매를 걷은 상태였다. 그런데 이곳에 우리보다 더 오래 있었던 헬크인이 저런 차림이라니……

"더위를 안 타신다고 해도 더운 건 더운 것 아닙니까? 저희처럼 옷소매라도 걷지 그러십니까?"

내 말에 그는 당황한 표정이었다.

"아, 아닙니다. 전… 전… 지금 춥습니다."

훗, 춥다? 난 그 말을 듣고 더욱 헬크인을 자세히 살폈다. 그런데 그런 내 시선이 부담스러웠는지 헬크인은 안절부절못했다.

"제 얼굴에 뭐라도 묻었나요?"

참지 못하겠는지 헬크인이 날 보며 물었다.

"글쎄요……."

난 대충 대답하고 계속 헬크인을 훑어보았다. 그러면서 헬크인의 눈을 살폈다. 어느새 그의 눈이 흔들리고 있었다. 호오~ 이제 폭풍이 칠 차례인가?

"아참, 춥다고 하셨나요? 추위는 강한 정신력으로 이겨내야죠. 냉수마찰 어떻습니까?"

난 그렇게 말하며 헬크인을 보았다. 순간 헬크인의 눈에서 불똥이 튀는 듯했다.

"크아아아! 죽여 버리겠어!"

헬크인이 내게 달려들었다. 하지만 그 순간 죠세프가 먼저 헬크인을 잡아 던져 버렸다.

쿵!

헬크인은 충격을 받았는지 잠시 비틀거리다 다시 덤벼들었다. 하지만 역시 죠세프에게 막혀 버렸다.

"죠세프, 그 녀석의 옷을 벗겨봐."

"예?"

내 말에 죠세프가 놀란 모양이었다.

"라, 란셀… 대체 무슨 생각으로……."

뭐, 뭐야, 그 질문의 요지는? 죠세프, 너야말로 무슨 생각을 하기에…….

"아, 글쎄 나 변태가 아닌 거 알잖아. 아무튼 그 녀석 옷을 벗겨봐.

그냥 상의만 벗기면 돼."

내 말에 죠세프는 머뭇거리며 헬크인의 웃옷을 그대로 찢어버렸다. 음… 가끔가다 상당히 과격한 녀석……

"이제 됐나요?"

난 죠세프에게 고개를 끄덕이며 말했다.

"보시죠."

내 말에 헬크인을 본 사람들은 놀라는 표정이었다. 헬크인의 몸에는 이상한 무늬들이 있었다. 그럼 이제부터 설명을 해야겠지? 목 좀 가다 듬고. 흠흠.

"저건 병의 일종입니다. 하지만 전염병은 아닙니다. 세상에는 마나가 가득 차 있습니다. 그 마나로 인한 것입니다. 마나란 사람이 마법이란 힘으로 이용합니다만, 그런 경우를 제외하고는 안정되어 있습니다. 하지만 항상 그렇지는 않습니다. 여기까지는 잘 아실 겁니다. 그런데 문제는 마나가 안정되지 못할 때입니다. 그럴 때 마나는 어떤 작용을 할지 모릅니다. 다행히 마나가 안정되지 못하더라도 별 큰일 없이 다시 안정이 되는 경우가 대부분입니다만 가끔 변형이 되는 경우가 있습니다. 안 좋은 방향으로요. 그 결과가 저겁니다."

난 헬크인을 가리켰다. 그리고 다시 설명하기 시작했다.

"변형된 마나는 사람의 신체에 영향을 미치는 경우가 있습니다. 그럴 경우 사람 몸에서는 이상한 성분이 나오고, 그것으로 인해 사람 성격이 변하게 됩니다. 폭력이나 살생을 즐기게 되지요. 저 헬크인이란 사람 몸 보셨죠? 마치 무슨 문자 같지 않습니까? 저건 제가 말한 마나로 인해 나온 이상한 성분으로 혈관이 이상 변형되면서 생긴 것입니다. 혈관이 피부로 밀려오면서 보이는 것입니다. 저렇게 생긴 무늬가 마치 문자 같아서 저런 증상을 악마의 편지라고 합니다."

내 말은 끝났다. 사람들은 아직도 멍하니 헬크인의 몸을 보고 있었다. 그리고 헬크인은 죠세프에게 제압당한 상태에서 계속 으르렁거리고 있었다.

잠시 후 치레인 신관이 내게 다가왔다.

"그럼 이유는 알겠는데 어쩌면 좋죠?"

"음… 우선 사람들을 치료해야죠. 몸에 있는 성격을 바꾼 그 성분을 제거해야 합니다. 그리고 마나를 변형시킨 원인을 찾아야지요. 지금도 계속 사람들이 악마의 편지에 걸린다면서요? 그럼 마나를 변형시키는 원인이 계속 있다는 뜻입니다. 그걸 없애지 않으면 여기 렌 바이안은 죽음의 도시로 변할 겁니다."

내 말이 끝나자 치레인 신관은 굳은 얼굴을 하고 말했다.

"죽음의 도시라… 참으로 입에 담기 불경스런 말이군요. 하지만 이것이 현실이니 어쩔 수 없겠죠? 그럼 우선 사람들부터 치료를 해주세요."

난 치레인 신관의 말에 고개를 끄덕였다. 역시 사람들 치료가 먼저였다. 저 상태로 너무 오래 있으면 치료가 불가능해지기 때문이었다. 어쩌면 벌써 치료 불가능한 사람이 나왔을지 몰랐다.

"파비안 뿌리, 로톡스 씨앗, 벨켈로나 꽃잎, 토만 잎, 케티안 껍질, 카클로나 열매. 우선 이렇게 필요하군요."

난 신전 측에 재료를 신청했다. 이미 신전에서 모든 것을 도와주기로 했던 것이다.

"저… 그런데… 그런 건 어디 가서 구합니까?"

저 사람 이름이 미에나 신관이라고 했나? 이름은 여자 같은데 남자였다. 그것도 얼굴에 주름이 자글한 겉늙어 보이는 신관. 나이가 고작 스물다섯이라면서 오십 대 얼굴이니. 쯧쯧. 아무튼 미에나 신관은 날 보면서 난감한 표정을 지었다.

"왜 그러시죠? 주위에서 쉽게 구할 수 있는 것들인데."

"그, 글쎄… 전 다 처음 들어보는 거라……."

"음… 모르시겠더라……."

"아… 예. 모, 몰라서……."

미에나 신관은 얼굴에 더욱더 곤란한 표정을 지었다.

"그럼 쉽게 풀어서 말하죠. 무, 해바라기 씨앗, 민들레 꽃, 솔잎, 계피, 늙은 호박. 이렇게 준비해 주세요."

"예? 그, 그것들은……."

미에나 신관은 더 당황한 표정이었다.

"왜요? 구하기 어려운 것들입니까?"

"아, 아뇨. 너무 쉽게 구할 수가 있는 것들이라… 그럼 방금 전 재료와 제가 몰랐던 재료와는 약효가 얼마나 차이가 납니까?"

"차이는요. 같은 겁니다. 파비안 뿌리 등으로 말한 건 전문 용어죠. 무 등으로 말한 건 일상 용어고요."

내 말에 미에나 신관은 잠시 멍한 표정을 짓더니 날 꼬나보았다. 허… 그렇게 보면 어쩌려고? 설마 신관이 사람을 치겠어?

"흐음… 예에, 란셀 신도님. 그럼 이걸 어떻게 할까요?"

"중탕을 해서 악마의 편지에 걸린 사람들에게 먹이면 됩니다. 하지만 조심해야 할 겁니다. 먹이는 것이 쉬운 일은 아니니까요."

내 말에 미에나 신관은 당황한 모양이었다.

"아, 아니, 란셀 신관님이 먹이는 것이 아닙니까?"

허… 정말 당황해도 엄청나게 당황한 모양이군. 날 보고 신관이래…….

"아닙니다. 전 변형된 마나의 근원을 찾아야 합니다. 그러니 먹이는 것은 신전에서 알아서 하셔야죠. 그 정돈 가능하시죠? 미. 에. 나. 신. 도. 님."

난 그 말을 남기고 나와 버렸다. 바보, 내가 신도라고 했는데도 못 알아채다니. 그런데 왜 미에나 신관에게 이러냐고? 예쁜 여자 이름이라 잔뜩 기대했는데 저런 곁늙은 남자 신관이 나와봐라, 이런 행동 안 나오나. 그래도 난 착한 거란 말야.

"어이, 많이 기다렸지?"

난 일행들이 있는 곳으로 갔다.

"아뇨, 생각보다 일찍 오셨네요?"

그럼, 그럼. 내가 거기서 뭘 하라고.

"이건 빨리 처리해야 피해자가 없을 테니 두리 좀 했지."

호오~ 치레인 신관은 이런 나에게 미소로 답해주었다. 다른 일행들? 역시나 안 믿는 눈치다. 하긴 한두 번이 아니니까. 흠흠.

"그럼 어디서부터 시작해야 하나요?"

치레인 신관이 물었다.

"우선 마법사들의 물건부터 봐야 합니다. 그 후에는 기분이 나쁘시더라도 신전, 그 후에는 도시 전체를 둘러보고, 지형을 살피고, 이곳의 역사를 챙겨 여러 가지 사건을 조사해야 합니다. 여기에 들어온 물건들도 살펴야 하고요. 만약 건국을 축하해서 타국에서 준 선물이 있으면 그것도 살펴야 합니다."

내 말을 듣던 치레인 신관은 얼굴이 어두워졌다.

"어쩌면… 시일이 오래 걸릴 수도 있겠군요."

"생각보다는 빠를 겁니다. 왜냐하면……."

내가 말을 끝내기도 전에 날 부르는 소리가 들렸다.

"란셀."

페디였다.

"어떻게 됐어?"

"그게… 아무런 이상이 없던데요?"

난 페디의 말을 듣고 이상한 생각이 들었다.

"정말이야?"

"예. 마법사의 물건, 신전, 렌 바이안 전체, 역사서에 전설까지 전부 살폈어요. 하지만 마나는 안정되어 있던걸요?"

난 페디의 말이 믿기지 않았다. 내가 알고 있는 지식에 의하면 분명 여기에 뭔가 있어야 했다.

"그렇단 말이지?"

"예. 그런데 한 가지 이상한 것이 있긴 있어요."

난 페디의 말에 귀가 번쩍 띄었다.

"뭔데?"

"이 나라, 렌 바이안 전체는 안정되어 있어요. 그런데 렌 바이안을 둘러싼 성벽을 기준으로 렌 바이안과 그 바깥이 뭔가 이질적이던데 요?"

"그래?"

난 잠시 생각을 해보았다. 페디가 느낀 이상한 이질감. 페어리 드래

곤은 워낙 섬세해서 주위의 것들과 공감하는 존재였다. 그렇다면 활기
찬 렌 바이안과 그렇지 않은 렌 바이안 바깥과의 분위기로 이질감을
느꼈을 수도 있었다. 아니, 오히려 그것이 나았다. 대체 국가 전체가
이상하다니. 뭐, 나라 전체가… 엇! 나라 전… 체가? 나라 전체가… 렌
바이안은 도시 국가. 작은 나라. 그렇다면 가능할지도…….

"페디."

난 급히 페디를 불렀다.

"왜요?"

"너, 렌 바이안을 살필 때 얼마나 높이서 살폈어?"

"그야 좀 더 기운을 잘 느끼려고 낮게 날았어요. 성벽 높이 정도로?"

"흠… 그렇다면 못 보았을 수도……. 페디."

난 다시 페디를 불렀다.

"예?"

"이번엔 이렇게 해봐."

"어떻게요?"

"하늘 높이 날아서 렌 바이안 전체를 살펴봐."

"렌 바이안 전체를요?"

"그래, 전체를."

"알았어요."

페디는 다시 날아올라 갔다. 난 우선 한숨을 돌리며 치레인 신관을
보았다. 그런데 지금 치레인 신관은 놀란 표정이었다.

"치레인 신관님."

"아, 아, 예. 란셀 신도님."

"왜 그러고 계신지요?"

"아… 아! 방금 전 그게 뭐였나요? 박쥐 같기도 하고……."

난 치레인 신관의 말에 웃음이 나왔다. 페디가 불쌍해. 킥킥.

"페디라고 합니다. 페어리 드래곤이죠"

치레인 신관은 페어리 드래곤이란 말을 듣고 더 놀란 표정이었다.

"저… 신관님."

"옛! 예? 왜 그러십니까?"

"에, 저… 페어리 드래곤 보신 것은 비밀로 해주시기 바랍니다. 왜냐하면……."

"압니다, 란셀 신도님."

치레인 신관은 어느새 침착함을 되찾고 말을 했다.

"지금 같은 분위기에서 괜히 드래곤 이야기가 나오면 좋을 건 없죠."

역시 사려 깊은 신관의 모습. 언니인 치엠 신관과는 영 딴판일세그려.

"그나저나 대단하시군요. 페어리 드래곤까지 부리시다니. 역시 언니가 칭찬할 만해요."

"하하, 뭘요……."

당연하죠. 흐흠.

그러는 사이 페디가 돌아왔다.

"어때? 이상한 게 있어?"

난 페디에게 물어봤다.

"란셀 짐작이 맞았어요. 이 도시는 전체가 마법진이더군요."

음… 역시 그랬군. 어쩐지 암만 복잡한 시장이라지만 이상하게 골목이 많더라니…….

"아!"

그때 치레인 신관이 탄성을 질렀다.

"맞아요, 이런 말을 들은 적이 있어요."

우린 치레인 신관의 말에 귀를 기울였다. 뭔가 중요한 말이 나올 것 같았다.

"여기 네안 시는 원래 전부터 독립을 꿈꾸었었다고 해요. 그런데 고작 도시 하나로는 힘이 없으니까 네안 시 전체를 마법진으로 만들었다고 하죠. 만약의 경우 도시 전체를 실드로 둘러쌀 수 있게요. 물론 이건 극비입니다. 저도 우연히 들은 내용이지요."

"하지만 이 도시는 낡은 채 그대로라 손본 곳을 못 봤는데요?"

시장 골목을 샅샅이 누빈 내 경험담이었다.

"당연합니다. 그 이야기는 벌써 이백 년 전의 이야기랍니다. 간단히 말해서 렌 바이안의 전신 중 하나인 네안 시는 오래전부터 독립을 꿈꾸고 준비해 온 것이죠."

난 치레인 신관의 말을 듣고 이해가 갔다. 이백 년의 세월이면 방치된 마법진이 오작동을 일으키기 쉬운 시간이었다. 그것이 대형 마법진이라도. 특히 여기처럼 도시 전체가 마법진이고, 사람들이 그걸 모른다면 훼손이 되거나 변형이 되었을 수도 있었다. 대형 마법진의 약점이 그것이었다. 작은 마법진은 훼손이 되거나 변형이 되면 마법진이 발동 안 하는 등의 문제점을 금방 알 수가 있지만 마법진이 커지면 커질수록 잘 알 수가 없었다. 게다가 변형이 되어도 마법진이 제대로 발동되었다. 어떻게 보면 훼손되고 변형된 마법진이 제대로 발동한다는 것이 장점으로 보일 수도 있지만 그렇게 망가진 마법진은 어떤 작동을 할지 모르는 무서운 흉기였다. 평소에는 제대로 발동이 되니 망가진 곳도 알 수가 없는 노릇이었다. 특히 여기처럼 극비로 전해지면 마법진을 자주 살피는 것도 힘들 것이었다.

"혹시 마법진 설계도를 구할 수 있을까요? 아니면 도시 계획 설계도라도……."

뭐, 그 말이 그 말이었다. 마법진에 따라 도시 계획을 했으면 도시 계획도 자체가 마법진 설계도이니.

"불가능할 겁니다. 제가 우연히 알게 되었다고 그랬죠? 건국 직전에 어떤 사람들이 제가 있는 신전에 오셔서 밀담을 했죠. 그때 들은 것이랍니다. 그리고 그때 한 말이 네안 시의 도시 계획에 관해서였는데 계획 설계도가 없어서 고민하던 중에 나왔던 겁니다. 전 그 자리에서 밀담의 내용을 발설하지 않겠다고 맹세하고 서기를 했었어요."

흠… 그랬군.

"그런데 이렇게 제게 발설해도 됩니까?"

내 물음에 치레인 신관은 미소를 지었다.

"허락을 받았지요. 이번 일의 해결을 위해서라면 란셀 신도님께 극비 사항도 알려 드리라고요. 어차피 맹세라는 것, 맹세의 주체가 허락하면 안 지켜도 상관없는 것 아닌가요?"

음… 갑자기 내 어깨가 무거워지는군. 페디 때문인가?

내 앞에 있는 사람, 네안 시 시장인 필 파오엔이란 사람은 곤란한 표정을 짓고 있었다.

"도시를 다시 만들어야 한다라… 하아… 정말 큰일이군요. 우선 자금이 너무 부족합니다. 그리고 도시를 재건설하면 여기 있는 사람은 어딜 가란 말인가요? 우리 나라가 하는 일이란 게 사업뿐인데 그것도 포기를 해야 합니다. 또 여기에 있는 오래된 건물은 어쩌고요? 문화재를 파괴해야 한다는 것 아닙니까? 그저 수정이라면 모를까 전면적인 도시 재건설은……."

난 시장의 마음을 알 것 같았다. 아무튼 도든 것은 돈이 문제였다. 렌 바이안의 전신이라고 하면 누구나 네안 시를 들었다. 다른 두 개의 도시와 합쳤는데도 네안 시를 드는 것은 네안 시가 주축이 된 것도 하나의 원인이지만 가장 큰 도시이기 때문이기드 했다. 그런 만큼 재건설에는 돈이 많이 들어갔다.

텅!

그때였다. 시장의 책상에 뭔가가 날아왔다.

"엇!"

시장은 잠시 놀라는 듯하더니 화가 난 눈으로 주위를 둘러보았다. 마치 '그렇잖아도 골치 아픈데 누가 장난을 쳐?'라고 묻는 듯했다.

"그 정도면 어느 정도 도움이 안 될까요? 어차피 여긴 너무 낡았잖아요. 그리고 보존할 건물도 그렇게 많아 보이지는 않던데요."

예나였다. 그런데 뭘 던진 거지? 불안해…….

"헉!"

그때 시장의 숨넘어가는 소리가 들렸다. 난 의아해서 시장을 보았…

"허억!"

나도 숨넘어간다. 시장이 들고 있는 것은 어른 손바닥만한 크기의 금패였다. 뭐, 실제로 금은 아니지만 금빛은 났다. 하지만 저건 금보다 더 가치가 있는 것이었다. 바로 금패에 쓰여 있는 숫자로 인해. 백만, 백만이라… 백만…….

"배, 백만 루니안… 대, 대체……."

시장은 지금 말소리도 떨리고 있었다. 엄청난 거액 앞에 정신이 없는 모양이었다. 나? 시장은 말이라도 하지…….

"그건 대륙 상단 연합에서 발행한 백만 루니안짜리 전표예요. 어차피 방법은 도시를 부수는 것뿐이고, 그래서 나온 의견이 도시 재건설이 잖아요? 방법이 그것뿐이라면 해야죠. 저희는 분명 이번 일을 해결하겠다고 했어요. 하지만 우리가 도시를 부수고 다시 세울 능력은 없으니 이렇게 돈이라도 보태야죠."

거침없는 예나의 말. 하지만 백만 루니안이라니, 너무 심한 거 아냐? 그리고 언제 저런 금패, 아니, 전표를 챙겼지? 아니, 그보다 우린 그럼 돈이 얼마나 남은 거야?

"란셀."

예나가 갑자기 날 돌아보았다.

"어… 왜……?"

"혹시 지금 란셀은 제가 백만 루니안을 내놓았다는 것에 불만을 가진 거 아녜요? 너무 많이 주었다고."

컥! 어, 어떻게…

"그리고 언제 제가 이런 전표를 챙겼는지 궁금하기도 하죠?"

그런 걸…

"또 우리에게 돈이 얼마나 있는지 궁금하죠?"

…알았지? 이거 예나의 다리온 화인가?

"란셀, 어차피 우린 돈이 많이 필요 없잖아요. 지금도 많이 해놨고……."

음… 아르티닌 레어에 말이지.

"그러니 이 돈은 그저 우리가 돌아다니면서 쓸 돈이에요. 하지만 우리가 이렇게 많은 돈을 쓸 수도 없고 쓸 일도 없어요. 또 전 원래 가난하게 살아서 돈 쓰는 법도 몰라요."

그, 그러면서 돈 관리야? 어쩐지… 돈만 쌓아놓고 안 쓰더라니… 많이 쓴다 싶으면 신전에 기부. 지금까지 보석도 안 사, 명품도 안 사. 전에 말은 샀군. 그게 우리가 산 가장 비싼 물건이군. 하… 에레시스가 말을 잘 돌보고 있을까?

"란셀, 돈은 필요할 때 쓰는 거예요. 그렇지 않나요? 란셀의 직업은 마도의사지요? 그럼 당연히 사람을 먼저 챙겨야 하는 거 아닌가요? 돈은 그 후의 일이고요. 전 그렇게 생각하는데요."

"그, 그럼. 그렇고말고. 당연히 마을 사람 살리고 돕자는 데 백만 루니안이 대수야?"

난 호쾌하게 예나에게 말했다. 예나가 저렇게까지 말하는데 어쩔 수 없잖아. 물론 난 속으로 눈물을 흘렸다. 흑……

"그런데… 예나, 저 금… 아니, 전표는 언제 챙긴 거야?"

"아, 저거요? 원래 가지고 있던 돈이잖아요. 그런데 피란 시에서 이스튼 씨가 말하기를 돈을 그렇게 가지고 다니던 위험하니 전표로 바꿔서 가지고 다니라고 충고하던걸요? 돈이야 누구나 쓰지만 전표는 전표 주인이 아니면 못 쓴다고 해요. 원래 대상들이 쓰는 건데 저 같은 경우는 워낙 큰돈이라서 바꿀 수 있었죠. 저것 봐요. 저기 전표에 쓰인 제 이름 보이시죠? 만약 저렇게 제 이름을 안 쓰면 저 전표는 못 써요. 아니, 오히려 저걸 가져다 쓴 사람이 상단 연합에 의해 고소를 당한다고 하더군요. 상단 연합이 저를 위해 그러는 거라는데 그 이유가 신용이 생명이라 그 신용을 지키기 위해서라던데요."

난 고개를 끄덕였다. 좋은 방법이었다. 나도 나중에 그런 방법 이용해야지. …물론 내가 돈 관리를 할 때. 혹…….

"그런데… 예나……."

"오백 루니안. 이제부터 아껴 써야 해요. 전 아르… 암튼 저금한 돈
은 절대로 안 찾으니까요."

예나는 그 말을 하고 그대로 나가 버렸다. 그, 그런데… 뭐야? 남은
돈이 고작 오백 루니안? 뭐, 적은 돈은 아니었다. 하지만 우리 여섯이
다니면서 쓰기엔… 젠장, 허리띠부터 사야겠군. 제일 짧은 걸로.

난 미에나 신관이 있는 곳으로 갔다. 그곳에서 미에나 신관의 지휘
에 따라 병사들이 악마의 편지에 걸린 사람들에게 약을 먹이고 있을
것이다.

"그런데 정말 그 정도 약으로 되나요?"

혹시 일손이 부족할지도 모른다며 날 따라오던 치레인 신관이 물어
왔다.

"예. 제가 말한 것이 최상의 약입니다. 별것 아닌 재료지만 악마의
편지에는 이상하게 잘 듣죠."

"그런데… 악마의 편지는 정식 이름인가요? 전 꼭 별칭같이 느껴지
네요."

난 잠시 생각해 보았다. 악마의 편지를 정식 이름이라고 할 수 있나?
물론 원칙적으로 따지면 아닐 것이다. 그저 사람들 몸에 이상한 글 같
은 무늬가 생겨나 부른 것이니까. 하지만 따로 정해진 이름이 없으니
정식 이름으로 보아도 괜찮을 것 같았다.

"예, 정식 이름입니다. 이름 한번 참 이상하죠?"

그러는 동안에 우린 미에나 신관이 있는 곳까지 왔다. 그런데…

"어떻게 된 겁니까? 단 한 사람도 약을 안 먹었잖습니까?"

난 황당해서 물었다. 내 예상에는 벌써 약을 다 먹여 사람들이 정상으로 돌아왔을 것이라고 생각했는데 완전히 그런 예상을 벗어난 것이었다.

"저… 그게… 약을 안 먹더라고요."

미에나 신관은 난처한 표정을 지으며 말했다. 아닌 게 아니라 나와 치레인 신관이 오자 앉아 있던 병사들이 황급히 일어나 약을 먹이는데 사람들이 입을 꽉 다물고 약을 안 먹었다. 어쩌다 입 안에 넣었어도 곧바로 뱉어냈다. 이건 나도 생각지 못한 일이었다.

난 악마의 편지에 걸린 사람들에게 다가갔다. 그러자 그중의 한 사람이 나에게 외쳤다.

"당신인가, 약을 만든 사람이?"

"아니."

"거짓말 마라. 네가 약을 만든 것은 벌써 들었다. 난 다만 확인하는 거야."

"엘렌디아 여신께 맹세하지. 난 정말 안 만들었어. 단지 만드는 법만 알려줬어."

내 말에 그는 황당하다는 듯 입만 벌리고 있었다. 그럼 내가 물어봐야지.

"그런데 왜 약을 안 먹어?"

"흥! 우린 이대로가 좋다. 누가 전처럼 다시 돌아간다고 했냐? 그리고 아는가? 우리의 수명이 이백 년이란 사실을. 훗, 그런데 고작 백 년 살면 장수했다고 좋아하는 그런 몸으로 돌아가라고? 우리가 미친 줄 아나?"

그의 말에 신관들과 병사들은 날 보며 놀라는 표정을 지었다. 내가 그 말은 안 해줘서였을 것이다.

"하지만."

난 악마의 편지에 걸린 사람들을 보고 다시 병사들과 신관을 돌아보며 말했다.

"백 년도 못 살더라도 제대로 된 사람으로서 사는 것과 그 두 배나 살아도 악한 짓을 일삼는 마인으로 사는 것과 두 가지 일이 있으면 여러분은 무엇을 택하겠습니까? 처음 저들이 악마의 편지에 걸렸을 때는 갓난아기와 같은 상태입니다. 그래서 나에게도 당했던 겁니다. 하지만 어느 정도 시간이 지나면 지능이 돌아옵니다. 그리고 사악한 머리를 쓰죠. 오직 자신만을 위해 쓰고 다른 사람은 생각을 안 하니 더욱 교활하게 머리를 쓸 수 있습니다. 그런 마인이 좋습니까? 누구에게나 증오의 대상이 되는 그런 마인이?"

내 말이 끝나자 박수가 나왔다. 병사들과 신관들—뭐, 둘뿐이지만—의 박수. 그런데 방금 내가 무슨 소릴 했지? 정말 나도 나이가 많다 보니 치매가 오나? 방금 한 말이 기억이 안 나다니. 암만 입에서 나오는 대로 말했다지만……

"란셀 신도님의 말씀이 맞습니다."

치레인 신관이 나서며 말했다.

"약을 안 먹는다고요? 그럼 방법이 있습니다."

치레인 신관은 자신있게 말했다. 그리고…

난 새삼 느꼈다. 역시 자매는 자매라고… 치레인 신관은 긴 대롱을 몇 개 가지고 왔다. 그리고 악마의 편지에 걸린 사람들의 입을 강제로 벌려 그 대롱을 집어넣었다. 모르긴 몰라도 뱃속까지 안 들어갔을까?

그리고는 그 약을 대롱을 통해 밀어 넣었다. 그 순간 배가 불룩해졌다.

"저… 치레인 신관님, 그렇게 많이 안 집어넣으셔도……."

내 말에 치레인 신관은 미소를 지으며 말했다.

"아닙니다. 이런 무서운 증상을 치료하는데 확실한 것이 좋습니다."

음… 보는 내가 식은땀이 다 나는군. 인상이라도 쓰면서 말하면 모르겠는데 저런 미소를 지으며 말하니 더 이상 말을 못하겠어. 오죽하면…

"시, 신관님, 저희가 알아서 먹겠습니다."

악마의 편지에 걸린 사람들이 저런 소릴 할까? 아무튼 한 가지는 확실했다. 치료 하나는 제대로 되겠다는 것.

우린 사람들의 배웅을 받으며 렌 바이안을 떠났다. 난 가면서 아르티닌에게 나에게 일어난 일을 자세히 묻기로 했다. 내가 마법으로 공간 이동을 했다니… 내 자신조차 못 믿겠지만 드래곤이 한 말이니 틀린 말은 아닐 거란 생각 때문이었다. 하지만 현실은 날 가만두지 않았다.

"그런데 란셀, 돈은 받았나요?"

갑자기 예나가 물어왔다.

"엉? 무슨 돈?"

"무슨 돈이라뇨? 우리가 일해준 정당한 품삯이죠."

난 예나의 말이 무슨 뜻인지 헷갈렸다.

"그러니까 그게 무슨 말이냐고."

"일을 했으면 돈을 받아야죠."

음… 예나가 왜 이런 말을 하지?

"하지만… 예나, 넌 백만 루니안이란 거금을 렌 바이안에……."

"그건 렌 바이안에 다시 악마의 편지에 걸린 사람이 없게 하기 위한 목적이잖아요. 그리고 아무리 그렇게 돈을 내놨어도 그건 그거고 우리가 받을 돈은 다른 거잖아요? 우리가 부자인 줄 아세요? 우린 겨우 오백 루니안밖에 없어요. 그걸로 우리 여행 경비가 다 될 거라고 생각하세요?"

하… 그런 깊은 뜻이… 음… 하지만 안 받았으니 어쩐다?

"란셀, 사람이 사는 데 돈이 암만 다가 아니라지만……."

어쩌긴, 예나에게 구박받는 수밖에 없지. 에고고…….

제4장
물의 세모란스

　하하하, 이제 불행 끝. 며칠간 예나에게 구박받던 나는 우연히 지나는 길에 독버섯을 먹은 사람을 보았다. 그런데 그 독버섯이 츄반이라는 버섯으로 희귀한 것이었다. 난 그 사람을 간단히 고쳐 주고 돈을 받아냈다. 하하핫, 난 천재야. 독버섯 먹은 사람을 간단히 치료하다니.

　"재미있네? 어떻게 같은 버섯인데 익히면 독버섯이 되고 날로 먹으면 약이 되지?"

　예나가 츄반을 들고 이상하다는 듯이 요모조모 살피고 있었다. 어이, 예나. 그거 생으로 먹어야 맛있는데 그렇게 만지면 누가 먹냐?

　"저기 마을이 보여요. 좀 먼데……."

　페디가 날아오면서 말했다.

　"그래? 그럼 지금이 점심때가 좀 지났으니 저녁쯤에는 도착할까?"

"아마도요. 하지만 좀 서둘러야 할 거예요."

우린 페디의 말을 듣고 그 마을로 가기로 했다. 흠, 돈도 벌었으니 예나가 맛있는 거 사주려나?

우린 발걸음을 재촉하며 걸었다. 하지만 생각보다 거리가 먼 듯했다. 벌써 날이 어두워지고 있었다. 저 멀리 푸른 들판이 불붙은 것처럼, 푸른 융단에 붉은 루비를 깔아놓은 것처럼, 푸른 바다에 적조가 낀 것처럼… 앗! 이건 아니다. 아무튼 붉게 물들었다. 이제 곧 어두워질 텐데…….

"페디, 아직 멀었어?"

"저 산모퉁이만 돌면 마을이 나와요."

내 물음에 대답한 건 페디가 아니었다.

"미… 디시아?"

그는… 아니, 그녀는 미디시아였다.

"미디시아, 오랜만이에요. 그런데 여긴 어떻게……."

예나도 미디시아를 알아보았는지 반갑게 인사했다.

"아… 저 롬 주인님의 심부름으로 카나이드님께 다녀오는 길입니다."

난 카나이드란 말을 듣자 무척 반가웠다.

"그래요? 내 스승님은 잘 계시나요?"

"예. 지금 결혼 준비로 바쁘시답니다."

난 그 소리를 듣자 머리가 아파왔다. 세리아가 내 사모님이 된다라…….

"그런데 저 마을을 지나면서 이상한 것을 보았습니다. 아니, 느꼈습니다. 아주 강렬한 느낌이었는데… 불의 느낌이었어요."

미디시아의 말을 듣더니 페디도 한마디 했다.

"맞아요. 저도 느꼈어요. 그래서 말하려고 했는데……."

뒷말은 안 들어도 알 것 같았다. 내가 먼저 얼마나 남았는지 물어봤다는 거지?

"그래, 넌 드래곤이니까 더 잘 느끼겠지. 어쨌든 그런 강렬한 느낌을 받아서 와보니 바로 저 마을에서 나는 것이군요. 그래서 생각한 건데 아무래도 저 마을에 무슨 일이 있나 봐요. 그래서 어떻게 할까 생각하던 중에 여러분이 오신 겁니다."

흠… 그렇군. 그런데 저 마을이라니? 난 안 보여. 우리 기준으로 말하란 말야. 날지 못하는 우리 기준으로.

산등성이에서 보는 마을은 그저 평온해 보였다. 그런데 무슨 문제가 있다는 거지?

"여기서는 알 수가 없겠군요."

이런 다리온의 말이 아니더라도 우선 멀어서 일이 있어도 못 보겠다.

"그럼 제가 가서 알아볼게요."

미디시아는 그 말을 하고 날아올랐다.

"같이 가요."

미디시아를 쫓아 페디도 날아올랐다. 하… 부럽군. 나도 하늘을 날고 싶어.

미디시아가 가고 잠시 후 에나가 고개를 갸우뚱하며 말했다.

"저 마을에 무슨 일이 벌어졌나?"

"무슨 소리야?"

"아뇨, 란셀. 그저… 마을이 좀 소란스러워진 것 같아서… 멀어서 잘 모르겠어요. 잘못 본 거겠죠. 그나저나 미디시아와 페디는 잘하고 있을까요?"

"글쎄… 그냥 살펴보러 간 거니 잘하겠지."

"그런데 저기 순간적으로 빛난 건 뭐죠? 마법 같지는 않은데."

이번엔 죠세프였다.

"글쎄… 아직 알 수 없지. 미디시아와 페디가 오면 물어봐야겠지."

우리가 이런 말을 하면서 있을 때 미디시아와 페디가 돌아왔다. 그런데… 미디시아는 얼굴이 벌겋게 되었고 페디는 웃음을 참고 있는 모습이었다. 대체 무슨 영문이지?

"어찌 된 일이야?"

난 우선 미디시아에게 물어보았다. 하지만 미디시아는 그냥 고개를 돌리고 말을 하지 않았다. 거참, 무안하구만.

"아, 그게요."

페디가 말을 하려고 나섰다.

"페디!"

순간 미디시아가 페디의 입을 막으려고 했다. 하지만 페디는 급히 날아서 예나 뒤에 숨으며 말했다.

"진실은 숨길 수 없는 법이에요, 미디시아."

그리고는 페디는 마을에 갔었던 이야기를 했다.

미디시아와 페디는 당연한 이야기지만 날아서 마을로 갔고 어떤 집 지붕 위에 내려섰다고 했다. 그런데 그걸 마을의 누군가가 본 모양이었다. 미디시아와 페디를 본 사람은 당장 소리를 질러대며 사람들을 깨웠다고 한다. 그리고 몰려든 사람들. 아까 에나가 마을이 부산스럽다고 했는데 바로 이것 때문인 모양이었다. 아무튼 그렇게 모인 사람들은 마을 사람 거의라고 할 만큼의 숫자였다고 한다. 여기서 미디시아와 페디는 오히려 잘됐다 생각했다고 한다. 그렇게 모인 사람들에게 물어보면 될 테니까. 하지만 곧 마을 사람들의 비명이 들렸다고 한다. 먼저 미디시아와 페디를 발견한 사람.

"봐요, 악마라니까요. 우리 마을이 이렇게 된 것이 바로 악마 때문이에요. 악마가 우리 마을에 나타난 거라니까요!"

그 말을 시작으로 사람들은 갖가지 비명에 고함에… 그리고는 신관이 나섰다고 한다.

"감히 악마의 종자가 함부로 날뛰다니. 네놈은 주신이신 엘렌디아 여신이 두렵지도 않으냐?"

"아… 전 악마가 아닌데요."

신관의 말에 미디시아는 변명을 했지만…

"그런 소리 마라. 너의 그 날개, 머리 양쪽에 난 뿔. 그것이 악마의 증거가 아니더냐? 거기에 악마의 심부름꾼인 박쥐도 데리고 있는데 어디서 누굴 속이려고."

여기서 미디시아와 페디는 잠시 생각을 했었다고 한다. 우선 날개라… 미디시아는 드래곤이었다. 당연히 날개는 드래곤의 것. 문제는 드래곤의 날개라는 것이 박쥐 날개와 비슷했고 박쥐의 날개는 악마의 날개와 비슷했다. 따라서 드래곤의 날개는 악마의 날개와 비슷했고 고로 미디시아의 날개는 악마의 날개란 등식이 성립되는 것이었다.

여기까지는 미디시아와 페디도 이해를 했다. 그런데 뿔이라니. 세상에 뿔난 드래고일은 존재하지 않았다. 하지만 그것도 곧 그 이유가 밝혀졌다. 페디가 미디시아를 본 순간 정말 뿔이 있었다고 했다. 물론 진짜 뿔은 아니고 뿔처럼 보인 거라는데 그 뿔의 정체는 바로 미디시아의 귀. 미디시아의 귀는 엘프의 귀라 길고 뾰족했다. 문제는 미디시아와 페디가 서 있는 위치가 안 좋았던 것이다. 달빛을 등지고 섰던 것이었다. 그때 누구라도 한 사람 미디시아와 페디가 서 있던 집의 뒤로 돌아갔으면 진상을 알았겠지만 군중 심리란 것이 그걸 허락하지 않았던 것이다. 어쨌든 그렇게 달빛을 받아 검은 그림자로만 비친 미디시아의 귀는 뿔처럼 보일 수도 있었던 것이다.

　페디는 그것을 보고 곧 사람들에게 말을 하려 했지만 그때 신관들이 신성력으로 공격을 해왔다고 한다. 그 마을에 있던 신관들은 상당히 능력이 뛰어난 신관인지 신성력을 하나의 빛무리로 만들어 그대로 쏘았다고 하는데 그 정도면 웬만한 하급 악마는 그대로 증발해 버리는 위력이었다. 하지만 미디시아가 보통 인물인가? 그들이 믿는 신 중 하나인 엘레아나의 스카웃을 받았던 존재였다. 당연한 말이지만 신성력에 의한 공격으로는 미디시아에게 약간의 피해도 주지 못했다. 미디시아와 페디는 그래서 오히려 다행이라 생각했다고 한다. 신성력에 피해를 안 입으면 악마가 아니라는 증거고, 그렇다면 마을 사람들과 이야기를 나눌 수 있을 거라는 생각 때문이었다고 한다. 하지만 현실은 그렇지 않았다. 오히려…

　"시, 신성력이……."

　"저건 하급 악마가 아닌 고위 악마야. 어쩌면 악마왕일지도……."

　어느새 악마왕으로까지 승격되었다고 한다. 결국 더 시끄러워지기 전에 미디시아와 페디는 도망쳐 왔다고 한다. 그들이 도망 나올 때 마을에서 악마왕을 물리쳤다고 환호하는 소리가 들렸다나?

"와하하하핫!"
"호호호호!"
"깔깔깔!"

우린 페디의 말을 듣고 웃지 않을 수가 없었다. 착하디착한 순덩이 미디시아를 보고 악마래… 우하하하하! 이런 말을 들으면 미디시아에게 자신의 밑으로 오라고 한 엘레아나 여신은 어떤 표정을 지을까 하는 생각도 들었다.

"웃기죠? 그죠? 꺄르르르."

페디도 말을 끝내고는 우리와 같이 웃었다.

"그러지 마. 너도 박쥐란 말을 들었잖아."

미디시아가 페디에게 반격을 했지만…

"그거요? 그건 란셀에게 워낙 많이 들은 말이라 이젠 아무렇지도 않아요."

그랬다. 페디는 우리와 설전의 실전 경험을 무수히 한 백전용사로 미디시아의 어설픈 공격은 무용지물이었다. 그건 그렇고 은근히 페디한테 미안한 이유는 뭘까?

아침이었다. 어쩔 수 없는 사정으로 노숙을 한 우린 마을로 들어가기로 했다. 미디시아는 여기에 남아서 기다리기로 했다. 미디시아가 악마로 오인을 받았든 아니든 마을로는 들어갈 수가 없었던 것이다. 우리야 미디시아와 모험도 한 사이이니 친하게 잘 지내지만 저 마을 사람들은 드래고일을 본 적이 없을 것이다. 악마 소동도 그런 이유가 적용했을 것이기 때문이었다.

우린 마을로 들어섰다. 마을은 의외로 조용했다.

"이거, 어제 악마 소동 벌어진 마을 맞아?"

내 말에 아르티닌도 이상하다는 듯이 말했다.

"그러게. 거기다 악마왕을 물리쳤다고 환호까지 나왔다고 하는데 너무 조용하군."

"마을에 무슨 일이 있으면 말이 되죠."

다리온의 말이었다.

"다리온은 이 마을에 일이 있다고 확신하시는 겁니까?"

"예. 란셀도 어제 들었지요? 악마 소동. 물론 그런 소동이야 오해를 하면 얼마든지 가능합니다. 하지만 너무 신속하면서도 지나친 반응이라는 생각이 안 드셨나요?"

"글쎄요……."

"분명 그건 지나친 반응이었습니다. 그렇다면 왜 그런 반응이 나왔는지 생각을 해보시죠."

"글쎄요……."

"사람의 힘으로 해결이 불가능한 일이 일어났기 때문입니다. 그렇게 생각지 않습니까?"

"글쎄요……."

난 다리온의 물음에 건성으로 대답했다. 그럴 수밖에 없었다. 지금 보이는 집의 창문에 나타난 얼굴. 온통 화상을 입은 얼굴이었다. 그것도 한두 사람이 아니었다. 다른 집 창문에서 보이는 얼굴 모두 화상을 입은 얼굴이었다. 아니, 어떤 사람은 웃통을 벗고 있었는데 온몸이 다 화상 자국이었다. 정말 무슨 일인가 있는 것이었다. 사람들이 저렇게 화상을 입었다면 불이 났다는 소린데 이 마을은 어디 한구석 불 난 흔적이라곤 찾아볼 수가 없었다.

"저… 여행객들이십니까?"

우리가 마을을 둘러볼 때 누군가 말을 걸었다.

"예, 그렇습니다만……."

우리에게 말을 건 사람은 아직 스무 살도 안 됐을 것 같은 청년이었다. 얼굴은 꽤 준수하게 생겼는데 목 부분에 화상 자국이 흉물스럽게 있었다.

"그러시다면 어서 이 마을에서 떠나세요."

그는 단호히 말했다. 그런데 이게 뭔 경우야? 무조건 가라니…….

"여기에 있으면 당신들도 이렇게 됩니다."

청년은 소매를 걷었다. 그러자 그의 팔이 드러났는데 팔 전체에 흉측스런 화상 자국이 있었다. 그 화상 자국에 비하면 목에 있는 건 아무것도 아니었다.

"이, 이게 어찌 된 일……."

마을에 들어서며 창을 통해 화상을 입은 사람들을 보긴 했지만 이렇게 가까이 보니 역시 충격이었다.

"훗, 제 팔만 이런 것이 아닙니다. 온몸이 이렇습니다. 얼마 후면 제 얼굴도 이렇게 되겠죠. 그나마 마을 사람들 모두 저와 같은 처지라 이렇게 된 절 피할 사람이 없어서 다행이지요."

청년은 자조하는 목소리로 말했다.

"어떻게 된 겁니까?"

"그건 저희도 모릅니다. 어느 순간 이렇게 되더군요. 아마 악마의 저주가 걸린 모양입니다. 하긴 어젯밤만 해도 악마가 왔었으니까요.

참나, 신관들의 신성력도 통하지 않는 악마였지 뭡니까. 아마 악마왕
쯤 되는 모양입니다."

그 악마왕의 정체를 아는 난 웃음이 나왔지만 억지로 참았다. 그리
고 물어보았다.

"그런데 그거… 화상 자국 같은데 뜨겁지는 않았나요?"

"왜 아닙니까?"

그는 고개를 설레설레 저었다.

"한순간 몸의 일부가 따가울 정도로 뜨거운 적이 있는데 그땐 이미
이렇게 된 후지요."

난 곰곰이 생각해 보았다. 내가 아는 지식 중에 저런 것이 있던가?

"그런데 죽은 사람은 없습니까?"

내가 열심히 생각 중일 때 다리온이 청년에게 물어본 말이었다.

"죽은 사람이요? 없었습니다."

"그래요? 그런데 이런 일이 생긴 것이 언제부터였죠?"

"두 달이 다 되어가는군요."

"그러면 다른 곳으로 갈 생각은 안 하셨습니까?"

"왜 안 했겠습니까만. 후우……."

그때였다.

"가렐, 거기서 뭘 하는가?"

누군가 우리 쪽으로 오면서 소리쳤다. 그는 얼굴 전체가 화상 자국
으로 뒤덮인 사람이었는데 목소리를 들어서는 중년쯤 되어 보였다.

"아, 바리알 아저씨."

"이분들은……."

바리알이라 불리운 사람이 물었다.

"예, 여행객들이라고······."

"그래? 그렇다면 빨리 다른 곳으로 가라고 말을 해야지."

바리알은 그렇게 말하고 우리를 돌아보았다.

"이건 당신들을 위해 하는 말입니다. 빨리 다른 곳으로 안 가면 저처럼 될 겁니다."

"그래요? 그런데 당신들은 왜 이 마을을 안 떠나는 겁니까?"

난 심드렁하게 물었다. 말이 안 되잖아. 다리가 없어? 아니, 다리가 없더라도 두 팔로 기어 가면 될 것을 왜 자기들은 여기에 남은 거지?

"저희도 그런 걸 생각 안 한 것은 아니지만··· 우리가 마을을 떠난다고 별 뾰족한 수가 있는 것도 아니죠. 특히 각 집마다 화상 입어 흉악하게 된 사람들이 꼭 서너 명씩 있는데 다른 곳에 가서 잘 살 수 있겠습니까? 뭐, 이렇게 돼도 죽지 않으니 그냥 눌러 사는 거죠."

바리알은 그렇게 푸념을 했다. 그런데 난 더 이상한 생각이 들었다. 아까부터 든 생각이지만 저 정도로 화상을 입으면 보통의 경우는 죽거나 누워서 꼼짝도 못하는데 움직이는 것을 보나 말하는 것을 보나 정상인과 다름이 없었다.

"아참, 나도 정신이 없군. 내 말만 했으니··· 자 이제 궁금증이 풀렸으면 빨리 떠나요. 나중에 우릴 원망 말고."

바리알은 그렇게 말했으나 난 갈 생각이 없었다. 방금 한 가지가 생각났기 때문이었다.

"아하, 그렇군. 이봐요, 음··· 좀 전에 바리알이라고 이름을 들었는데··· 바리알, 우린 당신들의 고통을 덜어주기 위해 여기에 왔습니다. 그런데 가라니요?"

내 말에 바리알은 놀란 표정이었다. 난 여기서 좀 더 쐐기를 박았다.

"어제 왔던 악마의 생김새가 박쥐 날개에 머리 양쪽으로 뿔이 났지요?"

"그, 그렇습니다만……."

"그리고 그 악마 옆에는 박쥐 모양의 또 다른 악마가 있었을 겁니다. 맞습니까?"

이건 가렐이 말한 적이 없는 내용이었다. 그래서인지 가렐의 눈이 크게 떠졌다. 난 그런 가렐의 표정을 보며 말했다.

"그 악마는 사실 힘이 없습니다. 그저 심부름꾼이죠. 그래서 신성력을 맞고도 괜찮았던 겁니다. 애초에 멍청하기 때문에 시키는 대로 할 뿐 피해를 입을 사악함이 부족해서죠. 아무튼 저희는 그 악마를 따라왔습니다. 대체 어떤 심부름거리를 가지고 왔을까 하고요. 그런데 여기 사람들을 보니 알겠군요."

내 말에 바리알도 놀라는 표정이었다.

"그렇… 습니까? 자, 잠시만 계십시오. 신관님을 불러오겠습니다."

바리알은 어디론가 급히 뛰어갔다. 홈… 그건 그렇고 미디시아에겐 미안하군. 하지만 뭐, 여기 없는 미디시아 탓도 크지 뭐…….

"…해서 저희가 온 겁니다."

난 신관들에게 바리알에게 들려주었던 말을 똑같이 했다.

"그렇습니까? 그럼 신도님께서 생각하시는 이 현상은 뭡니까?"

자신을 데로카라고 소개한 신관이 내게 물었다. 지금 이 마을은 데로카 신관이 촌장 역을 하고 있었다. 원래 촌장의 아들인 그는 촌장이 죽자 장례를 위해 잠시 마을에 왔다가 지금의 사태를 보고 그대로 눌러앉은 것이라고 했다. 그런데 역시 순진한 마을 사람들과는 달리 날 의심스럽게 쳐다보고 있었다.

"제가 볼 때 저건 세모란스라는 증상입니다."

"세모란스?"

데로카 신관은 날 더욱 의심스러운 눈으로 보았다. 아마 평생 들어보지 못한 말을 내가 해서일 것이다.

"예, 세모란스."

"호오, 그런 이상한 증상이 있다는 건가요? 난 처음 듣는데?"

역시…

"그런가요? 그럼 지금 마을의 상태는 어떻습니까? 이건 많이 본 겁니까?"

내 말에 데로카 신관은 말을 못했다.

"전 이런 희귀한 증상을 살피고 치료하는 사람입니다. 그래서 이 증상을 알지요."

"그럼……."

데로카 신관은 뭔가를 생각하는 듯하더니 말했다.

"전 여기서 두 달 넘게 있었습니다. 그리고 사람들이 화상을 입기 시작한 건 두 달 전입니다. 그런데 다른 사람들은 저렇게 되는데 전 멀쩡합니다. 아니, 저와 함께 온 다른 신관들도 멀쩡합니다. 이건 어찌된 겁니까?"

난 데로카 신관의 말을 듣고 세모란스에 대해 자세히 설명해 주어야겠다고 생각했다.

"세모란스는……."

본래 세모란스는 하나의 치료 마법이었다. 불로써 사람을 치료하는 것은 오래전부터 있어왔던 것이고 그건 마도시대 때에도 통용이 되었다. 다만 마법이라는 고난도의 기술로 더욱 다양한 치료를 했다는 것이 다를 뿐이었다. 그런데 세모란스는 정확히 말하자면 치료보다는 미용 차원에서 더 많이 이용이 되었다. 가장 많이 이용된 부분은 몸에 나 있는 솜털을 제거한다든지 점을 없앤다든지 보기 흉한 자잘한 흉터를 없애는 등에 주로 이용되었었다. 그것이 가능한 이유는 세모란스는 사람의 피부에 순간적으로 강한 불과 열을 생성시키는 마법이었기 때문이다.

그런데 사람이 앉으면 눕고 싶다고 했던가? 세모란스가 워낙 사람 몸에 직접, 그것도 미용을 목적으로 작용하는 마법이기 때문에 쓰는 법이 까다롭고 조심스러웠다. 사람마다, 치료 목적마다, 치료 부위마다 불의 양과 열의 강도가 달랐던 것이다. 하지만 세모란스의 치료를 받으려는 사람은 많았다. 그래서 마법사들은 세모란스를 진화시켰다. 언제 어디서건 간편하게 쓸 수 있도록. 처음엔 세모란스만 쓸 수 있는 마법 도구에서 시작해 드디어 마법에 생물적 특질을 부여하는 단계까지 왔던 것이다.

덕분에 고금을 통틀어 생명체적 마법 주문이 생겨나게 되었다. 하지만 그렇게 진화된 세모란스는 곧바로 부작용이 나타났다. 바로 지금 이 마을 사람들과 같은 일이. 처음 생물적 마법 주문으로 진화된 세모란스는 사람에게 화상을 입힐 정도의 능력은 없었다. 그런데 자체 진화를 해버린 것이었다. 바로 세모란스의 생물적 특질 때문에.

그나마 다행인 것은 세모란스가 처음부터 사람 피부에만 작용되고 사람 몸 안에는 영향을 미치지 않도록 만든 주문이었기에 세모란스가 진화를 했어도 그 원칙만은 그대로 따랐다는 것이었다. 그 후에 세모란스의 경우를 들어 마법 주문에 생물학적 특질을 가지도록 진화시키는 것이 금지되었다. 그리고 그 방법을 적은 마법서도 모두 없앴다고 한다. 그래서 하나의 위대한 지식이 사라졌다는데… 아쉽긴 하지만 어쩔 수가 없는 일이었다. 세모란스는 강한 주문이 아니었는데도 그 정도였으니 강한 마법 주문이 그렇게 진화되면 더 큰일이 벌어질 것이 뻔하기 때문이었다.

"지금 그 말을 믿으라는 겁니까?"

내가 세모란스에 대해 말을 하자 데로카 신관이 그렇게 물어왔다. 난 가렐과 바리알을 가리키며 말했다.

"물론입니다. 그럼 데로카 신관님은 저 사람들을 어떻게 보십니까?"

데로카 신관은 그들을 보고 말이 없었다. 이거 좀 전의 상황이랑 같잖아.

"그런데……."

데로카 신관은 잠시 침묵하다 입을 열었다.

"왜 저는 아무런 이상이 없습니까?"

흠… 중요한 질문이었다.

"그건 저 사람들의 치료와 관계가 있습니다."

내 말에 데로카 신관은 놀란 모양이었다.

"치료라고요? 하지만 난 저 사람들에게 여러 번 치유력을 행사했지만 아무런 소용이 없었습니다."

난 데로카 신관의 말에 고개를 끄덕였다. 당연한 말이었다. 아무리 좋은 약이라도 쓰일 곳에 쓰여야 효과가 나타나는 법이다. 단순히 신성력을 이용한 치유는 아무런 소용이 없는 것이다.

"제가 아는 상식인데 신성력을 쓰는 방법도 제법 많은 것으로 압니다. 맞습니까?"

내 물음에 데로카 신관은 고개를 저었다.

"아닙니다. 상당히 많습니다."

"…그, 그렇군요. 정정하죠. 신성력 쓰는 방법은 상당히 많죠. 그러면 신관들은 잔병에 안 걸리고 모기 같은 벌레에도 안 물리는 것으로 압니다. 그것도 신성력을 쓰는 법의 하나로 아는데 대체 어떤 겁니까?"

"그건 신관들의 몸에는 자연적으로 신성력이 흐릅니다. 그렇게 흐르는 신성력은 하나의 막으로… 그, 그럼 설마……."

난 데로카의 말에 고개를 끄덕였다.

"비슷합니다. 우선 저 사람들을 치료하는 원리는 몸에 신성력을 흐르게 하는 겁니다. 하지만 그건 순수한 예방입니다."

내 말에 데로카 신관은 급히 물어왔다.

"신도님 말을 들으니 마을 사람들을 원상태로 돌리는 것이 가능하다고 들리는데, 맞습니까?"

"예. 하지만 좀 까다롭습니다. 우선 신관 세 명이 있어야 가능합니다."

"이 마을에는 지금 저를 포함해 모두 다섯 명의 신관이 있습니다."

난 속으로 잘됐다고 생각했다. 사실 세 사람이 필요하다고 해도 하는 일이 다르기 때문에 그렇게 필요한 거지 치유하는 데 신성력은 그리 많이 들지 않기 때문이었다.

"그럼 우선 한 분의 신관님은 화상을 입은 사람의 몸에 신성력을 흘려주시면 됩니다. 그리고 다른 신관님은 신성력으로 치유를 하시면 됩니다. 나머지 신관님은 재생의 치유력을 쓰시면 됩니다. 이렇게 하는 이유는 우선 화상을 입은 사람의 몸에 신성력을 흐르게 함으로써 세모란스의 재발을 방지하고 몸을 자극해 치유력을 받아들이기 좋게 하기 위해서입니다. 또 신성력을 몸에 흘리는 것 자체도 어느 정도 치유력이 있지요. 다음에 치유를 하는 건 설명을 안 드려도 아실 테죠? 그렇게 치유를 하면 화상 입은 자리가 없어집니다. 하지만 그저 없어질 뿐이지요. 그래서 재생의 치유력을 쓰는 것입니다. 재생의 치유력은 화상 입은 피부를 원상태로 돌리는 겁니다. 방법은 간단합니다만 세 분의 신관께서 하셔야 하기 때문에 서로 호흡이 잘 맞아야 한다는 단점이 있습니다. 제가 까다롭다고 말한 이유가 그것 때문입니다. 하지만 호흡이 잘 맞아 서로 조화를 이룬다면 아주 확실한 방법이죠. 신성력도 적게 들고, 또 세모란스의 치유에만 이용하는 것이 아니라 응용하면 더 많은 곳에 쓸 수가 있으니까요."

내 말이 끝나자 데로카 신관은 감탄을 했다.

"호오… 그런 방법이 있었다니, 정말 획기적인 방법입니다."

"획기적인 것은 아닙니다. 전에 사람과 신이 더 가까울 때는 자주 쓰인 방법이라고 하더군요."

내 말에 데로카 신관은 고개를 끄덕이며 좋아했다. 이젠 내 말을 신용하는 모양이었다.

"그럼 전 신도님 말대로 한번 치유를 해봐야겠습니다. 신도님도 같이 가서 봐주시겠습니까?"

난 데로카의 권유에 고개를 저어 거절했다.

"아뇨, 어차피 신성력을 쓰는 것은 신관님이 더 잘하시니까요. 저야 봐도 모릅니다. 그리고 전 할 일이 있습니다. 세모란스의 근원을 없애야 합니다. 세모란스의 장점이 바로 생물죽 특질을 가졌다면 단점도 그것이거든요. 세모란스는 생존을 위해 어딘가 근원지를 두고 있는데 그 근원지를 파괴하면 세모란스는 자연 소멸합니다."

내 말에 데로카 신관도 동의했다. 마을 사람에게 항상 신성력을 흐르게 한다면 근원지를 파괴 안 해도 별 탈은 없겠지만 그건 마을 사람들 전부를 신관으로 만들거나 여기 신관들이 신의 힘을 가져 능력을 쓰기 전에는 불가능한 일이기 때문이었다.

"그럼 부탁드립니다. 저… 이름이……?"

아하, 그러고 보니 지금까지 길 위에서 단지 한 명의 신관과 구경꾼으로 전락한 사렐, 바리알, 그리고 우리 일행만이 이야기를 나누고 있었던 것이다. 그 외의 마을 사람들은 단 한 명도 나오지 않고. 게다가 우린 서로 소개도 없었다. 자신을 소개한 사람은 데로카 신관뿐이고 가렐과 바리알도 서로 이름을 불러서 알았지 소개를 안 했던 것이다. 지금까지 이런 일은 없었는데. 이럴 수가… 차 한 잔도 대접을 못 받다니…….

난 데로카 신관과 헤어져 길을 갔다. 내가 아는 한 세모란스의 근원지는 조금 떨어진 곳에 있을 것이다. 항상 불이 있는 곳이 세모란스의 근원지이기 때문이었다. 하지만…

"란셀, 이 근처에 화산은 없어요."

예나가 지도를 보며 말했다.

"그래서 페디를 보냈잖아. 혹시 지도에 안 나온 무엇이 있나 해서."

하지만 내 말이 끝나기도 전에 페디가 와서 말했다.

"란셀이 생각하는 그런 건 없던데요."

난 고민에 빠졌다. 항상 불이 있는 곳은 세모란스의 근원지가 되기 위한 기본 조건이었다. 하지만 그게 없다라…

"페디, 혹시 산불 난 곳이라도 없어?"

도리도리.

"그래?"

난 데로카 신관에게 한번 물어나 볼걸 하그 후회가 되었다. 하지만 나도 체면이 있지 지금 돌아가 물어볼 수도 없잖아.

"여기 온천도 없겠지?"

에나도 도리도리. 하긴 화산도 없는데 무슨 온천이야. 게다가 온천은 물이잖아. 쩝.

"그런데 세모란스의 근원지가 되는 조건이 뭔데 그래요?"

뒤에서 따라오던 이브린이 물었다.

"우선 불이 있어야 해. 꺼지지 않는 불이. 만약 불이 꺼지면 세모란스도 끝장이니까. 오랜 세월 불이 붙은 곳은 마나에 변화가 생기지. 한 장소에서 계속 같은 힘이 작용되기 때문인데 그렇게 마나가 변화하는 과정에서 세모란스가 살 수 있는 환경이 만들어지기도 해. 그렇게 한 번 세모란스가 살 수 있는 환경이 되고 세모란스가 생기면 그때부터 그곳은 세모란스의 근원지가 되지."

"그럼 정말 이상하군요?"

이브린이 이해가 안 간다는 듯이 물었다.

"세모란스가 어떻게 생겨나죠? 단지 불이 있어서? 아무리 그래도 아무것도 없는 상태에서 생겨난다는 것은 말이 안 되잖아요. 최소한 어디에서 오기라도 해야 하는데 그렇게 본다면 란셀의 말이 틀린 것이 되고……."

"그거? 이브린은 세모란스가 생물의 특질을 가지고 있는 것만 생각한 모양인데 세모란스는 근본적으로는 마법의 하나야. 그것도 주문 없이 생성되는. 그렇기 때문에 한번 세모란스가 만들어진 순간부터 세모란스는 어디든 존재하게 된 거야. 조건만 맞으면 어디든지. 세모란스는 그저 마법이나 생물적인 것으로 보면 이해할 수 없는 존재야. 그래서 마도시대 때에는 세모란스만 따로 연구하는 기관이 생기기도 했어. 물론 세모란스 자체가 아니라 그 원리와 존재에 대한 이해지만. 세모란스를 완성시킨 마법사도 세모란스에 대해 이해를 못했다면 말 다 한 거지."

이브린은 손가락으로 머리를 짚었다. 내 말을 들으니 더 이해가 안 가나? 하긴 저성능 두뇌로 고성능 두뇌도 이해를 못한 걸 이해한다는 자체가 무리지. 나도 잘 이해가 안 가는데 말야.

"음… 그럼 그건 넘어가고요. 그런데 란셀이 살피는 곳은 마을과 떨어진 곳이잖아요."

"그렇지. 처음 난 화산이 아닐까 생각했으니까."

"그럼 그것도 이상하잖아요. 세모란스는 불에서만 살 수 있다면서요?"

"아니, 불이 없어도 살 수 있어. 극히 짧은 시간이지만. 그렇지 않다면 어떻게 사람들이 화상을 입었겠어? 세모란스에게 생물체의 피부에 화기를 가하는 것은 본능이야. 원래 그 용도의 마법이었으니까. 그래서 사람의 몸에 순간적으로 작용을 하고 다시 불로 들어가지. 소멸하기 전에."

"그럼 더 이상하잖아요."

아아, 이브린이 이상하다. 갑자기 뭔 질문이 이리 많아졌냐?

"뭐가?"

"란셀은 분명 세모란스가 불 있는 곳 외에서는 극히 짧은 시간만 생존한다고 했는데 그게 이해가 안 가요. 만약 여기에 화산이 있고 세모란스들이 있다고 해도 마을과는 꽤 떨어져 있잖아요. 그럼 세모란스가 마을까지 가다가 다 소멸할 것 아녜요?"

"그거? 세모란스를 사람의 기준으로 보면 안 돼. 세모란스는 엄청나게 빠르지. 사람이 상상도 못할 정도로. 우리에게 먼 거리라 해도 세모란스에게는 거의 붙어 있다고 할 정도로 가까운 거리야. 그리고 마을에도 불은 있다. 벽난로, 화덕, 화로. 내가 저 마을의 집에 안 들어가봐서 어떤 것을 쓰는지는 모르지만 분명 불을 쓰지. 비록 세모란스의 근원지만큼은 아니지만 그래도 불이야. 세모란스는 그 불에서 어느 정도의 시간은 생존이 가능해."

이 말은 이브린도 이해한 모양이었다. 알겠다는 표정으로 아무 말 없는 것을 보니. 그럼 이제부터 본격적으로…

"란셀."

으, 깜짝이야. 뭐, 뭐지? 다리온? 아니, 왜 사람 놀라게 바로 옆에서 소리를 치시나?

"왜 그러시죠?"

"란셀, 우리가 한 가지 생각 못한 것이 있습니다."

"뭔데요?"

난 다리온의 말에 긴장했다. 다리온이 저런 표정으로 말할 때면 대부분 들어맞기 때문이었다.

"란셀, 여긴 대륙 북부입니다."

"예, 그렇습니다만……."

난 다리온의 말에 뭔가 생각날 듯했지만… 생각 안 난다.

"겨울은 말할 것도 없고 한여름에도 새벽이면 쌀쌀한 지역입니다. 밤에 비라도 내리면 새벽쯤 되면 제법 추워지죠."

"음… 그런데요……?"

역시 뭔가 생각날 듯 안 난다…….

"그래서 이런 곳의 사람들은 언제나 불씨를 지니고 있어야 합니다. 꺼지는 날이면 고생이니까요. 그리고 많지는 않지만 마을 단위로 불을 관리하기도 합니다."

난 다리온의 그 말에 느껴지는 것이 있었다.

"그럼 다리온은 저 마을에선 마을 단위로 불씨를 가꿀지도 모르고 그곳이 세모란스의 근원지일지도 모른다고 생각하시는 겁니까?"

"예."

난 다리온의 말에 실소가 나왔다. 천하의 현자 다리온도 실수를 하다. 킥킥. 오늘 일기를 써야 되겠군.

"다리온, 틀렸습니다. 뭐, 다리온 말대로 마을 단위로 불을 관리할 수도 있겠죠. 하지만 그럴 경우 불을 피우는 연료는 대부분 숯입니다. 가끔 관솔을 집어넣거나 경우에 따라서는 가축의 배설물도 이용하죠. 하지만 어떤 방법을 쓰더라도 불의 온도는 어느 정도 선에서 올라가지 않습니다. 혹시 모르죠, 카샤니안 방식으로 도자기를 굽듯 큰 가마를 만들고 거기에 불을 지피거나 대장간에서처럼 계속 공기를 넣어 불을 지피듯이 하면 가능할지도. 하지만 단지 불씨를 살려두기만 하는 데 그런 방법들을 쓸 이유가 있나요? 그리고 그런 방식으로 대체 얼마간 불을 피울 수 있다고 보십니까? 최소한 수백 년간은 불을 지펴야 하는데 과연 가능할까요? 그리고 무엇보다도 저 마을이 수백 년 전부터 있어온 마을인지도 궁금하군요. 제가 화산을 찾은 이유가 그겁니다. 세모란스가 생성되고 생존할 최소한이자 이상적인 조건이 바로 화산이기 때문이죠."

내 말에 다리온은 아무 말도 못해야 하는데…

"하지만 란셀, 지금까지의 일을 생각해 보세요. 란셀이 아는 한도를 벗어난 적이 한두 번이 아니잖습니까? 마도시대부터 지금까지 오랜 세월이 흘렀습니다. 그렇다면 세모란스도 변하지 않았을까요?"

다리온의 말에 난 아무 말도 못했다. 확실히 그랬다. 시간의 힘은 많은 것을 변화시켰었다. 하지만 세모란스가 단지 그런 불에도 생존하게끔 변하였다면 왜 아직 한 번도 못 보았지? 모르긴 몰라도 여기보다 불을 더 오래 피웠을 곳도 많고 우린 그런 곳도 많이 지나쳤을 텐데…….

"란셀."

내가 다리온의 말을 듣고 생각에 잠기자 죠세프가 날 불렀다.

"우선 다리온의 말대로 마을부터 살펴보죠. 밑져야 본전이고, 또 어차피 밥도 먹어야 하니까요. 벌써 점심때가 지났는데 우린 아침도 못 먹었잖아요."

그것도 나쁜 방법은 아니었다. 게다가 여행용 식량이나 다른 물건들도 떨어져 뭘 하더라도 우린 마을을 들러야 했으니…….

우린 촌장의 집에서 데로카 신관과 대화를 나누고 있었다. 우리가 별 소득 없이 돌아다닌 데 비해 데로카 신관을 비롯하여 다른 신관들은 상당한 성과를 올리고 있었다. 벌써 마을 사람의 반 가까이나 치료를 했던 것이다. 하긴 미디시아에게 신성력을 그대로 쏘았다는 것을 들었을 때부터 능력이 상당하다고 생각은 했지만.

"그런데 어쩌죠?"

데로카 신관은 우리의 말을 듣더니 난처하다는 듯이 말했다.

"이 마을은 각 집마다 불씨를 보관합니다. 마을 단위로는 안 하죠. 그렇다고 대장간이 있냐 하면 그것도 아닙니다. 이 마을에서는 보름마다 다른 마을이나 도시로 가서 필요한 물건을 사옵니다. 농기구 등이 망가지면 그때 대장간에 들러달라고 부탁을 하죠."

간단히 말해 세모란스가 살기에는 아주 적합하지 않은 곳이란 뜻이었다. 그런데 왜 이 마을에 세모란스가 나타났냐고.

"자, 우선 밥이나 먹고 생각하도록 하시죠. 차려진 음식은 별것없지만요."

데로카 신관은 우릴 식당으로 안내했다. 데로카 신관 말대로 차려진 것은 별것 아니었다. 검은 빵에 염소 젖, 염소 젖 치즈, 그리고 음… 이 수프는 보기보다 꽤 맛이 좋은데? 이 맛이 뭐더라…

"하핫, 란셀 신도님은 그 수프가 맛있는 모양이군요. 하긴 저도 무척 좋아한답니다. 고구마로 만든 수프인데 달착지근하면서도……."

난 데로카 신관의 뒷말이 들리지 않았다. 뭐? 고구마? 여긴 북쪽 지방이었다. 감자라면 이해가 갔다. 하지만 고구마라니… 고구마는 따뜻한 지방에서나 자라는 식물이었다. 추운 지방에서는 뿌리가 제대로 내리지 않아 재배하기가 어려운 식물이었다. 카샤니안에서만 해도 국가적으로 근 백여 년을 개량하고 개량해 겨우 기를 수가 있었다. 그나마 카샤니안 북부에서는 많이 재배가 되지 않았다. 그런데 고작 이런 작은 마을에서, 위치도 카샤니안보다 북쪽에 위치한 이 마을에 고구마라고? 지금까지 이 마을보다 큰 마을과 도시를 지나왔지만 고구마는 없었다. 이건 뭔가 이상했다. 혹시 세모란스와 연관이 있는 건가?

"란셀, 한번 살펴봐야 하지 않을까요?"

다리온이 날 보며 말했다. 역시 다리온도 이상하게 느끼고 있었군. 그거에 비하면 다른 사람들은… 돼지들, 저 뜯어대는 것 좀 봐.

"얼른 먹고 살펴봅시다."

어어… 다리온, 그거 제 빵인데요…….

역시 뭔가 이상했다. 제법 넓은 고구마 밭. 전에 피란 시 때의 생각이 났다. 그때 유베나를 온천이 있는 곳에서 발견하고 더운 집 안에서 길렀었다. 만약 고구마 밭이 그랬다면 이해를 하겠지만 여긴 온천도 없고 고구마들도 밭에 그냥 방치되어 있었다. 게다가… 게다가… 지금은 가을이었다. 이제 노숙하기가 부담될 만큼 밤에는 날씨가 추워졌다. 이런 날씨에 이 기간이면 추운 곳에서 잘 자라는 식물도 이미 수확을 마친 상태일 것이다. 하지만 이 고구마 밭은 지금 한창 재배 중이었다. 그리고 이건 다리온의 말인데 이런 토양에서는 고구마가 맛이 없다는 것이었다. 고구마는 원래 산성 흙에서 자라야 맛이 좋다나? 간단히 말해 벌건 황토 흙에서 자라야 맛이 있다는 것이었다. 지금 같은 흙에서 자란 고구마는 공짜로 줘도 안 가져갈 정도로 맛이 없다나?

"저 밭에서 뭔가 희미한 기운이 느껴져요. 따스한 느낌인데……."

고구마 밭 위를 날던 페디가 와서 한 말이었다.

"그래? 저 데로카 신관님. 시, 신관님……."

난 데로카 신관에게 고구마 밭에 대해 물어보려다 그가 경악해 있는 모습을 보았다.

"왜 그러십니까?"

"아, 아, 악… 마……."

난 사태 파악이 되었다. 어제 한 번 악마 소동을 겪은 후였으니 페디를 그렇게 볼 수도 있었다. 아닌 게 아니라 페디도 악마 소동의 주역이었으니까. 하지만 여기서 그렇게 말은 못하고…

"무슨 소립니까? 얘는 드래곤입니다. 페어리 드래곤에 대해 들어보신 적이 없나요?"

난 데로카 신관에게 열심히 드래곤 강의를 해야 했다. 그렇게 해서 겨우 데로카 신관을 진정시켰다.

"하하, 그렇군요… 하지만 어제 본 악마와 너무 비슷해서……."

"그렇게 따지면 사람과 똑같이 생긴 악마도 있는데 사람을 악마로 몰 수는 없잖습니까?"

내 말에 데로카 신관도 고개를 끄덕였다.

"맞습니다. 사람이 어떻게 마족 따위와… 흠, 불경스러운 말을 입에 담았군."

이번엔 내가 경악했다. 어떻게 신관씩이나 된 사람이 악마와 마족을 구분 못하고 저런 소리지? 이거 은근히 화가 나네? 어쨌든 마족이 없었으면 오늘의 난 없었을 것이다. 아마 삼백 년 전에 고생고생하다 죽었을 것이다. 고로 마족은 내 가족이자 생명의 은인이랄까? 그런데 함부로 욕하다니. 그것도 신관이. 으… 그렇다고 지금 따질 수도 없고…….

"저 고구마 밭에 대해 설명이나 해주세요."

화는 참았지만 퉁명스럽게 나오는 말은 어쩔 수가 없었다. 그런 나를 보며 데로카 신관은 굳은 얼굴로 말을 하기 시작했다. 아마 내 퉁명스런 말투를 다르게 해석한 모양이었다.

"저 고구마 밭이 문제인 모양이군요. 하지만 설명드릴 건 없습니다. 다만 이 마을에서, 아니, 이 부근에서 고구마가 자라는 유일한 지역이 저곳입니다. 희한하죠? 저도 고구마에 대해서는 잘 알지만 이런 기후와 이런 계절에 자랄 수가 없는데 말입니다. 전 그래서 이것이 다 엘렌디아 여신님의 축복이 아닌가 생각합니다."

아니면 악마의 저주이거나. 아니, 그쪽이 맞는 것 같았다. 나도 세모란스의 일만 아니면 데로카 신관과 같은 생각을 했겠지만 지금은 모든 일의 원흉이 여기에 있을 것 같았다.

"아무래도 저 고구마 밭을 파헤쳐야겠는데요."

내 말에 데로카 신관은 놀라는 표정을 지었다.

"얼마 있으면 고구마를 수확할 텐데 저걸 다 파헤치겠다고요?"

"예, 전부 남김없이. 왜냐하면 지금 파헤치지 않으면 기다릴 시간이 없어서 그렇습니다."

"하지만 저 고구마 밭은 이 마을의 생명줄입니다. 란셀 신도님은 모르시겠지만 이 마을은 여기서 나는 고구마로 살아갑니다. 여기서 나는 고구마는 알이 굵고 맛이 좋아 귀족이나 부자들에게 비싸게 팔리기 때문입니다. 그래서 이 고구마 밭은 누구의 소유도 아닌 마을 공동의 것입니다."

"그래요? 그런데 그런 걸 오늘 우리가 먹었는데요. 수프로."

"그건 흠집이 나거나 작아서 상품 가치가 없는 것들을 따로 모아놓은 겁니다. 그래서 마을에 잔치가 있거나 귀한 손님이 왔을 때 조금씩 내놓는 겁니다."

호오~ 기분은 좋군. 데로카 신관의 말에 따르면 우린 귀한 손님? 하지만 그래도 할 일은 해야지.

"우릴 귀한 손님이라고 해주신 건 감사합니다. 하지만 아무리 귀해도 손님은 손님이죠. 저희가 언제까지 머물 수는 없지 않겠습니까? 그러니 세모란스에 대해 아는 저희가 있을 때 일을 진행해야죠. 그리고 신관님도 마찬가지입니다. 지금 특별히 일이 생겨서 여기에 계시는 것이지만 신전으로 돌아가셔야 하지 않습니까? 언제까지 여기서 사람을 치료할 수는 없으시겠죠."

내 말에 데로카 신관도 움찔하면서 말을 못했다.

"그럼 시작하죠."

난 절로 한숨이 나왔다. 마을의 생명줄이라… 이걸로 먹고 산다라… 어째서 이런 걸 생명줄로 택했는지… 이 밭을 파헤칠 내 마음도 무거웠다. 결국 이 마을의 돈줄을 끊어버리는 것이기 때문에……

"란셀, 그런데 땅의 정령에게 물어보니까 이 밭 한가운데 돌이 있다고 해요. 강한 열기를 내뿜는 돌이. 음… 한 삼 길드 깊이에 묻혀 있다는데… 그것이 문제가 아닐까요?"

난 페디의 말에 고개를 돌렸다.

"그게 무슨 소리야?"

"저 밭에 강한 열기를 내뿜는 돌이 있다고요."

아니, 그걸 물은 것이 아닌데. 흠… 다시 물을 필요는 없겠지. 똑똑히 들었으니. 저 밭을 파헤칠 필요 없이 어느 지점에 돌이 있다는 것을 정령을 통해 안 것이었다. 아니, 그럼 내가 데로카 신관이랑 한 말은 뭐야? 괜히 말하느라 힘만 뺐잖아. 난 그런 좀 억울한 생각이 들어 페디를 노려보았는데 페디는 내 쪽은 보지도 않고 에나와 놀고 있었다. 에나가 잘했다고 칭찬하는 모양인데… 나만 바보 된 느낌이잖아.

난 땅에 박혀 있는 것을 보았다. 불의 돌이라고 하는 이프라이너. 저런 것이 여기 있다니… 보통 불의 기운이 있는 돌이라고 한다면 불의 마력석이나 불의 정령석이 있지만 이프라이너는 그런 돌들과는 그 차원이 다른 돌이었다. 끊임없이 발산되는 열기. 그런데 그 돌 자신은 차가운 돌이었다. 그건 이프라이너에 정체 모를 신비한 힘이 있어 주변의 마나를 움직여 열을 내기 때문이었다.

이프라이너에 대해서는 그리 알려진 것이 많지 않았다. 하지만 불의 속성을 가진 돌이라는 것은 틀림없었다. 그래서 이프라이너는 마법 도구를 만들 때 유용했다. 특히 마법 무기를 만드는 데 좋은데 이프라이너 자체가 매우 단단해 마법 주문 없이도 불의 마법이 가능해서였다. 이프라이너를 어떻게 활용하나에 따라 9서클에 9클래스의 불의 마법도 가능하다니 말은 다 한 셈이었다. 하지만 그런 돌이 흔히 있을 리는 없었다. 나도 단 한 번 보았을 뿐이었다. 그것도 병아리 발톱만한 크기였었다. 오죽하면 카나이드가 날 보고 재수가 좋다고 했을까. 만 년의 수명을 지닌 드래곤조차 못 보고 수명을 다하는 경우가 보고 수명을 다하는 경우보다 많다고 했으니… 카나이드조차 그때 처음 본 것이라고 하였다. 그런 이프라이너가 지금 내 앞. 아니, 내 발 밑에 있었다. 그것도 오리알만한 것으로 한 무더기나. 정말 이건 꿈이 아닌가 싶었다.

"…셀, 란셀."

"어, 엉?"

난 이브린이 부르는 소리에 정신이 들었다.

"어엉이라뇨? 지금 다들 왜 이래요? 아르‥ 아니, 아울은 아예 정신이 나간 것 같고……."

그러고 보니 다리온도 아르티닌도 페디도 이프라이너를 정신없이 보고 있었다. 죠세프와 예나의 경우는 우리처럼 넋을 놓고 보는 것은 아니었지만 몸이 미미하게 떨렸다. 다리온이나 아르티닌, 페디는 이 프라이너에 대해 알아서 저런 것이고 죠세프와 예나의 경우는 이프라이너의 기운을 느껴서일 것이다. 죠세프는 워낙 마법 실력이 뛰어나고 예나의 경우도 정령 친화력이 너무 커서 오히려 발휘가 안 될 정도인 사람들이니 그럴 것이다. 하지만 이브린이야 그냥 돌로 보이겠지.

"아아… 이브린."

난 한숨을 돌리며 말했다.

"그냥 내버려 둬. 참, 그리고 데로카 신관님."

난 데로카 신관을 불렀다. 데로카 신관은 이브린과 마찬가지로 우릴 이상하게 보고 있었다.

"찾았습니다. 바로 저게 문제로군요. 저 돌들이요."

그랬다. 이프라이너라면 세모란스가 생존하기 좋은 조건이었다. 비록 직접적인 불은 없지만 오히려 마나에 의한 열기는 화산 지대 따위보다 세모란스가 살기 더 좋은 곳이었다.

"저… 그런데 저분들은……."

데로카 신관은 우리 일행을 가리켰다.

"놔두세요. 가끔 저럴 때도 있어야 하니까요."

"아, 그렇군요. 그럼 기다리죠."

흠… 나도 내 말이 무슨 뜻인지 이해가 안 가는데 데로카 신관은 이해하는 얼굴이네? 역시 신관이라 우리와 생각하는 것부터가 다른가?

잠시 후 모두 정신을 차리자 난 이프라이너를 꺼내기 시작했다. 꺼내어진 이프라이너는 모두 열다섯 개. 그리고 마지막에…

"이렇게 큰 이프라이너라니……."

아르티닌이 감탄을 했다. 이미 꺼낸 열다섯 개의 이프라이너만 해도 오리알만한 것으로 상당히 큰 축에 들었는데 지금 죠세프가 들어 올리는 이프라이너는 커다란 수박만했다. 다른 이프라이너를 모두 꺼내고 그 밑에 또 파묻혀 있던 걸 죠세프가 끌어낸 것이었다. 내가 껴안아도 손가락 끝이 겨우 닿을락 말락 한 크기. 거기에 색깔도 푸른빛이 났다. 이프라이너도 등급이 있는데 보통의 이프라이너는 차돌같이 하얀색이었다. 하지만 그 흰색에 푸른빛이 도는 경우가 있는데 이 이프라이너가 바로 9서클에 9클래스의 마법을 쓸 수 있는 것이었다. 게다가 푸른빛이 도는 이프라이너는 혼을 가지고 있다고도 했고, 지혜가 있는 돌이라고도 할 만큼 신비로운 힘이 있었다. 같은 이프라이너라도 한 단계 고차원의 이프라이너랄까?

"이제 좀 의문이 풀리는군요. 저런 이프라이너가 있었으니 당연한 거였죠."

"무슨 말입니까?"

다리온의 뜬금없는 말에 난 호기심이 일었다. 내가 모르는 것을 또 다리온이 아나?

"저 고구마 밭이요. 고구마가 자라기엔 너무 좋은 조건이었거든요. 일부러 그렇게 맞춘 것처럼요. 게다가 토질이 이런데도 고구마 맛이 좋았죠. 아무리 이프라이너가 있었다고 해도 불가능한 일이지 않습니까? 하지만 저런 하이 이프라이너가 있었다면 가능한 이야기죠."

응? 저 푸른빛이 도는 이프라이너를 하이 이프라이너라고 하나? 그건 몰랐는데.

"데로카 신관님."

다리온이 데로카 신관을 불렀다.

"무슨 일이십니까?"

"이 고구마들은 언제, 왜 심은 겁니까?"

"그건⋯ 제 증조할아버지 때라고 들었습니다. 이 마을은 지금도 그렇지만 그때는 더 가난했다고 합니다. 그래서 항상 배를 곯기가 일쑤였는데 제 증조할아버지 친구 분께서 그걸 타파하시고자 여러 가지 작물을 들여오셨다고 합니다. 그런데 그 작물들은 가지고 오시는 도중에 대부분 죽고 고구마만이 남았다고 하죠. 그래서 그걸 마을에서 가까운 공터인 이곳에 심은 겁니다. 그리고 이렇게 잘 자랐지요. 저도 나중에 신관이 돼서 공부를 한 다음에야 이곳이 고구마 생장에 안 좋은 환경이란 것을 알았지만 역시 아까 말한 것처럼 엘렌디아 여신의 축복으로 여겼습니다."

다리온은 데로카 신관의 말을 듣더니 고개를 끄덕였다.

"이제 알겠습니다, 일의 진상을."

다리온은 그렇게 말하더니 이프라이너 한 개를 집어 들고 설명하기 시작했다.

"우선 이 이프라이너들은 무슨 이유에서인지 모르겠습니다만 애초부터 여기에 있었던 겁니다. 오래전부터 이곳에 있었는데 마침 누군가 이곳에 고구마를 심었지요. 한 백여 년 전에 말입니다."

다리온은 데로카 신관을 바라보았고 데로카 신관은 고개를 끄덕였다. 백여 년 전에 고구마를 심은 것이 맞다는 듯. 그걸 본 다리온은 계속 설명을 이어 나갔다.

"고구마가 심어지자 조용히 있던 이프라이너는 달라진 환경에 반응을 보인 것입니다. 위쪽으로 식물이 심어지자 열을 내기 시작한 겁니다. 그런데 여기서 변수가 있었습니다. 바로 하이 이프라이너가 있었던 것입니다. 단순히 이프라이너만 있었으면 열기만 발산했겠죠. 그랬다면 고구마가 자라거나, 아니면 열기에 말라 죽거나 둘 중 하나였겠지만 하이 이프라이너가 있어서 고구마가 잘 자랄 환경을 만들어주고 맛까지 좋게 한 겁니다. 그런데 문제는 그 기간이 백여 년간 지속되었다는 것입니다. 하이 이프라이너에 보통 이프라이너 열다섯 개가 모여서 마나를 반응시키는데 이상이 안 생길 수가 없었죠. 바로 세모란스가 생겨난 겁니다. 그건 하이 이프라이너도 어쩔 수 없었을 겁니다. 세모란스는 한번 근원지에 적응하면 근원지를 없애지 않는 이상 소멸하지 않습니다. 그리고 세모란스를 없애려면 신성력이 필요한데 하이 이프라이너나 이프라이너에는 신성력이 없습니다. 결국 이프라이너는 이 마을 사람들에게 도움도 주었지만 피해도 준 셈이지요."

다리온의 말을 듣고 데로카 신관은 한숨을 쉬었다.

"하아… 그럼 세모란스를 없애 사람이 정상적으로 살자면 이 이프라이너란 돌을 없애야 하는데 또 그렇게 되면 마을의 유일한 생산 자원인 고구마를 포기해야 하고… 이거 나아갈 수도 물러날 수도 없는 지경이군요."

난 데로카 신관이 심정이 이해가 갔다. 나도 지금 이걸 없앨까 말까 하는 고민에 빠졌으니까. 그때 다리온이 데로카 신관에게 무언가를 주었다. 데로카 신관은 의아한 눈으로 다리온을 보았는데… 어? 저건…

"이건 유글레나라는 식물입니다. 보기엔 이렇게 볼품없이 보여도 고급 작물입니다. 유글레나 열매를 짜면 향기로운 기름이 나오는데 귀족들이 쓰는 고급 비누의 원료가 됩니다."

다리온의 말을 듣고 데로카 신관은 유글레나를 자세히 살폈다. 칙칙

한 녹색의 짧은 줄기를 가지고 다섯 갈래로 찢어진 듯한 잎을 가진 식물. 나도 유글레나로 만든 비누를 써봤는데 정말 고급 비누라는 이름이 아깝지 않은 비누였었다.

"정말이로군요. 그런데 이걸 왜……."

다리온은 고구마 밭을 가리키며 말했다.

"여기서 자라고 있더군요."

"예?"

데로카 신관이 놀라서 반문했다.

"여기서 말입니까?"

"예. 그런데 어떤 유글레나는 고구마 밭 언저리에 떨어져 있더군요. 아마 고구마 밭에서 자라는 잡초로 안 모양이지요?"

순간 데로카 신관의 얼굴이 붉어졌다.

"이 마을 사람들은 이런 고급 작물을 본 적이 없으니까요."

다리온은 그 말을 듣고 흙을 한 줌 집어 올렸다.

"이 땅 말입니다. 사실 고구마보다는 유글레나를 기르는 것이 낫습니다. 지금 이 땅은 유글레나가 자라기에 딱 맞는 토양이거든요. 어차피 세모란스 때문이라도 여기 이프라이너를 없애야 하는데 그럼 고구마 농사는 못 지을 겁니다. 그러니 차라리 이번 기회에 고구마 대신 이 유글레나를 재배하는 것이 어떻겠습니까? 최소한 고구마보다는 많이 벌 겁니다."

다리온 말에 데로카 신관은 아무 말도 못했다. 뭐, 거절은 아니겠지. 하아… 그런데 유글레나를 잡초로 알고 뽑아서 버렸다고? 애고, 아까워라…….

우린 다음날 아침 마을을 떠나왔다. 우리가 세모란스의 근원을 없애고 더 좋은 작물을 소개해 준 보답으로 마을 사람들은 우릴 환대했는데… 고구마 빵, 고구마 케이크, 고구마 파이, 고구마 튀김, 고구마 수프, 고구마 샐러드… 윽. 이제 한 백 년간은 고구마 안 먹을 거야. 으엑!

마을을 떠나오기 전 다리온은 이프라이너들을 두고 설명을 했었다.

"이 이프라이너를 보세요. 유난히 희죠? 바로 세모란스가 살고 있기 때문입니다. 음… 다른 이프라이너들은 멀쩡하군요. 이프라이너가 마나에 반응하면, 아니, 다른 어떤 것이라도 오랜 세월을 두고 마나가 반응해 변화한다면 그 변화는 셀 수 없이 많습니다. 도대체 어떤 변화가 나올지 계산이 불가능하죠. 세모란스가 생성하고 생존할 조건을 갖춘 변화는 얼마 안 됩니다. 마나가 변화할 때마다 세모란스가 생기면 세상은 세모란스 천지가 되게요? 하지만 다행히 그렇지 않습니다. 여기에 있는 이프라이너 모두 마찬가지입니다. 거의 같은 반응이지만 약간씩 다른데 그 약간의 차이로 세모란스의 생존 여부가 결정된 겁니다. 게다가 하이 이프라이너의 영향으로 마나와의 반응이 제한적이었죠. 이렇게 하나라도 세모란스가 살게 된 것은 정말 기적(?)입니다. 물론 그렇다고 다시 땅에 묻을 수는 없습니다. 언제 또 세모란스가 살 조건이 마련될지 모르거든요. 세상일은 모르는 거니까요."

우린 이프라이너를 우선 아르티닌의 레어에 집어넣었다. 그 귀한 것을 버릴 사람들이 절대로 아니니까. 그리고 신전에서 사두었던 포션을 종이에 바르고 그 종이로 세모란스가 있는 이프라이너를 쌌다. 이렇게 하면 세모란스가 절대로 빠져나오지 못하기 때문이었다.

"참, 그 비싼 포션을 우린 한 번도 못 썼는데 엉뚱한 곳에 쓰네요."

이런 에나의 푸념이 있기도 했지만… 흠… 이프라이너가 워낙 비싼 물건인 데다 세모란스도 써먹을 수 있을지 모르는데 버릴 이유는 없었다. 그리고 왜 우리가 포션을 안 써? 우린 마을에 일어난 사건이 세모란스 때문이라 생각하고 그 근원지를 찾아 나설 때 온몸에 포션을 뿌렸었다. 물론 물과 섞어 뿌렸지만 그 정도만으로도 세모란스는 막을 수가 있었다. 안 그랬으면 세모란스가 사는 이프라이너를 손으로 만지기까지 했는데 어떻게 우리가 무사했겠어. 그리고 포션이야 없으면 또 사지 뭐. 아참, 우린 돈이 별로 없지? 뭐, 포션 안 쓰고 지금까지도 잘 살았는데 그냥 그대로 살지 뭐.

그렇게 일을 처리하고 어제저녁과 오늘 아침을 고구마로 때우고 우린 마을을 벗어나기 시작했다. 아직도 고구마 냄새가 나는 것 같아…….

"그런데 이상한 일이네요."

마을을 떠나오면서 이브린이 물었다.

"어떻게 고구마 밭이 유글레나가 자라기 좋은 땅이 되었죠?"

"글쎄요. 아마 하이 이프라이너가 한 일 같습니다. 이프라이너, 특히 하이 이프라이너는 아직도 숨겨진 신비가 많은 돌이죠. 어쩌면 오랜 기간 마을 사람들과 같은 곳에서 지내온 하이 이프라이너가 세모란스 사태를 미리 알고 마지막 선물로 마을 사람들에게 준 것일지도 모릅니다."

다리온의 말이 끝날 무렵 저기서 미디시아가 날아왔다.

"어떻게 됐어요?"

우린 마을에서 있었던 일들에 대해 말해 주었다. 미디시아는 재미있어하고 신기해하며 우리의 말을 들었다.

"아, 저도 같이 있었으면 좋았을 텐데요."

미디시아는 아쉬워했다. 하지만 어쩔 수 없었다. 페디의 경우도 간신히 넘겼는데 미디시아까지 있었으면…….

"참, 사람들에게 제 말 좀 잘 해주지 그랬어요. 오해가 풀리게요. 사악한 악마가 아니라고요."

"아, 그게… 참, 배고프지? 이거 먹어."

난 마을 사람들이 싸준 도시락—고구마로 단든 것—을 미디시아에게 주었다. 미디시아는 얼굴이 환해졌다.

"고마워요. 마침 배고프던 참인데. 어머, 전부 고구마로 만든 것들이네? 나 고구마 정말 좋아하는데."

역시 사람 말 막는 방법은 먹을 걸 주는 것이라니까. 다른 사람들도 내가 미디시아에게 도시락을 다 주는 것에 대해 별말이 없었다. 다들 고구마에 질린 모양이었다.

"쩝쩝. 참, 저에 대한 말은 했나요? 오해는 풀렸어요?"

다시 물어오는 미디시아. 음… 오해는 풀렸지. 사악한 악마라는 오해는 말야. 대신 멍청한 악마로 되었지만… 어쨌든 사악한 악마라는 오명은 벗었으니… 흠흠. 이 말을 하면 아마 미디시아가 평생 날 죽이려고 쫓아다닐 거야. 차라리 말을 말자.

"아니, 미안. 일이 급해서."

"뭐, 어쩔 수 없죠. 냠냠."

순진하고 착한 미디시아는 내 말을 그대로 믿었다. 음… 미디시아에게 미안한데? 나중에 이프라이너나 하나 줄까-?

"그럼, 전 이만 가보겠어요. 나중에 다시 볼 수 있으면 좋겠어요. 안녕히 건강하게 여행하세요."

미디시아가 작별 인사를 하며 날아올랐다. 그걸 보던 다리온이 내게 물었다.

　　"그런데 란셀, 미디시아를 보면서 양심에 찔리는 것 없나요?"

　　그, 글쎄요. 내 심장은 드래곤 하트라… 갑시다, 가. 흠흠.

제6장
가시병 바바아크레

맑은 물, 푸른 하늘. 역시 배는 이 맛에 타야 했다. 우린 지금 호수를 건너고 있었다. 상당히 큰 호수로 이름이 질투의 바다란 호수였다. 호수가 오죽 크면 바다란 이름이 붙을까? 아무튼 이름과는 안 어울리게 마치 그림을 보는 듯한 풍경이었다. 하늘에 하얀 구름 둥둥 떠다니고 물에는 푸른 구름이 흘러가고. 맑디맑은 호수는 마치 거울같이 모든 것을 비추고 있었다. 하지만 호수가 워낙 깊어 푸르게 보였기에 모든 것이 푸르게 비춰지고 있었다. 아까 선창에서 배를 탈 때 호수 기슭이라 물이 얕아 주변의 나무와 건물이 그대로 비치는 것이 정말 아름다웠는데 이렇게 푸르게 비치는 것도 또 다른 아름다움이었다.

"그런데 다리온이 우겨서 가긴 하는데, 왜 남쪽으로 가는 거죠?"

난 다리온에게 물었다.

"동쪽으로 호수를 건너면 카샤니안에 좀 더 빨리 갈지도 모릅니다.

하지만 그쪽은 울창한 숲과 산이 많아서 가기가 힘듭니다. 무엇보다도 워낙 그런 지역이라 사람이 안 삽니다. 이제 계속 추워질 텐데 노숙을 할 수는 없지요. 차라리 좀 돌더라도 남쪽으로 내려가 호아류 산맥을 넘는 것이 더 낫습니다."

하긴 다리온 말도 일리가 있었다. 이젠 아침이면 입김이 조금씩 나오니까. 아무튼 좋아, 이 아름다운 경치나 실컷 구경해야지. 아! 언제까지나 바라보고 싶은 풍경이야.

호수를 건너는 데는 사흘이 걸렸다. 난 뱃사공의 말을 듣고 왜 이 호수의 이름이 질투의 바다인지를 알았고 또 확실하게 느꼈다. 이 호수는 이상하게 바람이 없다는 것이었다. 그래서 물은 거울처럼 맑고 잔잔하지만 배를 타고 건너자면 끊임없이 노를 저어야 나아갈 수 있는 것이었다. 그래서 호수를 지나가는 사람을 질투한다고 해서 질투의 바다라나? 그런데 그렇게 노를 저어서 건너야 할 호수라면 노잡이라도 많아야 하는데 키잡이 겸 선장 한 명에 고작 두 명의 선원이 노를 저었다. 덕분에 호수를 건너는 데 사흘이나 걸린 것이다. 에이, 지겨워. 사흘간이나 같은 풍경을 보았더니… 다신 이 호수 안 본다.

우리가 배에서 내려 찾아간 곳은 니아체르란 마을이었다. 배를 타고 오면서 들은 말이 있어서였다. 무슨 전설이 내려오는데 요즘 그 전설이 깨어났다나 뭐라나. 그래서 그쪽으로는 절대 가지 말라는 소리를 들었던 것이다. 하지만 우리 일행이 어떤 사람들인데 그런 말을 듣고 가만히 있어? 난 오기 싫었지만 다수결의 원칙에 따라 결국 끌려왔다. 아아, 다수의 횡포에 소수의 선량한 사람이 피해를 입다니…….

"뭐 지금까지 왔지만 아무 일도 없네요?"

예나가 맥이 빠진 듯 말했다. 그렇다면 내가 한마디 해주어야겠군.

"맞아, 저길 보기 전까지는… 엉?"

지금 아무도 없네? 하아… 언제 저기까지 갔을까?

크아아아.

"으악!"

난 급히 달렸다. 다리온 등이 도망간 방향으로. 의리없게 자기들만 도망가다니, 나중에 두고 보자구.

"하하하. 란셀, 그게 말입니다……."

"그래요, 란셀."

"이해를 해야죠."

"우린 란셀을 믿고 있었으니까 그렇게 했죠."

"바보, 눈치껏 행동했어야지."

흠… 지금 내가 눈을 감고 있다고 모를 줄 아나 본데… 차례대로 다리온, 죠세프, 예나, 이브린, 아르티닌. 아주 내 속을 뒤집으라고. 난 지금 이상한 괴물에게 쫓겨 겨우 살아난 상태였다. 그런데 지금 뭐라고? 난 화를 내려고 했다. 하지만 다리온에 의해 막혀 버렸다.

"란셀, 지금은 이럴 때가 아니라 그 괴물이 뭔지를 알아야 할 때라고 봅니다."

그, 그건 맞지만… 이거 뭔가 억울하기도 하고…

우린 다시 되돌아갔다. 신중하게 한 발, 한 발.

크아아아―

갑자기 괴물 소리가 또 들렸다. 난 도망갈 준비를 했다.

그때였다.

"헤모비, 너 또 말썽이구나."

어떤 아이가 뛰어와서 괴물을 걷어찼다. 난 어안이 벙벙해져서 그 광경을 바라보았다. 그리고 괴물을 자세히 볼 수 있었다. 괴물은 커다란 고릴라처럼 생겼는데 코가 가슴에 올 정도로 길었고 귀는 엘프의 귀마냥 길고 뾰족했다. 몸 전체에 갈색 털이 잔뜩 나 있었는데 손가락이 네 개였다. 저건…

"죄송합니다."

괴물을 걷어차던 아이는 우리에게 사과했다.

"우리 헤모비가 많이 놀라게 했죠? 하지만 악의가 있어서 그런 것은 아닙니다. 다만 절 지키려고 한 짓이니까 용서해 주세요."

난 어떻게 해야 할지 고민했다. 저 괴물은 분명 크라펜이란 녀석이었다. 몬스터의 일종으로 성질이 아주 포악한 녀석이다. 몬스터 중에서도 희귀하지만 생명력은 매우 끈질겨 그 명맥을 유지하는 것으로 알려졌다. 그런데 그런 몬스터가 간식거리도 안 될 아이한테 꼼짝을 못하고 있었다.

"너… 그 몬… 아니, 동물이 뭔 줄 알아?"

난 아이한테 그렇게 물어보았다.

"예."

아이는 고개를 끄덕이며 말했다.

"크라펜이란 흉포한 몬스터죠."

난 아이의 말을 듣고 놀랐다. 크라펜에 대해 아는 아이. 크라펜이 흉포하다는 것까지 알고 있었다. 그러면 지금의 상황은 뭐지? 흉포하다는 것을 알면서 크라펜을 걷어차다니…….

"하지만 사람 손에 자란 크라펜은 자신을 키워준 사람한테는 절대 충성을 해요. 그 가족에게도요."

아하, 그렇군. 맞아. 나도 그제야 그것이 생각났다. 그나저나 참 용하군. 어떻게 크라펜을 잡았지? 그것도 새끼를.

"돌아가자, 헤모비."

아이는 크라펜의 손을 잡고 말했다. 크라펜도 아이를 따라 걸어가기 시작했다.

"잠깐."

난 아이를 불렀다.

"너 혹시 니아체르란 마을을 아니? 이 근처라고 들었는데……."

아이는 날 돌아보며 이상하다는 표정을 지었다.

"그 마을… 제가 사는 마을인데요. 바로 저기예요. 하지만 사람들은 여길 안 오려고 하는데……."

"그래, 우리도 그런 말을 들었지. 절대로 니아체르에 가지 말라고. 무슨 전설이 깨어나서라고 들었는데 사실이니?"

내 말에 아이는 발끈 화를 냈다.

"아니에요, 그런 전설 따윈 없어요. 그건 사람들이 지어낸 이야기라고요!"

크아아아아!

아이가 화를 내자 크라펜도 같이 화를 내었다.

"그래, 그래."

난 아이를 달랬다.

"나도 그렇게 생각해. 여기 있는 사람들도. 그러니까 니아체르에 가려고 하는 거지. 사실 형아는 세상에 일어나는 이상한 일을 찾아다니는 사람이란다. 세상의 이상한 일을 찾아 해결하지."

아이는 날 보더니 고개를 갸웃하며 물었다.

"그럼… 형아는 해결사네요?"

음… 해결사라… 어째 어감이 안 좋군. 하지만 저런 아이한테 달리 설명하기도 힘드니…….

"으응, 하지만 좋은 해결사야."

아이는 나에게 손을 뻗었다.

"전 미트라고 해요."

난 아이의 손을 잡으며 말했다.

"형은 란셀. 그냥 란셀 형이라고 부르면 된다."

"난 죠세프란다."

"난 이브린."

"호호, 다들 무뚝뚝하긴. 난 예나야. 어어, 놀라지 마. 난 하프 엘프야."

"아뇨, 저 형 때문에."

미트를 놀라게 한 사람(?) 아르티닌은 아이의 머리를 잡으며 달했다.

"아저씨는 아울. 그냥 아울 아저씨라고 부르면 된다. 참, 그리고 처음 말한 란셀은 내 친구지. 그러니까 나랑 같이 란셀 아저씨라고 부르면 된다."

아르티닌, 이 나쁜 녀석.

"예, 아울 형."

아르티닌은 미트의 말을 듣고 살짝 미소를 지었다. 나원… 저렇게 웃을 거면서 무슨 아저씨라고 하라 하냐고.

"우웅……."

미트는 다리온을 바라보았다.

"아, 전가요? 음. 아저씨는 다리온이라고 한단다. 그런데 한 가지 묻고 싶은데, 니아체르에 무슨 일이 있는 거지?"

"우웅……."

"괜찮다, 말해 봐라. 사실 우린 니아체르에 일이 없었다면 오지를 않았어."

미트는 다리온을 쳐다보았다.

"그럼 다리온 형은 우리 마을 사람들을 원상태로 돌려놓을 수 있다는 건가요?"

미트의 말에 다리온은 미소를 지었다. 흠… 아마 형이란 말 때문이겠지?

"물론. 마을 사람들 몸에 생긴 가시를 모두 없애주마."

다리온은 그렇게 말했다. 그런데 몸에 난 가시? 설마 다리온이 니아체르에 생긴 일을 아는 건가? 에이, 그럴 리가… 그런데 미트의 눈이 커졌다.

"어, 어떻게 아셨어요? 정말 대단해요!"

으잉? 난 미트의 말에 또 놀랐다. 정말 다리온이 니아체르에 일어난 일을 안 거야? 어떻게? 어찌해서? 어떤 능력으로? 내가 아는 다리온은 스스로 대현자라고 할 만큼 많은 지식을 가졌지만 그 외 특별한 능력은 없었다. 그런데 지금의 다리온은 마치 원거리 투시 능력을 가진 사람인 양 처음 오는 마을에 일어난 일을 알고 있었다.

"란셀."

다리온이 날 불렀다,

"란셀은 크라펜에 대해 잘 아십니까?"

"예? 그야… 흉포한 몬스터죠."

내 말에 다리온은 고개를 저었다.

"그건 이미 나온 것이고요. 크라펜이 뭘 먹고 사는지 아십니까?"

"글쎄요……."

난 다리온이 무슨 뜻으로 그런 말을 하는지 이해가 안 갔다. 먹는 거라… 응? 그러고 보니 그건 모르겠는데… 하지만…….

"워낙 흉포한 몬스터니까 작은 동물을 잡아먹지 않을까요? 어쩌면 같은 몬스터를 잡아먹을지도 모르겠군요."

"에이. 형아, 바보."

그때 미트가 소리쳤다. 그런데 뭐?

"뭐라고?"

"란셀 형아, 바보. 헤모비는 야채랑 과일만 먹는단 말야."

난 미트의 말에 저절로 눈썹이 꿈틀하는 것을 느꼈다. 근데… 뭐?

"그렇습니다, 란셀. 크라펜은 오직 채식만을 합니다. 크라펜이 흉포하다고 하지만 그건 자신의 영역에 다른 위협되는 존재가 들어왔을 때뿐이죠. 가령 육식 동물 같은 경우요. 그전에 먼저 공격하는 예는 없습니다. 그래서 크라펜의 영역에는 육식을 안 하는 초식 동물이 안전하게 살 수 있죠."

그, 그게 아니잖아요. 날 보고 바보라니. 나처럼 똑똑한 사람이 어디 있다고. 애가 버릇이 나쁘게 들었구만.

"흥, 그렇군요. 미안하다, 꼬마야."

"흥, 바보라는 건 미안할 건 아니죠."

이 녀석이 끝까지…….

"하하, 란셀."

다리온이 나와 미트 사이에 들어오면서 말했다.

"장난은 그만 하시고요."

장난이 아닌데…

"그런데 크라펜이 가장 좋아하는 것이 뭔지 아십니까?"

"당연히 모르죠."

오늘에야 채식 동물이란 것을 알았는데 왜 물어요?

"크라펜이 가장 좋아하는 것은 피언트라는 열매입니다. 피언트가 있는 곳에는 언제나 크라펜이 살죠."

난 다리온의 말에 몸이 움찔했다.

"저… 다리온, 혹시 다리온이 말한 피언트가 빨간 바탕에 초록 점이 박힌 그 피언트는 아니죠?"

"왜 아니겠습니까? 세상에 피언트란 열매는 오직 하나죠. 아마 그 과일 잘라보면 과육은 주황색이죠? 가운데 있는 씨는 마치 에머랄드 같다고 하죠."

"으음……."

난 다리온의 말에 저절로 신음이 나왔다.

피언트라… 피언트는 깊은 산골에서나 자라는 식물이었다. 2길드 정도까지만 자라는 피언트 나무에서 열리는 열매였다. 껍질은 윤기가 나는 검은색으로 반질반질했다. 자르면 그 안은 새빨간색의 목질인 나무였다. 보통 5년에 한 번 열매가 열리는데 맛과 향기가 무척 뛰어나다. 하지만 피언트는 독이 든 열매였다. 언제 누가 먹었었는지는 몰라도 그걸 먹은 사람이 중독된 증상에 대한 기록이 있었다.

그 기록에 따르면 처음 며칠간 몸이 가렵다고 한다. 하지만 심하게 가렵지는 않고 약간만 가려운 정도여서 중독된 사람들은 그냥 넘어간다고 하였다. 가려움이 멈춘 후 몸 곳곳에 하얗고 작은 물사마귀가 잡힌다. 물론 이때도 사람들은 대수롭지 않게 넘어간다. 하지만 물사마귀는 곧 굳으면서 단단해져 각질이 되었다. 처음엔 작은 돌기 모양의 각질이지만 그 각질이 계속 자라는데 그 모습이 마치 가시와 같다고 한다. 시간이 지나면 그렇게 각질로 된 가시가 온몸을 덮게 되는데 워낙 단단한 각질로 이루어진 가시라 사람 몸은 점점 움직일 수 없게 된다고 한다. 당연한 이야기지만 얼굴에도 가시가 나니 입을 놀려 음식을 먹기는커녕 눈조차 뜰 수 없게 된다고 한다. 그렇다고 가시를 떼어낼 수도 없었다. 왜냐하면 그 각질은 바로 피부가 변한 것이기 때문이었다. 따라서 가시를 떼어내면 환자는 끔찍한 고통을 당하고 살이 떨어져 나와 피가 나오게 되는 것이었다.

그런데 그 기록에는 재미있는 사실이 있었다. 바로 피언트에 그렇게 중독되는 건 오직 사람만이라고 했다. 다른 유사 인종은 물론이고 이 종족의 피가 섞인 사람, 가령 하프 엘프의 경우도 피언트에 중독돼서 온몸에 가시가 돋는 일은 없다고 했다. 하여튼 사람이라고 다 좋은 건 아니라니까. 응? 그런데 난 한 가지 의문이 들었다.

"야, 미트."

"왜요?"

"너 혹시 빨간 바탕에 초록 점이 있고 과육은 주황색인 과일을 먹은 적이 있니?"

미트는 고개를 끄덕였다.

"그럼요, 얼마나 맛있는데요. 내가 제일 좋아하는 과일이에요."

흠… 그럼 미트는…….

"란셀, 우선은 사람 살릴 방법부터 생각하죠."

다리온이 내 주의를 환기시켰다. 맞았다. 얘야 어디 도망 안 갈 테니 나중에 물어보던가 하지.

우린 니아체르에 들어섰다. 마을 분위기는… 썰렁했다. 니아체르는 제법 잘 사는 마을로 보였다. 큰 집도 제법 있고. 하지만 마을 분위기가 이래서야……. 우린 마을에 있다는 병원을 향해 갔다. 병에 걸린 사람들이 병원에 있다고 해서였다.

병원은 제법 컸다. 그런데 병원에 들어서자 제대로 서 있을 틈도 없이 사람이 북적거렸다. 놀라서 왜 그런가 하고 살피니 곳곳에 몸에 가시가 있는 사람들이 보였다. 그 사람들은 아직 온몸에 가시가 덮이는 중중이 아니라 움직이는 데는 불편이 없어 보였지만 그래도 몸에 가시가 난 덕분에 사람들이 그들을 피해 다녔다. 그래서 이렇게 복잡해진 것이었다. 하긴… 저 가시의 강도가 손톱의 다섯 배라지?

"피언트라……."

병원 원장은 우리의 말을 듣고 고민하는 눈치였다.

"그런 것이 있습니까? 재미있기도 하고 지금같이 희한한 상황에서는 제법 설득력이 있군요. 하지만 피언트라고 했죠? 여기선 시아메론이라고 합니다만… 시아메론을 안 먹은 사람이 없을 겁니다. 저도 많이 먹었습니다. 그런데 왜 저는 아무런 이상이 없죠?"

"그건 개인차에 따라 발병하는 기간이 달라서 그렇습니다."

난 원장의 얼굴과 손을 보며 말했다. 원장은 제법 운동을 많이 하는지 균형 잡힌 체격이었고 피부도 갈색이었다. 그런데 그런 원장의 얼굴과 손에는 마치 흰 물감을 뿌려놓은 듯 흰 점들이 많이 있었다.

"그리고 그건 한번 발병하기 시작하면 진행 속도는 개인차가 없이 같습니다. 그런데 원장님은 원래 그렇게 얼굴에 물사마귀가 많습니까?"

원장은 내 말을 듣더니 웃었다.

"하하핫. 난 몸에 점도 별로 없고 그 흔한 뾰루지 한 번 안 나는 체질입니다. 그런데 물사마귀라뇨."

발병했군.

난 속으로 말하며 원장의 손을 가리켰다.

"혹시 원장님은 평소에 자신의 손을 잘 안 보는 모양이죠?"

내 말을 듣던 원장은 무심코 자신의 손을 보고는 흠칫했다.

"이, 이건… 이럴 리가 없어. 아침나절만 해도 이런 건 없었는데……."

그러더니 급히 거울을 보았다. 그리고 경악을 했다.

"이, 이게 어찌 된 일이지? 이게……."

"아마 이삼 일 전 몸이 가려웠었죠? 발병한 겁니다."

내 말에 원장은 망연한 표정이었다.

"그럼 당신들의 말이 맞다는… 이럴 리 없어. 어떻게 이런 일이……."

"그러지 말고 우리의 치료를 받으시죠. 그걸 고칠 수 있는 사람은 우리들뿐입니다."

난 원장에게 말했고…

"그럼 어떻게 해야 합니까?"

"병원을 빌려주십시오."

"알겠습니다."

치료를 위해 병원을 빌렸다.

"대체 이 병은 어떤 병입니까?"

내가 사람들을 둘러보고 있을 때 원장이 물어왔다.

"단순히 피언트 중독입니까?"

"아뇨. 이 병은 바바아크레라는 이름이 있습니다. 다른 이름으로는 가시병 또는 가시사마귀로 불리기도 합니다. 처음에는 원장님 말대로 피언트 중독이라고 했지만 병의 원인이 밝혀진 후에는 하나의 질병으로 인정이 돼서 정식 이름을 가지게 된 겁니다."

"그럼 그 원인은……."

난 마지막 사람을 보고 말을 했다.

"피언트에는 독이 있다고 했죠. 그리고 그 독에 사람들이 이렇게 된 것이고요. 그런데 그 독이란 것이 하나의 세균입니다. 사람은 그 세균에 감염된 겁니다. 그것이 밝혀진 것은 마도시대 때인데 피언트의 독에 중독되는 것이 오직 사람만인 걸 이상하게 생각한 한 의학도의 호기심에서 밝혀진 것이죠. 그 의학도의 이름은 보치카 카인. 잘 아시는 이름이죠?"

"앗! 그 대의학자이신……."

보치카 카인은 마도시대 때의 이름난 의사였다. 원래 이름은 카인 보치카. 하지만 그의 뛰어난 의학 실력으로 약 칠백 년 전 대륙 의학회에서 그의 성을 앞에 둔 것이었다. 지금의 대륙에서는 황족이나 왕족, 대공들의 고귀한 신분만이 성을 앞에 쓰기 때문에 보치카 카인을 그만큼 위대한 인물로 부각시키기 위해 성을 앞에 둔 것이었다. 보치카 카인은 마도시대 사람으로 지금 이 시대에 알려진 몇 안 되는 사람 중의 한 명이었다. 그리고 내가 본 피언트 중독에 관한 기록도 그가 남긴 것이었다. 또 그 외에 내가 아는 지식 중 피언트의 연구물도 상당했다.

"예, 그분이십니다. 그분이 몇 달의 연구 끝에 알아내신 겁니다. 그 기록에 따르면 그 세균은 일정한 생물에게만 작용을 한다고 하더군요.

사람에게만요. 당신도 의사이니까 잘 알 겁니다. 일정한 동물만 걸리는 병이 있는가 하면, 또 어떤 동물은 태어날 때부터 면역이 있어 안 걸리는 병도 있다는 것을요. 예를 들면 말의 경우는 결핵에 안 걸리잖습니까? 그런 이치입니다."

원장은 고개를 끄덕였다.

"피언트에 든 독이 세균이라면 확실히 가능성은 있군요. 그런데 어떻게 치료합니까?"

"보치카 카인은 그 치료법도 남겼죠. 그런데 이 마을에 신관이나 마법사가 있습니까?"

원장은 고개를 저었다.

"아뇨. 신관은 처음부터 없었고 마법사는 떠났습니다. 우리 마을에 대해서 들으신 전설도 그가 말한 것이죠. 그런 전설은 처음부터 없었습니다. 정말 나쁜 인간입니다. 언제나 자신이 마법사라고 으스대며 사람들을 무시하고 때로는 횡포도 부리다가 막상 사람들을 치료 못하자 그런 짓을 한 거죠. 전설을 예로 들어 자신의 실력이 없는 것이 아니라는 것을 변명하기 위해서였습니다. 그리고는 떠난 것이죠."

"그래요? 그런데 그 마법사도 피언트를 먹었나요?"

"제일 많이 먹었을 겁니다. 엉?"

원장은 뭔가 생ㅇ각이 난 듯 눈을 크게 떴다. 훗. 원장도 나와 같은 생각일까? 불쌍한 마법사. 그냥 여기 있었으면 치료를 받았을 텐데. 피언트 중독은 예외가 없었다. 개인적인 차는 있었지만 안 걸리는 사람이 없었다. 피언트를 먹으면 예외없이. 그런데 마법사의 경우는 피언트 중독이 무척 느리게 나타난다고 했다. 그건 발병 시간이 차이가 나도 진행 속도는 같은 일반 사람들과는 다른 현상인데 마나의 작용 때문이라고 한다. 마법사는 발병의 경우 짧게는 1년, 길게는 5년이 걸리기도 하고 발병 후 온몸에 가시가 돋는 것은 거의 50년에 걸쳐 일어난다고 했다. 그러니 당장은 괜찮아서 그런 말을 퍼뜨린 모양인데 결국 그것이 그의 목을 죄는 올가미가 될 것이다. 그래도 이 마을은 치료를 받아 전설의 올가미에서 벗어나겠지만 그 마법사는 본인이 전설의 주인공으로 될 테니 말이다.

"그런데 대체 그 전설이 뭡니까?"

난 그것이 궁금했다. 좋지 않은 전설인 것은 아는데 대체 뭐냐고?

"뭐, 복잡한 전설은 아닙니다. 오랜 옛날에 악마가 인간 세계에 나온 적이 있다고 합니다. 그 악마는 평화롭게 사는 사람들을 싫어했는데 그렇다고 함부로 힘을 쓸 수는 없었죠. 그래서 그는 약간의 악의 씨를 뿌려 이 세계에 자신의 군대를 만들기로 했답니다. 그래서 태어난 것이 악마의 군대인 가시인간들이라는 거죠. 훗, 우습죠? 이 마을에는 신전이 따로 없습니다. 하지만 신전이나 신관 없이도 언제나 깊은 신앙심을 유지하며 신의 말대로 살았습니다. 그렇게 지금까지 착하게 살아온 사람들을 악마의 군대라니……."

원장은 쓰게 웃었다. 흠… 그나저나 그 마법사는 정말 큰일이군. 악마군단의 마법사라… 쯧쯧…….

"그런데 신관이나 마법사는 왜 찾습니까?"

"아, 예."

그때서야 내 할 일이 생각났다.

"세균 치료는 가능하지만 가시는… 하지만 신관이나 마법사의 치료 마법이면 쉽게 해결이 됩니다."

내 말에 원장은 한숨을 쉬었다.

"후우… 당장은 어려운데……."

그때였다.

"란셀, 왜 마법사를 찾습니까?"

다리온이 그렇게 말하며 예나의 어깨를 가리켰다.

"페디가 있는데요. 마법사 백 명이 와도 감히 드래곤인 페디와 겨룰 수가 있겠습니까?"

난 다리온의 말에 무릎을 쳤다. 맞아. 하긴 우린 지금까지 페디의 능력을 거의 쓰지 않았다. 다만 날아다니는 능력으로 마을이 있나 없나만 살피게 했을 뿐. 참 우린 한심했다. 드래곤을 데리고 다니며 시키는 일이 고작… 예나는 더했다. 페디를 아예 보호 대상자로 정한 것이었다. 굶으면 배고플세라 바람 불면 추울세라 먹여주고 덮어줬으니… 안 그래도 전혀 지장이 없는데. 지금도 그랬다. 있는 페디를 두고 없는 마법사를 찾았으니… 정말 미트의 말대로 난 바보인가 봐. 흑…

"흠흠. 그래도 전 바보는 아니군요."

다리온의 쐐기박는 말 한마디. 그런데 정말 다리온은 어떻게 내 마음을 알았을까? 언젠간 밝혀낼 거야, 다리온의 정체를.

"어? 그런데 전 자신없어요. 무섭기도 하구……."

페디에게 치료 마법을 쓰라고 하자 이런 소리를 해대었다. 아무래도 우리가 너무 감싸고 돈 건 아닌지… 하지만 그래도 그렇지 드래곤이… 우이씨.

"드래곤요? 그거… 날다람쥐 아니었습니까?"

원장의 한마디였다. 하아… 박쥐가 더 나을까, 아니면 날다람쥐가 나을까? 그 말을 들은 페디? 보통의 드래곤이라면 그런 말을 듣고 분기탱천하여 자신의 실력을 보인다며 난리를 쳤을 텐데 지금 예나에게 안

겨 눈물을 글썽이고 있다. 나 미쳐. 드래곤이 있으면 뭐 하냐고요…….

　세상의 독은 언제나 치료약과 같이 있다던가? 난 피언트의 씨앗을
부쉈다. 마치 보석같이 아름답긴 했지만 사람의 목숨보다 중요할 수는
없는 법이었으니까. 난 부숴 버린 씨앗에서 옅은 하늘색의 속씨를 빼
서 죠세프의 화염 마법으로 잘 말린 후 가루로 빻았다. 그냥 써도 되지
만 이렇게 하는 것이 약효를 더 잘 끄집어낼 수 있기 때문이었다.
　거기에 같은 방법으로 말리고 빻은 피언트 나무껍질과 크라펜의 피
를 좀 섞고—난 왜 피언트 치료약에 크라펜 피가 섞이는지 몰랐는데 이젠 알
수가 있었다. 크라펜은 피언트의 열매만이 아니라 씨앗과 피언트 나무 자체도
먹기 때문에 피언트 중독을 해독시키는 물질이 피 속에 생성되어 있기 때문이었
다—여러 가지 몸을 보신할 수 있는 재료들을 넣었다. 기록에 따르면
피언트 속씨와 껍질, 크라펜의 피는 필수 재료이고 나머지는 그 지역에
서 나는 것들 중 사람 몸에 좋은 것들을 넣으라고 되어 있었다. 단, 보
신재를 넣을 때는 서로 상생 관계를 따져서 넣으라고 되어 있었다. 그
래서 보신재는 원장에게 맡겼다. 병원의 원장으로서 마을 사람들 치료
참여란 명목으로. 실제 이유는 내 능력으로 음식의 상생 관계를 알 수
가 없어서였지만 그래도 원장을 참여시킨 것은 잘한 일이잖아.
　그렇게 약재를 섞고 그것을 중간 불에 잘 달이면 치료약이 완성되는
것이었다.
　"정말 괜찮을까요?"
　드디어 완성된 약을 먹일 시간. 원장은 걱정스러운 목소리로 물었
다.
　"글쎄요… 잘못되면 보치카 카인의 잘못이죠. 하지만 누구의 잘못

이든 지금 저 사람들을 치료할 방법은 이것 하나뿐이라는 것입니다."

내 말에 원장은 머뭇거리더니 뭔가 결심한 듯 말했다.

"좋습니다. 그럼 이 약을 복용시키죠. 하지만 먼저 제가 마시겠습니다."

원장은 그 말을 하고는 자신 몫의 약을 마셨다. 난 원장의 행동에 감탄했다. 이 약은 마도시대 이후 처음 만들어진 약이었다. 그만큼 위험 부담이 있는 약인데 다른 사람을 위해 먼저 약을 마신 것이다. 원장의 그런 행동 때문인지 다른 환자들도 약을 마셨다. 그러고 보니 아직까진 완전히 몸을 못 움직이는 사람은 없었다. 몸이 불편해 약을 마시다 흘리는 경우가 있기는 했지만 모두 약을 마셨다.

그 다음의 일은 페디의 차례였다. 나는 페디에게 재생의 마법을 쓰라고 했다. 재생의 마법은 말 그대로 손상된 살을 살리는 것으로 흉터 등에 쓰면 흉터가 말끔히 사라지는 마법이었다. 또 그 마법은 단순히 흉터만 없애는 것이 아니라 사마귀나 거친 각질도 없애는 작용을 하기 때문에 이번과 같은 경우에 아주 유효했다. 내가 쉽게 치료가 가능하다고 한 이유가 이것이었다. 마을 사람들은 정상으로 돌아온 몸을 보며 기뻐했다.

"고마워요, 란셀 형아."

미트가 내게 손을 내밀었다.

"으응. 뭘……."

나도 미트의 손을 잡아주었다. 그런데 미트의 얼굴이 조금 흐려 있었다.

"미트, 왜 그러니? 걱정거리라도 있어?"

"그게요……."

미트가 한 말은 이랬다. 형제가 없는 미트에게 헤모비라는 크라펜은 친형제나 다름없는 관계였다. 그런데 이번 일이 있고 나서 마을 사람들은 마을 뒷산에 자생하던 피언트 나무를 모두 없애기로 한 것이다. 그런데 헤모비는 피언트 열매를 매우 좋아했다. 그래서 미트는 헤모비가 좋아하는 피언트를 먹지 못하게 되는 것이 안타까웠던 것이었다.

"그건 형이 해결해 주지."

난 미트에게 당당히 약속을 했다. 그리고 원장을 만나 자초지종을 이야기했다. 하지만 원장은 좀 난처한 기색이었다. 자신의 힘으로는 마을 사람들을 막을 수 없다는 것이었다. 이런, 착한 사람 사기치게 만드네. 난 마을 사람들을 모아달라고 했고 원장은 그건 가능하다며 허락했다. 그리고 마을 사람이 모이고……

"여러분, 제 말을 잘 들어주세요. 여러분은 지금 겨우 피언트의 중독에서 벗어났습니다. 하지만 그것으로 다일까요? 아닙니다. 이건 세균에 의한 것, 재발의 여지가 있습니다. 물론 치료약은 있습니다. 하지만 제가 듣기로 여러분이 그 치료약을 없애신다고요. 피언트 중독을 치료할 때 필수 재료가 바로 피언트 나무입니다. 그러니 피언트 나무를 없애면 안 됩니다. 그리고 또 한 가지 필수 재료가 있습니다. 그것은 바로 크라펜의 피입니다. 그것도 피언트의 열매와 씨와 껍질을 먹은 크라펜의 피입니다. 그러니 피언트를 그냥 두시고 헤모비란 크라펜이 피언트를 자유롭게 먹게 하시는 것이 여러분이 살길입니다. 여러분은 지금까지 당한 고통을 다시 당하시렵니까?"

"하지만 시아메론, 아니 피언트 열매가 열리면 또 걸리는 것 아닙니까?"

원장이었다. 물론 지금의 질문은 나와 원장이 짠 것이었다.

"아닙니다. 피언트에 중독되는 것은 열매를 먹은 경우에 한해서입니다. 뭐, 여러분의 경우는 이미 한 번 먹어서 재발의 여지가 있긴 하지만 역시 그것도 피언트를 먹었기 때문이죠. 그리고 사실 피언트는 향기가 좋지 않습니까? 여러분도 아시는 대의학자이자 피언트를 연구하고 치료법을 개발하신 보치카 카인도 피언트 향기를 좋아하셔서 연구실에 그 열매를 놓고 향기를 맡으셨죠. 먹지만 않으면 안전하다는 것을 아셨기 때문입니다."

크하하핫. 내가 생각해도 정말 멋진 연설이었다. 참고로 피언트 중독을 치료하면 다시 피언트 열매를 먹기 전에는 재발이란 건 없었다. 그리고 보치카 카인이 피언트 향기를 맡은 것은 사실이지만 피언트 향기가 너무 짙다고 좋아하지는 않았다. 다만 연구실의 갖은 고약한 냄새 때문에 그 고약한 냄새를 중화시키려고 놓았을 뿐.

"그럼, 안녕히 계십시오."
"예. 여러분도 즐거운 여행 하십시오."
우린 원장과 작별의 인사를 했다. 간결한 작별의 인사.
우린 니아체르를 떠났다. 니아체르에서 원장을 만난 것은 참으로 좋은 경험이었다. 처음 봤을 땐 권위적인 사람으로 보였는데 실제로는 전혀 그런 사람이 아니었다. 다만 환자들 앞에서 함부로 감정을 내보여서는 안 되기 때문에 그렇게 인상이 굳어진 것이었다. 난 원장이 더욱 훌륭한 의사가 되기를 바라며 길을 걸었다. 아! 그러고 보니 원장의 이름을 안 물어봤었군.
"길트 원장님, 정말 좋은 분이죠?"
길을 가면서 예나가 물었다. 응? 길트?

"길트가 누군데?"

"니아체르 병원 원장님요."

예나가 황당하다는 듯이 말했다.

"어? 그랬어? 그런데 왜 그 원장님, 나한테는 이름을 안 알려줬지?"

난 의아했다. 다른 사람에게 물었지만 죠세프도, 이브린도, 다리온도, 아르키닌도 이름을 알고 있었다. 아니, 대체 이게 무슨 경우야? 나만 쏙 빼놓고… 결국 난 좀 불평을 했다. 그러자 예나가 더 황당하다는 듯이 말했다.

"지금 무슨 소리예요? 우리가 원장님을 찾아갔을 때 책상에 이름을 쓴 패가 있었잖아요. '원장 길트 마이언'. 그걸 못 봤단 말이에요? 게다가 병원 이름도 길트 마이언 병원이었는데, 크게 간판에 적혀 있었잖아요. 정말 못 보셨나요?"

뭐, 뭣! 난 니아체르 병원인 줄 알았는데……. 으음… '란셀 형아, 바보'라고 하던 미트의 말이 왜 갑자기 내 귓속에서 울려 퍼지는 것일까?

제6장
이별

　우린 지금 호아류 산맥을 넘고 있었다. 2천 길드가 넘는 제법 높은 산맥이었지만 지형은 대체로 완만했다. 덕분에 힘들이지 않고 넘을 수 있는 산이었다. 완만한 경사지를 올라가다 보면 어느새 정상이라는 산답게 지금 산을 올라가는 건지, 평지를 가는 건지 구분이 안 될 정도였다.

　"한때는 여기까지가 카샤니안의 영토였다고 합니다. 그래서 지금도 카샤니안에서는 영토 수복을 위해 애를 쓴다고 하는군요."

　굳이 다리온의 말이 아니더라도 나도 들어서 알고 있었다. 한때 대륙의 반이 카샤니안의 영향권에 들어왔고 직접 통치되던 영토도 상당히 넓었었다고 하는 카샤니안. 여기 호아류도 직접 통치권에 들었던 곳이라고 배웠다. 하지만 영토 수복이라… 그것까지는 몰랐군.

　"프라이언 황제 때부터 추진되어 온 일이라고 하더군요."

하… 그럼 벌써 백 년 전부터… 참 오래도 하는군. 끈질기다.

"자, 여기서 좀 쉬어갈까요?"

뒤따라오던 아르티닌이 말했다. 흠… 아직 밤이 되려면 멀었는데… 뭐, 상관은 없었다. 조금만 있으면 서쪽 하늘이 붉어질 시간이니까. 하지만 지금까지 아르티닌이 먼저 노숙하자고 한 적이 없었는데 웬일이지?

"달이 밝군요."

밥을 먹고 다리온이 한 말이었다.

"저것 보세요. 별똥별이군요."

난 다리온이 가리키는 곳을 보았다. 하지만 하늘엔 별만 총총할 뿐 아무것도 없었다.

"아무것도 없는데요?"

"훗, 벌써 사라진 거죠. 별똥별은 란셀을 안 기다려 줍니다. 세상의 모든 것이 그렇습니다. 모두 자기 나름대로 갈 뿐이죠. 남을 기다려 준다는 것도 자신이 나아가는 걸음의 일부분이죠."

"그, 그런가요?"

"세상 살아가는 것이 자신의 의지로 된다고 생각되지만 사실은 그 반대입니다. 자신과 관계를 맺는 모든 사람과 사물에 의해 움직이는 것입니다. 저 들에 자라는 한 포기 풀도 사람의 행동을 결정합니다. 란셀이 저 풀을 만지다 베였다고 생각해 보세요. 그 때문에 란셀은 약을 바를 겁니다. 아니면 의원을 찾아가겠죠? 란셀이 왜 그런 행동을 할까요? 바로 풀 한 포기가 영향을 미친 것입니다. 란셀이 하늘을 본 것도 그렇습니다. 제가 별똥별 이야기를 해서입니다. 그리고 하늘을 보고 아름다운 별자리에 도취가 되었다고 합시다. 란셀이 하늘을 보고 도취하게 이끈 것은 결국 제가 되죠. 물론 그건 제가 의식한 것도 꾸민 일도 아닙니다. 저도 무의식적으로 한 것입니다. 란셀은 제게, 전 란셀에게 영향을 미치죠. 만약 저와 란셀이 안 만났으면 어떻게 되었을까요?"

"그, 글쎄요……."

대체 오늘 저녁 당번 누구야? 변함없이 예나인가? 대체 예나는 저녁밥에 뭘 넣은 거지? 다리온이 왜 갑자기 이런 고차원적인 말을 하는 거야?

"제 말이 재미없나요, 란셀?"

으윽! 무, 물론요. 하지만 그렇게 물어보시면…

"재미는 있는 모양이군요. 사람은 언제나 계획을 세웁니다, 의식적이든 무의식적이든. 란셀이 조금 있다 밥을 먹자, 조금 있다 잠을 자자, 이런 생각을 하는 것 모두 계획입니다. 하지만 그 계획은 제가 말한 것과 같이 란셀 주위의 환경에 따라 조정이 되기도 하고 알 수 없는 상황으로 흘러가기도 합니다. 란셀의 계획은 뭡니까?"

급작스런 다리온의 질문. 음… 계획? 내가 그런 걸 세우고 다녔었나?

"후우……."

다리온은 날 보더니 한숨을 쉬고 말했다.

"피곤하겠군요. 그만 자야겠습니다."

나도 휴우… 그런데 오늘 사람들이 왜 이러지? 아르티닌은 힘이 없고 다리온은 어려운 말만 하고 팔랑팔랑 날아다니던 페디는 날지도 않고… 신나는 건 예나와 이브린뿐이었다. 별 보며 수다 떠는 두 여인네. 하지만 당장 아르티닌에 다리온에 페디가 저러니 나도 이상하게 우울해졌다. 에잇, 기분이 이러니 잠도 안 와. 별이나 세며…….

"란셀, 일어나요!"

"으응?"

누군가 날 흔들어서 일어났다. 어느새 잠이 들었던 모양이다.

"어? 벌써 아침이야?"

"그래요, 빨리 일어나세요. 큰일 났어요."

"왜? 무슨 일이라도 있어?"

난 예나가 다그치는 바람에 일어났다.

"아르티닌과 이브린 언니가 없어졌어요."

"무슨 소리야?"

순간 난 예나가 아르티닌의 본명을 말한 것을 생각했다. 다리온이 바로 옆에 있는데… 다리온은 아르티닌이 드래곤인 것도 모르고 이름도 아울로 알고 있는데 저렇게 함부로 말하다니… 난 속으로 예나를 책망했다. 뭐, 겉으로는 말 못하고. 지금 예나의 표정, 무서웠다. 그 대신 난 다리온을 훔쳐보았다. 다행히 다리온은 뭔가를 생각하는 눈치였다. 아마 깊이 생각을 하느라 예나의 말을 못 들은 모양이었다.

"이걸 보세요."

난 예나가 내미는 종이를 보았다.

〈미안, 예나. 그리고 미안해요, 여러분. 전 이제 떠납니다. 제가 잘 알아요. 제 몸이 더 이상 견딜 수 없다는 것을. 아르티닌이 제게 힘을 주어도 소용이 없다는 사실을. 전에는 죽는다는 것이 싫었는데 지금 죽음을 바로 앞에 두니 오히려 담담해지네요. 다만 친했던 사람들과 헤어진다는 것이 슬플 뿐이죠. 하지만 언젠가는 제가 있는 곳으로 오실 테니 그걸 위로로 삼아야겠죠? 어머, 제가 너무 공포스러운 말을 했네요. 호호. 미안, 미안. 아무튼 여러분과 같이 지낸 시간이 제겐 가장 큰 행복이었어요. 시간이 조금만 더 있었으면 좋겠지만 세상은 내 생각대로 살 수 없으니까요.

미련도 남고 아쉬움도 남지만 그래도 전 지금 행복해요. 왜냐하면 아르티닌이 끝까지 저와 함께 있어주겠다고 했거든요. 마지막까지 여러분과 함께 있지 못해 죄송스럽고 아쉽지만 제 마지막 자존심이랄까? 죽어가는 제 모습을 보이긴 싫어요. 그래서 떠납니다. 아르티닌과 함께. 아르티닌은 아마 제가 죽은 후 레어로 가든지 다시 여러분과 합류하든지 하겠죠. 제 욕심 같아서는 여러분과 다시 합류하면 좋겠는데 그건 아르티닌에게 맡길래요. 마지막까지 저와 함께해 주는 그인데 그의 마음과 행동을 통제하고 싶지 않아요. 그럼 몸 건강히 계시고요. 저와… 저와 늦게, 아주 늦게 다시 만나게 되기를 빌겠습니다.

이브린 올림.〉

"음……."

난 저절로 신음이 나왔다. 이래서였나? 아르티닌이 힘없어 있던 것이. 아르티닌으로도 어쩔 수가 없는 지경까지 왔군. 그러고 보면 이브린, 정말 강했다. 죽음을 앞에 두고 어제 예나와 그렇게 즐겁게 웃으며 말을 하다니… 내가 만약 그런 상황이면 나도 이브린처럼 행동할 수 있었을까?

"란셀."

그때 다리온이 날 불렀다.

"예, 옛?"

난 다리온이 예나와 나의 대화를 듣고 아르티닌에 대해 물어보는 줄 알고 당황했지만 다행히 그 말은 안 나왔다.

"아울과 이브린을 찾아야 하지 않을까요?"

"아… 그렇군요. 찾아야죠."

그래도 동료인데 이렇게 보낼 수는 없었다. 비록 이브린이 원하던 것이라고 해도. 그리고 난 다리온이 아르티닌을 부른 말에 안도했다. 아울. 뭐 모르는 사이도 아닌, 같이 의지하며 여행한 다리온에게 아르티닌이 드래곤이라는 것을 알려도 되지만 그러려면 진작에 했어야 했다. 지금 말해 줘봐야 무슨 소용이 있겠나?

"그런데 그 둘은 어디로 갔을까요?"

예나의 물음에 난 난감했다. 정말 그것이 문제였다. 호아류 산은 높지만 올라가는 느낌이 안 드는 완만한 산. 그 뜻은 그만큼 산자락이 넓다는 소리였다. 난 잠시 고민하다 좋은 생각이 났다.

"어이, 페디."

"예?"

페디가 날아왔다.

"너밖에 믿을 사람, 아니, 드래곤이 없다. 기왕이면 마법을 쓰면 더 빠르고 신속하게 찾을 수 있을 거야."

페디는 내 말을 듣더니 고개를 숙이며 말했다.

"찾을 필요도 없어요. 그들은 산 정상으로 올라갔으니까요."

"뭐? 너, 그럼 알고 있었어?"

"예. 하지만 말할 수 없었어요."

난 페디에게 화를 낼 수도 안 낼 수도 없었다. 페디는 페어리 드래곤이었다. 보통 드래곤들이 자신의 감정에 충실하고 다른 존재의 감정에 무감각한 것과는 반대로 다른 존재들의 감정이 쉽게 이입되고 동화되는 드래곤이었다. 따라서 이브린의 감정을 느꼈기에 이브린을 못 막은 것일 것이다.

"그럼 정상으로 올라가 보죠."

다리온의 말에 우린 정상으로 올라가기 시작했다. 하지만 산 정상까지는 수만 길드. 가려면 시간이 좀 걸릴 것이다.

"이 기회에 둘만의 시간을 주는 것도 좋겠지요."

느긋하게 말하는 다리온. 하지만… 어휴, 좀 천천히 가요. 다리온 걸음이 저렇게 빨랐나?

"어? 저게 뭐죠?"

예나가 앞을 가리키며 말했다. 예나가 가리킨 곳에는 웬 시커먼 것들이 꿈틀거리고 있었다. 그리고 가까이 가서 보니 오크들이었다.

"오크야."

내 말에 죠세프와 예나는 오크를 살피기 시작했다.

"기절했거나 큰 충격을 받아 일어나지 못하는 상태 같아요. 그런데 외상은 없군요."

"게다가 뭔가 잔뜩 겁에 질려 있어요."

죠세프와 예나의 말을 듣고 난 짐작이 갔다. 아르티닌의 작품일 것이다. 하지만 외상조차 없다니, 대체 어떻게 한 거지?

"국지성 드래곤 피어. 대단하네요. 드래곤 피어를 저 정도로 조정하다니……."

오크들을 살피던 페디가 한 말이었다.

"국지성 드래곤 피어?"

나도 그것이 뭔지는 안다. 보통 드래곤 피어는 광범위하게 그 영향을 미친다. 만약 아르티닌이 드래곤 피어를 피웠으면 우리도 그것을 알아차렸을 것이다. 하지만 국지성 드래곤 피어는 말 그대로 아주 작은 지역에만 그 영향을 미쳤다. 하지만 국지성 드래곤 피어를 아무 드래곤이나 다 쓰는 것은 아니었다. 드래곤 피어는 하나의 강렬한 기운이다. 그것을 조정한다는 것, 그만큼 뛰어난 능력이 없으면 안 되는 것이다. 일반적으로 고룡쯤 되면 가능하지만 오천 살 미만의 드래곤들에게는 힘든 것이었다. 그런데 아르티닌이 그런 국지성 드래곤 피어를 썼다는 건 그만큼 아르티닌의 능력이 뛰어난 것을 알려주는 증거였다.

"이걸 보니 최소한 아르… 아니, 아울이 간 방향은 알겠군요."

죠세프도 한마디 했다. 아닌 게 아니라 오크들이 쓰러져 있는 방향. 아마 오크들은 아르티닌과 이브린을 보고 덤볐을 것이고, 아르티닌의 드래곤 피어에 당했을 것이다. 따라서 우리가 있는 방향에서 오크가 있는 방향으로 걸어가는 것이 아르티닌을 만날 가능성이 가장 컸다. 그런데 난 죠세프의 말을 듣고 한 가지 생각나는 것이 있었다. 바로 다리온. 방금 우리가 드래곤 피어니 뭐니 말했는데… 난 다리온을 슬쩍 보았다. 하지만 다리온은 담담한 얼굴로 말했다.

"여기서 이러지 말고 빨리 쫓아가야 하지 않을까요? 생각보다는 멀리 간 것 같지 않은데."

난 다리온의 말을 듣고 이런 생각이 들었다. 혹시 다리온은 이미 아르티닌의 정체에 대해 알고 있었던 것은 아닐까? 하지만 다리온이 아무 말 없으니 정확한 건 알 수가 없었다. 그렇다고 지금 다리온에게 '혹시 아울 진짜 이름이 아르티닌이고 드래곤이란 것을 알고 있었나요?' 라고 물을 수도 없고…….

"뭐 합니까? 빨리 가자니까요."

다리온이 우릴 다시 재촉했다.

"란셀만 항상 그렇게 느려요."

우, 우리가 아니라 나에게였군.

"예. 갑니다, 가요."

난 다리온을 쫓아갔다.

"저기 이브린 언니가 있어요!"

앞서 가던 예나가 소리쳤다. 그 소리에 눈을 들어보니 멀리 두 사람이 걸어가는 것이 보였다. 우린 급히 뛰어갔다.

"이브린 언니, 아울!"

예나가 먼저 소리치며 뛰어갔고 우리도 그 뒤를 쫓아갔다. 둘은 예나의 목소리를 들었는지 우리 쪽을 돌아보고는 그대로 걸음을 멈춰 섰다.

"헥헥!"

잠시 뒤 아르티닌과 이브린이 있는 곳까지 다다랐고, 난 주저앉았다. 아이고, 좀 쉬엄쉬엄 뛰어가지.

"예나, 그리고 여러분들……."

이브린은 말을 잇지 못했다. 그런 이브린을 향해 예나가 눈을 살짝 찡긋하고는 말했다.

"지금까지 같이 행동했는데 의리없게 그럴 수 있어? 마지막까지 같이 해야지."

그런 예나를 보고 이브린은 눈을 돌려 하늘을 보았다.

"마지막까지라… 하지만 난 그 모습을 보여주기 싫어. 아무래도 좋은 모습은 아닐 것 같아."

그런 이브린을 예나가 끌어안으며 말했다.

"그럼 내 부탁 좀 들어줘."

"뭔데? 말해 봐."

"우리가, 아니, 내가 후회하지 않게 해줘."

이브린은 예나를 살짝 떨어뜨리고 가만히 예나를 보았다. 그리고 입가에 미소가 지어지더니 입을 열었다.

"알았어. 난 산 정상에 올라가서 세상을 볼 거야. 같이 가줄래?"

후우… 좋게 끝났군. 그런데… 기왕 저럴 거면 왜 먼저 떠나서 우릴 뛰게 만들어. 에고, 힘 빠져라……

"그럼, 가자."

이브린은 그 말을 하고는 산을 오르기 시작했다. 어어? 난 아직 안 일어났는데. 같이 가.

"우리가 이기적이라고 생각해?"

옆에서 아르티닌이 물었다.

"글쎄… 그건 아니겠지. 하지만 우리의 마음을 헤아려 주지 못한 것은 사실이니까."

"아니, 난 이기적이었다."

난 그 말에 놀라서 아르티닌을 쳐다보았다. 무엇보다도 드래곤이 저런 말을 하다니……

"난 조금이라도 이브린과 같이 있고 싶었어. 특히 마지막에는 나 혼자 이브린을 지키고 싶었다. 왜 그랬는진 나도 모르겠지만."

"글쎄, 폴리모프 때문이 아닐까? 드래곤의 폴리모프는 너무 완벽한 게 단점이라고 할 정도니까."

"그래도 본질은 안 변하는데… 후우……"

아르티닌은 한숨을 쉬었다. 그때였다.

"멈춰라."

누군가 우릴 막아섰다. 텁수룩한 수염에 커다란 칼을 든 사람들.

"산적?"

죠세프는 급히 칼을 뽑았다. 아르티닌도 죠세프 옆으로 다가갔다.

"잘 아는군. 우린 호아류의 열두 기사라고 불리는 산적단이지. 있는 것 다 내놓으면 살려주겠지만……."

스스로 산적이라 밝힌 사람은 말을 맺지 않고 칼을 스르렁 뽑아 보였다. 말을 끝까지 하는 것보다 더 겁을 주는 행위였다. 하지만 죠세프와 아르티닌이 누군데 겁을 먹지?

"안 주셔도 괜찮습니다."

산적은 칼을 뽑다 말고 부동 자세를 취하며 말했다. 우리에게 말을 건 산적만이 아니라 다른 산적들도 마찬가지였는데, 아르티닌과 죠세프가 검기를 맺히게 한 것을 보자마자 나온 행동이었다. 생긴 것과 같지 않게 귀여운 모습이었다. 뒤에서 예나와 이브린이 킥킥대며 웃자 산적 중 몇 명이 은근히 협박하는 눈빛을 보내왔다. 하지만 그것도 잠시, 이브린이 칼을 빼어 들고 길에 난 풀을 몇 개 뽑은 다음 공중에 날리며 차례차례 베어버리자 산적들의 눈빛이 당장 달라졌다. 정말 귀엽다니까. 어떻게 이런 것을 보고 안 웃을 수가 있냐고.

"하하하, 저 녀석들을 어떻게 처리할 거지?"

난 그렇게 말하며 죠세프에게 다가갔다. 그러면서 산적들을 슬쩍 보니 아직 정신을 못 차린 몇 녀석이 나를 향해 눈을 부라리려고 했다. 그럼 나도 한 가지 보여주지. 난 손을 살짝 쥐었다 폈다. 순간 내 손에는 하나의 구체가 생겼다. 얏! 검기 응용 검환 만들기. 내 실력으로 이

검환을 쓸 수는 없지만 어벙한 산적 몇 녀석 기죽이는 데는 충분했다. 당장 눈 풀고 자세를 바로잡는 것을 보면 생각 이상의 성과인가? 그 꼴을 보고 죠세프와 아르티닌은 한숨을 쉬며 칼을 집어넣었다.

"산적질도 좋지만 여긴 오크가 많이 출몰하는 곳이다. 조금 전에도 오크 한 무리를 제압하고 오는 길이다. 살고 싶으면 여길 빨리 떠나는 것이 좋아."

아르티닌이 건조한 목소리로 말했다. 그 말을 들은 산적들은 웅성거렸다. 아마 오크란 말에 그러는 모양이었다.

"알았으면 빨리 꺼져라."

아르티닌이 다시 말하자 산적 중 한 사람이 주춤거리며 말했다.

"저… 여긴 오크들이 안 삽니다만……."

그렇게 말하면서 우리의 눈치를 살폈다.

"무슨 소리야? 내가 방금 오크들을 제압했다니까!"

아르티닌이 외치는 말에 산적은 당장 엎드리며 말했다.

"아이고, 진짜입니다. 여긴 오크도 없고 그저 작은 산짐승만 있는 곳입니다. 고작해야 토끼 따위나 있고 육식 동물이라야 여우 정도만 사는 곳입니다."

"너, 거짓말하냐?"

아르티닌이 고저 차가 없는 음성으로 물었다. 그 말을 들은 산적은 몸을 떨었다.

"너, 제대로 말……."

"맞아요."

그때 페디가 날아오며 말했다.

"저기 쓰러져 있는 오크들은 진짜 오크가 아니에요."

그러더니 페디는 공중을 향해 앞발을 휘둘렀다. 그러자 공간이 열리고 오크 한 마리가 떨어졌다.

"제가 오크를 봤을 때 뭔가 이상하다고 느꼈어요. 뭔지 몰라도 그런 느낌이 들었어요. 그래서 잘 살펴보니까 이런 것이더라고요."

난 오크를 보았다. 그런데… 그 오크는 상처가 나 있었다. 방금 떨어지면서 난 상처 같았다. 하지만 내 관심을 끄는 것은…

"초록색 피?"

난 좀 황당해서 오크를 보며 중얼거렸다.

"아닙니다. 세상에 어떤 피에서 풀 냄새가 납니까?"

난 다리온의 말에 정신을 차리고 오크를 보았다. 정말 오크의 몸에서 나온 것은 피가 아니라 풀 즙 같은 것이었다.

"그럼 이건 누군가 만든 키메라인가?"

하지만 아무리 생각해도 아니었다. 우선 이건 식물로 만든 것 같은데 쓸데없이 고생하며 식물로 오크 키메라를 만들 바보는 없었다. 게다가 키메라를 만드는 데 특수한 경우를 제외하고는 모두 강하게 만드는 것이 보통이었다. 하지만 이것들은 오크와 전혀 다를 것이 없었다. 만약 이것들이 키메라였으면 드래곤 피어에 아까 우리가 본 반응은 보이지 않았을 것이다. 애초 만들어진 키메라에 공포란 감정이 있을 리만무하기 때문이었다. 이런 여러 가지 이유로 이 오크들은 키메라가 아니었다. 그럼 대체 뭐냐?

이건 나만의 생각이 아니었다. 우리 일행도 참 희한한 걸 많이 보았지만 식물로 된 오크에는 할 말을 잊었기 때문이다.

"저… 우린 가도 됩니까?"

우리가 이렇게 고민하고 있을 때 산적들이 물어왔다. 난 산적들을 바라보았다. 그러자 산적들은 움찔거리며 내 시선을 피했다. 난 죠세프를 보며 말했다.

"죠세프, 영혼 구속의 불의 인장 준비해."

죠세프, 눈치 좀…….

"예? 영혼 구석의… 불의 인장이라뇨?"

역시… 죠세프가 눈치 빠르기를 기대한 내가 잘못이지. 그저 내 말에 맞장구치며 마법으로 불꽃만 튀기면 되는데… 그리고 구석이 아니라 구속이다.

"란셀, 그것보다는 영혼 종속을 위한 푸른 결정의 얼음 인장이 어떨까요?"

죠세프 대신 나선 사람은 에나였다.

"음… 영혼 종속의… 그럴까? 아무래도 그게 낫겠지?"

하아… 그래도 에나가 눈치는 빠르지. 하지만 기왕에 할 거면 좀 쉬운 이름을 말하지 뭐가 그리 복잡하게… 쩝.

"죠세프."

에나가 죠세프를 불렀다. 에나, 너 실수하는 거야. 죠세프는 말야…

"얼음의 결정이여."

죠세프가 주문을 외자 공중에 얼음의 결정체들이 나타나 산적들의 이마에 박혔다. 짜식들, 따갑겠다. 그런데… 이거 기분 나쁘네? 내가 말할 때는 전혀 눈치를 못 채다가 에나가 한마디 하니 알아서 다 해? 죠세프, 너 찍혔어.

"란셀이 이해하세요. 원래 남녀 관계가 다 그런 거 아닙니까?"

다리온이 내게 말하고 산적들 앞에 섰다.

"당신들은 지금 무서운 저주 마법에 걸렸습니다."

다리온의 이 말에 산적들은 몸을 떨었다. 그, 그런데 다리온, 암만 관계가 그래도…….

"그 마법은 보통 때는 아무런 작용을 하지 않습니다만 특수한 경우에 작용해서 당신들을 얼음 지옥의 고통에 빠뜨릴 겁니다."

다리온의 말에 산적들은 더 떨었다. 원래 저렇게 존댓말도 써주면서 하는 말이 의외로 더 무서운 협박인 것이다. 아니, 이게 아니지. 다리온, 그래도 우리가 같이 여행을 한 게 얼만데…….

"그 특수한 경우란 이렇습니다. 우선 당신들이 이 영혼 종속을 위한 푸른 결정의 얼음 인장이란 저주 마법에 걸렸다는 것을 발설했을 때, 그리고 그 저주 마법을 건 존재, 그러니까 우리군요. 우리가 말하는 것을 지키지 않았을 때 당신들의 고통은 시작될 겁니다."

음… 산적들 아예 넋이 나갔군. 참, 다리온. 그러니까…….

"우리가 시키는 일은 이겁니다. 다신 이따위 범죄를 저지르지 말고 착하게 살라는 것. 간단하죠? 하지만 만약 어기면… 훗, 궁금하면 시험해 봐도 좋지만 그 뒷일은 우리가 책임을 못 집니다. 알아둘 것은 이건 한 번 발동되면 처음엔 한 달을 가고, 다음에 또 지시를 어겨 발동하면 1년을 가고, 다음에 발동되면 평생을 가죠."

다리온은 아주 무시무시한 말을 너무 쉽게 하고 날 바라보았다.

"아, 란셀. 뭔가 말을 하시려던 것 같은데 뭡니까?"

"아무것도 아닙니다."

에이, 계속 말할 기회를 놓치다 보니 김빠져서 말 못하겠다.

"그래요? 그럼 당신들, 산적."

"예, 옛."

산적들은 일제히 대답했다. 마치 잘 훈련된 군대 같았다.

"이제 알았으면 가보도록 해요. 내가 말한 두 가지 잘 기억하시고요. 절대 나쁜 짓 하면 안 됩니다. 저주 마법에 걸린 것도 발설하면 안 되고요. 아시겠죠?"

"옛, 알겠습니다."

산적들은 다시 일제히 대답했다.

"그럼 빨리 가세요. 언제 우리 마음이 바뀔지 모르니까."

다리온의 말이 끝나자 산적들은 급히 도망치기 시작했다. 쯧쯧, 꼴 보기 좋군. 부디 정신 차려 이런 짓을 말아야 할 텐데…….

"참 손발이 척척 맞는군요."

위에서 보고 있던 페디가 어이없다는 듯이 말했다. 캬하하하, 그럼, 그럼. 우리가 같이 돌아다닌 것이 단순히 몰려다닌 건 아니니까.

난 거기까지 생각하자 우울해졌다. 이렇게 서로 돕고 다녔는데 이브린과 아르티닌이 떨어져 나갈 거란 것이 생각나서였다. 왜 전에는 이런 걸 생각하거나 느끼지 못했을까? 정말 후회가 되었다.

"란셀, 기분은 이해하지만 지금은 저것만 생각합시다."

다리온은 식물오크를 가리켰다. 나도 다리온의 말에 찬성이었다. 계속 생각해 봐야 우울해지기만 할 테니…….

"……."

"……."

"이 녀석아! 말 좀 해봐라, 이 돌연변이야."

"내가 왜 돌연변이냐? 쐐액."

오크는 내 말에 화가 났는지 묵비권을 포기했다. 참나, 이러면 될 걸 쓸데없이 시간 소비하며 말시키려고 했네.

"임마, 네 피 색을 보고 말해. 파란색 피를 가졌는데 돌연변이가 아니야?"

"파란색이 아니라 초록색이다, 멍청한 인간. 쐐액. 그리고 피 색깔이 그리 중요하냐?"

난 순간 멍해졌다. 피 색깔이 안 중요해? 오크들은 폐쇄성이 짙은 종족이었다. 그래서 자신들과 조금만 달라도 경계하고 상대를 안 했다. 그런데 이 오크의 반응은 뭐란 말인가? 아마 일반적인 오크 사회에서 이렇게 초록 피를 가진 오크가 있으면 당장 난리가 날 것이다. 아마 당장 추방될 가능성이 거의일 것이다. 그런데 이 오크는 초록색 피를 당연히 여기고 있으니 어안이 벙벙할 밖에. 난 단도직입적으로 묻기로 했다.

"너, 오크 맞냐? 오크 아니지?"

"난 오크다, 미천한 인간아. 쐐액."

음… 오크 맞군.

"란셀."

그때 페디가 날 불렀다.

"왜?"

"같은 오크 종족이라도 서로 생김새가 다르죠?"

"당연하지. 그들도 얼굴을 보고 /서로를/ 알아보거든. 그런데 왜?"

"음… 저도 방금 기억이 났는데요, 오크들 얼굴이 모두 똑같았어요. 아니, 몸도 같았고… 쌍둥이처럼요. 하지만 그 많은 수의 오크가 쌍둥이일 리는 없잖아요? 꼭 원본을 놓고 똑같이 베낀 것 같다는 생각이 들 정도라니까요."

난 페디의 말을 듣고 뭔가 기억이 났다. 베낀다? 그럼……

"페디, 이 주위를 한번 돌아봐. 그리고 커다란 통풀 모양의 식물이 있으면 알려줘."

난 급히 페디에게 부탁을 했다. 내 생각이 맞다면 이 부근에 위험하지만 재미있는 식물이 자생하고 있을 것이다. 난 페디를 보내고 오크 앞에 앉았다.

"어쩌면 네 정체를 알지도 모르겠다."

하지만 오크는 거만하게 내 말을 받아쳤다.

"내 정체는 오크다. 인간, 넌 바보구나. 쐐액."

아니, 이놈이? 이걸 통돼지 구이해 버려? 아니지, 이놈은 식물이니까 고춧가루에 참기름 넣고 꽉꽉 무쳐 버려?

난 이후로 오크와 선문답(?)을 했다. 흠… 이것도 제법 재미있는걸? 그렇게 한참 도(?)를 닦고 있을 때 페디가 날아왔다.

"란셀, 정말 있어요. 커다란 통풀이요."

난 당장 페디를 앞세우고 통풀이 있는 곳으로 갔다. 물론 오크도 함께.

"이거 맞아요?"

페디는 자기가 찾은 통풀을 가리키며 말했다.

"맞아, 이거야. 호오~ 이런 곳에서 자랄 줄은 꿈에도 몰랐어."

난 통풀을 바라보았다.

기다란 줄기가 땅에 뉘어 있었고 줄기 끝에는 노란색의 작은 꽃이 피어 있었다. 그리고 꽃에 달린 줄기 끝으로 커다란 자루 모양의 통이 달려 있었다. 그리고 줄기에는 다시 가는 줄기가 나 있고 그 줄기 중간 중간에는 다시 가늘고 긴 줄기가 있었다. 그리고 그 줄기 끝에는 커다란 공 모양의 열매가 열려 있었다. 이것이 바로 페헤토르핌이라고 부르는 식물이었다. 참 요상한 놈인데, 서식지는 울창하고 깊은 숲인 식물로 저 커다란 통풀에 동물을 집어넣어 녹여 먹었다. 통과 줄기가 이어진 곳에 있는 노란색의 작은 꽃에서는 동물을 최면에 거는 향이 나오는데 그 향을 맡은 동물은 자신도 모르게 통 안에 들어가 페헤토르핌의 한 끼 밥이 되었다.

여기까지는 별로 이상한 게 아니었다. 벌레잡이 통풀이 커진 형태로 보면 되니까. 하지만 재미있는 것은 이것이었다. 바로 자신이 잡아먹은 동물을 복사하는 것. 페헤토르핌은 자신이 잡아먹은 동물의 형질과 형태 등 모든 정보를 읽고 똑같은 동물이 태어나게 했다. 줄기 끝에 달린 커다란 열매에서 그렇게 복제된 동물이 태어났다.

그 덕에 한때 부활의 상징으로까지 격상이 되었지만 후에 왜 동물을 복제하는지 알려진 후에는 존속 살인자의 상징이 되어버렸다. 왜냐하면 페헤토르핌이 동물을 복제하는 것은 다시 잡아먹기 위해서였다. 페헤토르핌은 동물을 최면에 빠지게 해 유혹해야 하는데 의외로 페헤토르핌의 꽃에서 나는 향은 멀리 퍼지지 않고 향도 옅었다. 그러니 자칫하면 양분 섭취를 못해 죽을 수가 있었다.

그래서 내놓은 생존 전략이 복제였다. 페헤토르핌에서 태어난 동물은 페헤토르핌의 근처에서 멀리 안 떠났다. 모두 페헤토르핌의 향이 퍼지는 범위 안에서 살아가는 것이었다. 또 페헤토르핌 꽃의 향에 민감하게 반응했다. 따라서 최면도 잘 걸렸다. 학자들은 그걸 페헤토르핌이 부여한 본능이라고 했고, 그건 정설로 굳어졌다. 페헤토르핌에서 태어난 동물은 비록 식물이긴 했지만 원재료가 식물이란 것과 그래서 피가 동물의 피가 아닌 풀즙이란 것만 빼면 다른 동물과 같기 때문에 식물성 단백질이 차곡차곡 쌓이고 그것이 페헤토르핌의 주 양분원이었다.

다만 그런 복제엔 단점이 있는데 바로 어느 정도 지능있는 동물은 페헤토르핌이 부여한 본능에서 자유롭다는 것이었다. 그렇지 않았으면 이 오크들도 아직 페헤토르핌의 근처에 있어야 옳았다.

"이상하게 편안한 기분이다. 쒜액."

식물오크는 페헤토르핌을 보더니 한마디 했다.

"네 어머니니까."

내 말에 식물오크는 날 째려보았다.

"난 위대한 종족인 오크다. 어째서 저런 요상하게 늘어진 식물이 내 어머니라고 하는가? 쒜액."

"그래? 그럼 왜 그런지 설명해 주지."

난 우리 일행과 식물오크에게 페헤토르핌에 대해 설명해 주었다. 그리고 식물오크에 대해서도.

"거짓말이다. 쒜액."

식물오크는 내 말을 듣더니 난리를 쳤다.

"난 위대한 오크 종족이다. 날 그런 괴물로 만들지 마라. 쒜액."

"거참 시끄럽군. 야, 식물오크. 너보다 더 대단한 종족도, 예를 들면 엘프라도 페헤토르핌에게 먹히면 너처럼 돼."

식물오크는 내 말을 듣더니 눈이 휘둥그레졌다.

"엘… 프도? 세에엑……."

"물론. 드래곤이나 하이 엘프, 마족, 신족 따위가 아닌 다음에야 다 복제가 되지. 우리 같은 인간도 마찬가지고."

"그런데 한 가지 궁금한데요."

뭔가를 물어보려는 식물오크를 제치고 이브린이 물어보았다.

"방금 이 오크는 저 페헤토르핌을 보고 편안한 느낌을 받았다고 했는데 그건 아무리 이성과 지능이 있어도 페헤토르핌의 영향을 어느 정도 받는다는 소리가 아닌가요?"

"물론이지. 하지만 이성이 강하고 지능이 높을수록 그 영향력은 엷어지지. 오크 정도의 이성과 지능만 돼도 영향력은 거의 받지 않아. 페헤토르핌을 보고 편안한 느낌을 받은 건 단순히 고향에 대한 막연한 그리움과 같은 맥락이랄까?"

"그럼, 만약 이런 경우를 생각해 봐요. 지능이 높은… 그러니까 인간의 지능과 이성을 가진 개가 페헤토르핌에 의해 복제가 된다면 어떻게 되죠?"

"그야 페헤토르핌의 영향을 안 받지. 페헤토르핌의 영향을 받는 것은 지능과 이성이 높고 낮은 것이 우선이니까."

"그래요? 그런데 지금 보니까 페헤토르핌에 달린 열매가 몇 개 있네요? 란셀의 말로는 계속 복제를 한다고 했는데 그럼 여기 있는 오크와 다른 곳에 있을 오크는 같은 오크인가요? 생각하는 것도 같고 행동도 같은 여러 개체지만 동일한 오크요."

"글쎄… 뭐라고 해야 옳을까… 이 녀석이나 다른 곳에 있을 오크는 같은 오크라고 할 수 있지. 하지만 세상에 같은 존재가 동시에 존재할 수는 없어. 도플갱어가 아닌 이상 모든 것이 같더라도 약간씩의 미묘한 차이가 있지. 아마 지금 이 녀석과 다른 녀석들은 생각하는 것, 행동거지, 성격 등에서 극히 작지만 차이가 날 거야. 서로 따로따로 독립된 개체니까. 특하나 이 녀석같이 우리와 만난 오크라면 더 많이 다르겠지."

"그러면 만일 페헤토르핌에 의해 복제된 사람이 있다고 해봐요. 그 사람이 누군가를 좋아한다면 페헤토르핌에 의해 복제된 사람도 다 그가 좋아했던 사람을 좋아할까요?"

음… 질문이 이상해지네?

"아마 그럴 거야. 하지만 주위 상황에 따라 달라질 수 있지 않을까?"

이건 내가 확신할 수 없었다. 페헤토르핌이 동물을 먹고 그 형질을 분석해 복제할 때 페헤토르핌이 복제하는 것은 육체뿐이었다. 페헤토르핌에게 복제가 돼도 지능과 이성이 있는 종족은 페헤토르핌이 부여한 본능에 영향을 안 받는 이유가 바로 그것 때문이었다. 그러니 복제된 동물의 정신 세계는 어떻게 될지 모를 일이었다. 어쩌면 착한 사람이 페헤토르핌에게 먹혀 복제가 되었을 때 사악한 인간이 될지도 모른다. 그런데 이 말을 이브린에게 해주면 안 될 것 같다는 생각이 드는 건 왜일까?

"그럼……"

갑자기 이브린의 말이 떨리면서 나왔다.

"혹시 이런 경우는 어때요? 만일 어떤 중병에 걸린 사람이 있다고 해봐요. 만일 그 사람이 페헤토르핌에 먹혀 새로 복제가 되면 그 병은 나아 있을까요?"

훗, 실제로 묻고 싶은 건 저것이었군. 이브린답지 않네? 저렇게 빙빙 돌려가며 물어보다니.

"병도 병 나름이야. 감기 같은 것은 낫지만 암처럼 몸에 직접 생겨나는 병은 안 낫지."

모두들 침묵하며 이브린을 살폈다. 작게 침 넘어가는 소리가… 아, 이건 나군. 나도 긴장을 했었나 보다.

우리가 이렇게 긴장을 하고 있을 때 이브린의 입이 열렸다. 분명 자신의 병도 낫느냐고 물어올 텐데 뭐라고 말하지? 사실대로 말하자면 병이 낫기는 하겠지만… 그렇게 다시 태어난 이브린이 과연 정말 우리가 알고 지내던 이브린일까? 절대 아니었다. 페헤토르핌에게 먹히는 순간 이브린은 죽는 것이다. 다시 복제된 이브린은 말 그대로 껍질에 불과한 것이었다.

"훗, 재미있는 식물이로군요."

이브린은 페헤토르핌을 발로 툭 건드리며 말했다.

"그리고 무서운 식물이고요. 동물을 저 통풀에 가둬 녹여 먹는 것도 그렇지만 그렇게 잡아먹은 동물을 복제하는 것은 더 끔찍해요. 복제하는 이유가 다시 잡아먹기 위해서라고요? 정말 최악이에요. 이걸 만일 국가적으로 이용하면 어떻게 될까요? 한 사람을 희생시켜 여러 복제된 인간을 만들어 전쟁을 할 수 있겠죠? 그걸 생각하면 너무 비인도적인걸요. 이런 건 차라리 없애는 것이 좋겠어요."

마지막에 이브린의 말이 살짝 떨렸다. 아마 이브린도 페헤토르핌의 복제란 것에 약간 마음이 흔들렸던 것 같다. 그리고 저렇게 말하는 와중에도 약간 미련이 남아 있고. 하지만 어쨌든 이브린의 선택은 옳은 것이었다.

"그럼, 이건 내가 없애지."

난 페헤토르핌 앞에 섰다. 음… 그런데 이걸 없애려니 아까운 생각이 드는데? 아닌 게 아니라 마도시대에 이미 이브린이 말한 문제점으로 페헤토르핌을 대대적으로 없앤 일이 있었다.

마도시대 때 페헤토르핌을 사람이 기른 적이 있었다. 원래 상업적 목적 때문이었는데 사람 사는 곳이 다 그렇듯이 결국 이익을 위해 해서는 안 될 짓을 했던 것이다. 그래서 생명을 복제해 전쟁에서 쓰는 비인도적인 행위를 근절하겠다는 취지로 없앤 것이었다. 사람이 재배하는 것은 물론 야생 페헤토르핌까지도. 그때 이런 변명이 있었다고 한다. 페헤토르핌에 돼지를 먹이면 계속적으로 돼지고기를 얻을 수 있다. 왜냐? 페헤토르핌이 계속 생산해 주니까. 게다가 그렇게 복제된 돼지고기는 식물성 단백질과 지방이라 건강에 좋다나? 페헤토르핌은 언제나 마지막 먹은 동물을 복제하기 때문에 그걸 이용하면 페헤토르핌 하나로 많은 고기를 얻을 수 있다는 것이었다. 하지만 그 변명이 바로 페헤토르핌을 상업적으로 이용하기 위해 재배했던 이유였고, 그 당초 이유가 퇴색되어 버린 후엔 핑계 그 이상도 그 이하도 안 되게 되었던 것이다.

하지만 난 잠시 생각했다. 정말 이 페헤토르핌이 도덕적인 사람에게 재배되면 어떨까? 당초 페헤토르핌을 재배할 때의 목적 그대로 이용이 안 될까? 가능할 것이다. 페헤토르핌을 이용하는 것은 불과 같아 쓰는 사람에 따라 좋게도, 나쁘게도 이용이 가능하기 때문이었다. 그래서 난 결심했다. 페헤토르핌의 뿌리를 채취하기로. 페헤토르핌은 뿌리로 번식하기 때문에 뿌리가 씨앗이나 다름없었다. 여기서 채취한 페헤토르핌 뿌리를 도덕적인 사람에게… 예를 들면 나 같은… 그래, 내가 좋겠다. 아무튼 보관을 하면 나중에 잘 써먹을 것이다.

"란셀, 꼭 가지고 싶어?"

아르티닌은 페헤토르핌 뿌리를 보면서 말했다. 거의 2길드에 달하는 기다란 뿌리였다. 마치 돌같이 단단하고 죽 뻗었는데 당근만한 돌기들이 여섯 방향에서 열을 지어 나 있었다.

"아울, 세상에 어떤 생물이든 사람이 인위적으로 없앨 권한은 없어. 하지만 이 페헤토르핌은 사람이 잘못 이용하고는 거의 멸종시키다시피

했지. 그건 잘못된 거야. 그래서 내가 그 잘못을 바로잡으려고 이러는 거야."

캬하, 핑계 좋고. 아르티닌도 더 이상 뭐라 하지 않고 자신의 레어에 페헤토르핌 뿌리를 넣어주었다. 난 그걸 본 후에 식물오크를 보며 물었다.

"넌 어쩔 거냐?"

"난 내 동료가 있는 곳으로 갈 거다. 쐐액."

"그래? 하지만 동료와 가든 혼자 가든 여기서 빨리 다른 곳으로 가야 할 거야. 너희가 살 만한 곳으로. 안 그러면 사람들에 의해 토벌당할걸? 게다가 너희는 페헤토르핌에서 복제되었기 때문에 피가 초록색이니 만일 사람들이 너희 피를 본다면 당장 악마가 나타났다며 더 잡아 없애려고 할 테니까."

"알았다. 쐐액. 내 눈으로 봤으니 안 믿을 수도 없고… 내가 식물이라니… 난 그저 내가 살던 마을을 떠나 길을 가고 있었을 뿐인데… 쐐에엑."

"그런데 어느새 식물이 되어 황당하다 이거 아니냐?"

"맞다, 인간. 언제 정신을 잃었는지 모르지만 정신을 차려보니 나 같은 오크들이 많이 있더군. 그때는 그들이 나였는지 몰랐다. 다만 말을 해보니 그들도 같은 처지였었다. 그래서 같이 길을 가는데 인간 둘과 마주친 거야. 우린 먼저 피하려고 했는데 갑자기 공포감이 밀려와 정신을 차릴 수가 없었다. 그 다음은 인간, 너도 알 거다. 저 박쥐가 날 여기로 데려왔다. 쐐액."

아르티닌, 뭔가 찔리는 거 없냐? 그건 그렇고, 쯧쯧. 불쌍한 페디. 오크한테까지 박쥐란 소릴 듣고… 응? 잠깐. 그럼… 오크랑 나랑 보는 관점이 같단 말야? 이, 이럴 수가!

"그럼 난 간다. 잘 있어라, 인간들. 쐐액."

잠시 내가 자기 비하에 빠져들 때 식물오크는 그대로 떠나 버렸다.

"그런데 란셀, 한 가지 이상한 것이 있어요."

"뭔데?"

이브린은 아직도 그 페헤토르핌에 관심이 있는 모양이었다. 계속 이것저것 묻는 것을 보니.

"페헤토르핌은 줄기 끝의 꽃에서 나는 향기로 동물을 최면에 빠지게 해서 잡아먹는다고 했잖아요. 하지만 향기 퍼지는 지역이 넓지 않다고 했고요. 그런데 꽃 향기가 퍼지는 지역이 아무리 좁아도 우린 페헤토르핌의 옆에 있었어요. 그런데 어째서 우린 꽃 향기에 최면이 안 걸린 거죠?"

"그건 페헤토르핌이 향기를 내뿜지 않아서야. 이브린도 줄기 끝에 달린 열매를 봤을 거야. 그런데 그 열매가 불룩했지? 아마 거기엔 식물오크가 들어 있었을 거야. 페헤토르핌은 열매를 맺고 있을 때는 꽃 향기를 내지 않는다고 하지."

내 말에 이브린은 고개를 끄덕이며 이해를 했다. 그럼 내가 물을 차례인가?

"이브린, 나도 궁금한데……."

"물어보세요."

"혹시 이브린은 페헤토르핌을 통해 다시 태어나고 싶은 유혹이 들지 않았어?"

내 물음은 다른 사람들도 궁금한 내용이었나 보다. 다들 귀를 세우는군. 특히 예나, 제일 확실하게 보여.

"글쎄요……."

이브린은 어색하게 웃고 말을 시작했다.

"솔직히 그런 생각이 안 든 것은 아니었어요. 하지만 그건 제가 아니잖아요. 전 죽고 제가 아닌 다른 존재가 제 모습에 제 생각을 가지고 생겨나는 거잖아요. 제가 이기적이라 그런 건지 몰라도 싫었어요. 세상에 나는 오직 나 하나만 존재하고 싶었어요."

난 이브린의 말을 듣고 아무 말도 할 수가 없었다. 과연 나라면 어떨까 싶었지만 역시 나도 이브린과 마찬가지였을 것이다. 하아… 역시 가을인가? 하늘 정말 파랗군…….

호아류 산맥은 워낙 완만해서 특별히 이름난 산은 없었다. 하지만 호아류 산맥의 가장 높은 지점을 멜로트 산이라고 불렀다. 우린 그 멜로트 산 정상에 올랐다.

"경치가 좋군요."

정말이었다. 이브린 말대로 푸른 풀이 끝없이 펼쳐져 있는 광경은 정말 아름다웠다. 여기가 해발 2천 길드가 넘는 곳이라니 믿어지지가 않았다. 마치 약간 경사 진 넓은 평원을 보는 듯했다. 난 그런 경치에 감탄하면서도 이브린을 슬쩍 보았다. 지금 이브린은 많이 지친 듯 아르티닌에게 기대어 있었다. 멜로트 산 정상에 가까워지면 가까워질수록 이브린은 지쳐 갔었다. 정확히 페헤토르핌 사건 이후 이브린은 눈에 띄게 지쳐 갔다. 그전까지만 해도 난 이브린에게 불치병에 있다는 것을 알았지만 활발한 이브린의 행동으로 지금까지 그 사실이 가슴에 와 닿지는 않았는데, 지금은 정말 이브린이 아프다는 사실을 확실히 느끼고 있었다. 아르티닌도 얼굴이 굳어져 있는 상태였다. 예나 같은 경우는 거의 울 듯한 표정이고.

"이제 내려가요."

이브린은 아르티닌에게 기댄 몸을 일으키며 걸어갔다.

"어어… 아르티닌, 이브린 좀 잡아야 되지 않아? 저러다 넘어지겠어."

지금 이브린이 걷는 모습은 계속 휘청거리는 것이 너무 위태위태했다.

"아니, 이브린은 강해지고 싶어했어. 지금 그녀를 부축하면……."

아르티닌은 뒷말을 잇지 못했다. 아르티닌의 심정이 이해가 갔다. 아마 이대로 부축을 하면 이브린이 강하게 잡고 있던 의지도 약해질 것이라는 걱정.

"훗."

아르티닌이 내 어깨를 잡고 작게 속삭였다.

"그런데 란셀, 너 실수한 거 알아?"

"……?"

"방금 내 이름을 불렀잖아. 내 본명을."

아르티닌은 그렇게 말하고는 이브린에게 다가갔다. 그런데 내가? 하아… 나도 모르겠다. 다리온이 알든 말든…….

우린 산을 내려가기 시작했다. 하지만 곧 멈추어야 했다. 이브린이 쓰러졌던 것이다.

"란셀, 이브린을 고칠 방법은 정말 없나?"

아르티닌의 침중한 어조. 난 고개를 저었다. 이브린의 병은 마도시대에도 그 원인조차 밝혀내지 못한 불치병이었다. 그리고 보니 나도 한심하군. 이브린의 병을 알면서도 무심히 지나쳤으니…….

"이제 이브린이 죽겠군요."

다리온이 다가오면서 한 말이었다. 가슴 아프지만 맞는 말. 우린 고개를 끄덕였다.

"하지만 살 방법이 없는 것은 아닐 텐데……."

다리온이 혼잣말로 작게 말했다. 하지만 우리에겐 벼락 치는 소리보다 크게 들렸다. 당장 우리 모두의 눈이 다리온에게 향했다.

"뭡니까, 이브린을 살릴 수 있는 방법이?"

아르티닌은 다급하게 외쳤다.

"우선 이브린의 병이 어떤 것이냐가 그 병을 고칠 방법입니다."

난 다리온의 말을 듣고 생각했다. 이브린의 병은 생명력이 사라지는 것. 왜 사라지는지는 원인 불명. 그럼 다리온의 말은 생명력 자체가 없어지는 것이 방법을 제시하는 것이란 말인가?

"이브린의 병은 다른 종족으로 변하면 고칠 수 있습니다. 단, 생명력이 강한 종족이어야만 합니다. 예을 들면 드래곤 정도?"

응? 가능성이 있는 말이었다. 드래곤의 생명력은 강대하기 이를 데 없으니까.

"하하."

이브린이 억지로 몸을 일으키며 웃었다.

"그건 예를 든 것이 아니라 정답이잖아요. 세상에 드래곤만한 생명체가 있나요?"

"맞아요, 이브린. 그겁니다. 이브린이 드래곤으로 변하면 이브린의 병은 아예 존재하지 않는 것처럼 없어지죠."

다리온의 말을 듣던 아르티닌은 한숨을 크게 쉬고 말했다.

"하지만 틀렸습니다, 다리온. 사람이 어떻게 드래곤이 될 수 있겠습니까? 어쩌다 이브린이 대마법사가 되어 폴리모프를 한다고 해도 결국 겉모습만 드래곤일 뿐 본질은 인간입니다."

"그건 폴리모프일 경우죠. 제가 말한 것은 완전히 드래곤이 되는 것입니다. 본질적으로 드래곤이 되는 것이죠."

다리온의 말이 끝나자 아르티닌은 고개를 저었다.

"압니다. 그렇기 때문에 불가능합니다. 한 종족이 완전한 다른 종족이 되는 것은 불가능합니다. 강대한 드래곤의 마법으로도 불가능하죠. 신의 힘이 아닌 이상에는 말입니다. 특히 드래곤이 되는 것은 불가능한 중에서도 더 불가능하죠. 사람이 한 종족을 다른 종족으로 바꾸는 것은 키메라를 만드는 방법 외에는 없습니다."

그러자 다리온이 이브린에게 다가갔다.

"하긴 그렇긴 하군요. 그런데 이브린, 만일 제 방법이 가능하다면 이브린은 드래곤이 될 생각이 있나요? 그렇다면 아르티닌과 헤어지지 않고 지겹도록 오랜 세월을 같이 지낼 수 있는데요."

훗, 다리온. 아르티닌이 말했듯이 그건 신의 힘이, 아니… 자, 잠깐. 뭐, 뭐라고? 방금 다리온이 뭐라고 했지? 이브린이 드래곤이 되면 아르티닌과 지겹도록 같이 살아? 그 말은 아르티닌도 드래곤이라는 명제 하에 가능한 말인데… 물론 아르티닌은 드래곤이다. 하지만 다리온에게는 그런 말을 한 적이 없었다. 방금 다리온이 아르티닌을 아울이 아닌 아르티닌이라고 부른 것은 우리가 실수로 원래 이름을 말했다고 쳐도 아르티닌의 정체를 알다니……! 난 경악하며 다리온을 바라보았다. 대체 다리온의 정체가 뭐지?

내가 그렇게 놀라고 있을 때 이브린은 살짝 미소를 지으며 말했다.

"그러면 좋겠죠. 전 죽는 것은 겁이 안 나지만 아르티닌과 헤어진다는 것은 정말 무섭네요."

다리온은 이브린의 대답을 듣더니 미소를 지으며 일어났다.

"그럼, 그렇게 알겠습니다."

난 순간적으로 느꼈다. 분명 무슨 일이 일어날 거야…….

"그럼 이브린을 드래곤으로 만들어야 하는데 드래곤이란 종족은 다른 종족에 비해 엄청난 능력을 지닌 존재죠. 따라서 제대로 드래곤이 되게 하려면 힘의 표본이 있어야 합니다. 아르티닌, 당신의 피를 한 방울만 주시겠습니까? 저에게 줄 필요 없이 이브린의 몸에 묻히기만 하면 됩니다."

여, 역시 아르티닌이 드래곤이란 것을 알고 있었어. 언제부터 알았을까? 그리고 누가 발설한 거지? 난 예나와 죠세프를 보았는데 그들도 놀라는 표정이었다. 난 다시 이브린과 아르티닌을 보았는데 이브린도 놀란 표정이었고 아르티닌은 아예 얼굴이 살짝 일그러져 있었다. 드래곤이 자랑하는 완벽한 폴리모프를 다리온이 알아챘으니 자존심이 상할 일이었을 것이다. 하지만 아르티닌은 말없이 손가락 끝을 이빨로 물어 뜯어 피를 내고는 이브린의 이마에 자신의 피를 찍었다. 그걸 본 다리온은 미소를 지으며 고개를 끄덕였다.

"됐습니다. 이로써 이브린은 드래곤으로 다시 태어났습니다. 아르티닌과 같은 레드 드래곤으로."

다리온의 말이 끝나자 이브린은 빛에 휩싸였다.

"다리온, 당신은 대체…….."

난 다리온의 정체를 묻고 싶었다. 아르티닌이 드래곤이란 것을 안 것도 모자라 레드 드래곤이란 것까지 알아? 아니, 그것보다 사람인 이브린을 드래곤으로 만들어? 대체 다리온은 신이라도 되나? 하지만 내 질문은 다리온에 의해 막혀 버렸다.

"아, 질문은 나중에. 지금은 몸을 피할 때입니다. 드래곤의 크기 아시죠? 깔려 죽기 싫으면 뛰어야 할 겁니다."

아닌 게 아니라 지금 이브린을 감싼 빛은 엄청나게 커지고 있었다. 난 급히 이브린의 곁에서 떨어져 뛰어갔다.

"이브린 언니……."

난 예나가 중얼거리는 소리에 뛰는 것을 멈추고 이브린이 있던 곳을 보았다. 거기에는 거대한 드래곤이 있었다. 이백 길드는 되어 보이는 거대한 몸체. 이브린의 몸은 크고 강인한 데다 날씬한 것이 표범의 몸을 연상시켰다. 표범의 몸에 드래곤의 강인한 목과 머리와 꼬리, 그리고 날렵한 날개를 가진. 음… 전에 아르티닌의 본체를 본 적이 있는데 아직도 그 강렬한 인상이 뇌리에 남아 있었다. 그런데 이브린의 몸은 꼭 그걸 연상시켰다. 다만 좀 더 날씬하고, 가늘고, 날개가 긴 것이 좀 다를까?

"당신… 당신……."

아르티닌은 다리온을 가리키며 말을 잇지 못했다.

"하하하, 죄송합니다. 하지만 어쩔 수 없었어요. 힘이 표본으로 삼은 것이 아르티닌의 피라서."

"이, 이게……."

그때 커다란 소리가 들렸다. 드래곤이 된 이브린이었다. 아이고, 귀야. 덩치가 커지니 목소리도 엄청나게 크네.

"내가 정말 드래곤이 된 건가요?"

이브린은 못 믿겠다는 듯이 말했다. 그런 이브린을 향해 다리온이 손을 흔들며 말했다.

"예, 그렇습니다. 그런데 웬만하면 목소리 좀 작게 내주세요. 여기 있는 사람들 고막 터지게 안 할 거라면요."

"아, 죄송해요."

이브린은 곧 작게 말했다.

"그런데 어떻게 된 거죠? 제가 어떻게… 저도 믿기지 않아요."

"시간이 지나면 믿겨지겠죠."

다리온은 이브린에게 말하고는 우릴 보았다.

"란셀, 이젠 저도 란셀과 헤어져야겠군요. 아르티닌과 이브린과도요."

헤어진다… 하긴, 아르티닌의 본색이 드러난 것처럼 다리온도 밑천이 드러났으니 본래의 위치로 가야겠지. 하지만 이건 알아야겠다.

"다리온, 다리온은 정말 누구죠? 어떻게 신만이 가능하다는 일을… 그러고 보니 이상했어요. 다리온은 내 마음을 읽었어요. 그렇지 않나요? 다리온은 혹시… 신인가요?"

난 좀 떨리는 목소리로 물었다. 정말 다리온이 신이라면 그건 대단한 일이잖아. 대신관도 못 본 신을 내가 본다……. 흥분이 되는군.

"미안하지만 전 신이 아닙니다. 하지만……."

그 순간 다리온의 몸이 황금색 빛에 휩싸이며 공중으로 올라갔다. 그리고 그 빛은 계속 커졌다.

"신을 대리하는 자. 무궁한 신의 힘을 완벽하게 대리할 수 있는 유일한 존재. 바로 초룡이지."

그 말이 끝남과 동시에 빛도 사라졌다. 그리고 보았다, 하늘에 떠 있는 거대한 생물. 그건…

"뭐, 뭐야? 에레시스?"

내 친구 에레시스였다.

"호호호, 그래. 나 에레시스야."

뭐, 뭐냐… 서, 설마 다리온이 에레시스?

"설마가 아냐, 란셀. 너도 재미있게 여행하는데 나라고 못하겠어?"

이, 이거… 다리온의 말투와 에레시스의 말투, 적응이 안 되네…….

"다리온이 초룡?"

"다리온이?"

"다리온이?"

하지만 나만 놀란 것은 아닌 모양이었다. 다들 놀란 눈치. 하지만 나만큼 놀라고 어이없을까? 대체 정말 이게 어찌 된 거야?

"다 말해 줄게. 너와 죠세프, 예나가 내 레어를 떠난 후 마나스는 봉인에서 풀려났어. 그래서 마나스를 만났고. 그런데 오랜 세월 봉인되어 있었으니 일이 오죽 많이 밀렸겠어? 덕분에 난 또 혼자 심심하게 지내야 했고, 그때 네가 생각이 나더라고. 언제나 일을 몰고 다니는 란셀, 너와 함께 여행하면 정말 재미있겠다는 생각이 들어 변신 좀 한 거지."

음… 그랬단 말이지?

"그런데 왜 그런 모습이었지? 다리온은 극히 평범한 외모였어. 그건 너희 드래곤들이 피하는 모습이 아닌가?"

내 말에 에레시스는 황홀한 눈으로 하늘을 보며 말했다.

"다리온 겔레스. 이건 마나스가 신이 되기 전의 이름이야. 다리온의 모습도 바로 마나스가 인간일 때의 모습이고 난 한 번쯤 그의 모습으로 여행을 하고 싶었거든. 참, 그리고 내가 계속 대현자라고 했잖아. 그건 맞는 말이야. 마나스는 다리온이란 인간일 때 현자 중의 현자였어. 그리고 그 능력으로 신이 된 거고."

하아… 그랬군. 그런데…

"암만 그렇다고 해도 왜 남자로 변한 거야?"

"그야 남자의 모습이 여행할 때는 편하니까. 생각해 봐라. 내가 여자로 폴리모프하면 분명 절세미녀로 변할 텐데, 그럼 계속 달라붙는 파리 떼 때문에 어디 여행을 할 수 있겠어? 그렇다고 못생기게 변하면 그런 불편은 없지만 그건 내 자존심이 상하는 거고."

난 예나를 보고 지금은 드래곤이지만 이브린을 보았다. 에레시스의 말을 뒤집으면 예나와 이브린은 못생겼다가 되는군. 불쌍한 예나, 가여운 이브린. 쯧쯧. 난 한숨을 쉬었다. 이제 더 물어보고 말고 할 것도 없었다. 대충만 알면 되지 뭐… 아, 이건 물어봐야겠군.

"알았어. 그런데 그때 우린 분명 말을 맡겼는데 그 말들 어떻게 됐지?"

내 물음에 에레시스는 깔깔대며 웃었다.

"그게 말야… 널 따라 여행 가면 말을 못 돌보잖아. 그래서 그걸 칼리타인에게 맡겼지. 그런데 너도 칼리타인의 성격을 알 거야. 네가 맡겼다고 하니까 어떻게 했는 줄 알아? 내가 널 따라가려고 준비를 마치고 가보니까 칼리타인이 완전 용마로 만들었더라고. 아니, 말 그대로 용마였어. 드래곤의 피를 먹여 몸 자체를 완전히 새로운 신체로 바꾸고 여러 마법을 써서 엄청난 말로 만들었지. 내가 보니까 오크보다 지능이 높을 것 같더라고. 칼리타인 말로는 힘도 남아돌고 시간도 남아돌아 그랬다지만 정성이 많이 들어간 것은 사실이지. 나중에 여행 끝나고 찾아가봐. 아마 입이 귀까지 찢어질걸?"

음… 그건 좋군. 아, 그런데 이것도 궁금하다.

"그런데 한 가지만 더 묻자. 에레시스, 넌 언제 초룡이 된 거지? 그리고 왜 됐어? 카나이드님도 거부한 건데. 그리고 또 아까 말하기를 신의 힘을 완벽하게 대리하는 존재라는 건 무슨 뜻이지?"

내 질문에 에레시스는 아예 땅으로 내려왔다.

"그게 무슨 한 가지야? 세 가지나 되네. 잘 들어. 난 네가 내 레어에 찾아오기 전부터 초룡이었어. 다만 말을 안 한 것뿐이야. 그리고 신과 같이 살려면 나도 신이 되어야 하는데 그건 불가능하잖아. 그래서 영생을 누리는 초룡이 된 거지. 마지막으로 넌 초룡에 대해 모르겠구나? 드래곤은 지금의 강한 생명체가 될 때까지 스스로 진화를 해왔어. 생물로서의 벽을 깨고 또 깨며 궁극적으로 고룡이라는 단계까지 진화를 했지. 하지만 드래곤에게는 고룡이란 단계가 한계야. 결국 진화의 마지막까지 온 것이지. 하지만 계속 힘을 쌓아가며 진화하던 드래곤인지라 진화의 마지막까지 왔어도 계속 그 힘을 진화시키거든. 드래곤은 결국 그 힘에 산화해서 죽는 것이고. 드래곤도 마지막의 벽은 넘을 수가 없는 거지. 그건 신이 허락하지 않은 영역이니까. 왜냐하면 신의 영역이거든. 하지만 가끔가다 그 벽을 넘는 자질을 지닌 드래곤이 생겨나지. 그런 드래곤은 신도 어쩔 수 없는 것이라 신의 영역에 들어오는 것을 허락할 수밖에 없어. 물론 그렇게 신의 영역에 넘어갔다고 신이 될 수는 없지. 신은 태초신만이 만들 수 있으니까. 하지만 스스로의 능력으로 신의 영역으로 들어갔으니 그 능력이 얼마나 대단할지 알지? 보통 신의 사도인 천사들과는 차원이 다르지. 천사들은 천사일 뿐이야. 태초신이 처음부터 신이 아닌 천사로 만들었으니까. 따라서 그 능력에 따라 신의 힘을 받는 것에 한계가 있어. 하지만 초룡은 그런 것이 없어. 스스로의 힘으로 신의 영역에 들어선 이상 초룡은 일종의 하급

신이나 마찬가지니까. 그래서 신이 아니기 때문에 신력은 낼 수 없지만 능력은 되기 때문에 신의 힘을 완벽하게 받을 수 있는 거야. 완벽하게 힘을 받는다는 것은 완벽하게 대리한다는 뜻이기도 하지. 그런 이유로 신들은 초룡을 자신의 밑에 두려고 하지. 하지만 보통의 경우는 스스로 초룡이 되는 것을 거부하고 산화를 해. 초룡이 되고 안 되고는 순전히 자신들의 의지니까."

하하, 그러니까 고룡이 되는 것도, 초룡이 되는 것도 결국 진화의 하나였군.

"아하, 그래서였군요."

예나가 손뼉을 치며 말했다.

"그래서 에레시스님이 란셀의 마음을 읽을 수 있었군요?"

맞아, 나도 그게 궁금했어.

"아니."

에레시스는 고개를 저었다.

"난 신이 아니라니까. 내가 란셀의 생각을 안 건 란셀이 너무 단순해서 행동 양식과 말하고 생각하는 양식, 그리고 성격을 알면 얼마든지 알 수가 있기 때문이지. 너희도 조금만 주의해서 생각하면 알 수 있을 걸? 못 믿겠으면 한번 해봐."

뭐,, 뭐얏! 난 에레시스의 말에 화가 났다. 내가 단순하다니. 나처럼 복잡한 사람이 어디 있다고…

"음… 란셀요? 아마 속으로 화를 낼 거예요. 자신을 단순하다고 해서요. 음… 란셀 본인은 복잡한 사람이라고 생각하니까 말이죠."

허억! 예나의 다리온… 아니, 에레시스 화? 설마… 우연이겠지.

"흠, 그럼 제가 한번 해보죠. 란셀은 지금 놀랐을 테고… 아마 예나가 에레시스님처럼 된 것이 아니냐는 생각을 하겠죠. 물론 우연이라고 다시 고쳐 생각하겠지만요."

저, 저… 눈치없는 죠세프마저… 흥! 꼭 이럴 때만 눈치가 빨라지는군. 좋아, 죠세프. 너, 딱 걸렸어. 나중에 두고 보자.

"그런데 죠세프, 조심해야 할 거야. 네가 란셀의 생각을 알았으면 란셀이 나중에 두고 보자며 벼를 테니까."

아르티닌마저… 이건 꿈이야. 꿈.

"설마 란셀, 지금 이것이 꿈이라고 생각하는 것은 아니겠죠?"

하아… 이브린… 하아… 정말 난 단순한가 봐.

"지금쯤 란셀은 자신이 단순하다고 인정했겠죠."

고맙다, 페디. 내가 할 말을 대신 해줘서. 좋아, 이제부터는 정말 복잡한 인간이 돼야지.

『그렇다고 오빠가 복잡한 사람 되는 것은 싫어요.』

"파, 팡? 넌 언제 깨어났니?"

『치잇, 드래곤이 셋인데 그 기운을 못 느낄 수 있나요? 난 또 무슨 일이 생긴 줄 알았죠. 보니까 별일 아니네요. 나 잘래요. 그럼 안녕히 가세요. 아르티닌, 이브린, 에레시스.』

팡은 다시 잠이 들었다. 참 인사성도 밝아요. 잠도 잘 자고.

"이젠 우린 떠나야겠다."

다시 드래곤으로 돌아온 아르티닌이 말했다.

"그런데 어디로 갈 거지?"

에레시스가 물었다.

"우선 제 레어로 돌아가야죠."

이런 아르티닌의 말에 에레시스는 고개를 저었다.

"아냐, 틀렸어. 그러면 이브린이 더 힘들어져. 이브린은 사람으로 살다가 드래곤이 된 것이다. 게다가 사람일 때의 기억과 마음을 고스란히 가지고 드래곤이 된 거야. 그 말은 이브린이 드래곤의 몸을 제대로 못 쓴다는 것이야. 아마 날지도 못할 거야. 그러니 이브린이 드래곤으로 살 수 있게끔 연습 겸 교육을 시켜야 해. 아마 해츨링 교육보다 더 힘들 거야."

에레시스의 말에 아르티닌은 이브린을 보았다. 그러자 이브린은 날개를 슬쩍 쳐다보았다. 에레시스의 말대로 날개가 있어도 날지 못한다는 뜻. 아르티닌은 고개를 끄덕이고는 말했다.

"아무래도 에레시스님의 말을 들어야겠군요. 그럼 전 이만 가보겠습니다. 여행 잘하고 또 만나자, 란셀. 잘 있어. 행복해야 해, 예나, 죠세프. 아, 그리고 예나와 죠세프는 이걸 받아. 이건 내 비늘로 만든 것으로 원한다면 얼마든지 공간 이동을 해서 내 레어로 올 수가 있어. 란셀은 마법이 안 듣기 때문에 못 주지만 나중에 내가 물건을 보내줄게. 그럼 잘 있어."

그 말을 마지막으로 아르티닌은 마법으로 이브린을 잡고는 날아갔다.

"아직 연습할 곳을 안 정한 모양이군. 공간 이동을 안 하는 것을 보니. 하긴 정할 시간도 없었지. 그럼 란셀, 나도 간다. 나중에 또 보자."

에레시스도 떠나갔다. 이젠 나와 죠세프, 예나, 페디, 이렇게만 남았다. 처음과 마찬가지로. 웬지 허무했다. 그리고 허전했다.

"하아……."

난 한숨을 쉬며 하늘을 보았다. 하늘은 왜 저리 맑고 푸른 거냐?

짝.

"으악!"

누군가 내 등을 치는 바람에 난 기겁을 했다. 아픈 것도 아픈 거지만 놀랐잖아! 누구야, 대체. 예나?

"무, 무슨 짓이야? 놀랐잖아!"

"어머, 아프라고 쳤는데 놀라기만 했다니 목적 달성 실패네요. 란셀, 그렇게 힘없이 있지 말라고요. 나중에 다시 만날 수 있잖아요. 특히 란셀은 수명이 지겹도록 길어서 지겹도록 만날 텐데 지금 너무 아쉬워하면 나중에 감정 정리하기 곤란하지 않겠어요?"

그렇게 말하며 예나가 미소를 지어 보였다. 나도 저절로 미소가 지어졌다. 그래, 떠난 드래곤은 떠난 드래곤이니 나중에 만나고 지금은 다시 시작하는 마음으로 여행을 하자고.

난 하늘을 보았다. 정말 아름다운 빛이었다. 그리고 원래 예쁜 예나지만 지금은 더 예쁘게 보였다.

"참, 그런데 란셀은 특별히 공부를 해서 많은 지식을 얻었잖아요. 하지만 에레시스님은 어떻게 알았을까요? 아무리 드래곤이라도 모르는 지식 아닌가요? 아르티닌을 보면 그런 것 같은데……."

길을 가던 중 예나가 물어왔다.

"음… 그게 있잖아, 카나이드한테 나만 배운 건 아니거든. 에레시스도 같이 배웠어. 그녀는 내 스승님의 딸이니까. 그때 에레시스는 전체 학생 중 1등이었고 난 2등이었지."

예나는 잠시 생각해 보더니 물었다.

"대체 몇 명이나 배웠는데요?"

으윽… 갑자기 예나가 밉게 보인다…….

"두, 두 명……."

아, 하늘 참 맑다니까…….

외전
드래곤이 되는 길

제1화 **수업 전날**

쿠당!

픽!

"아야야~ 야, 좀 살살 내려줄 수 없어?"

이브린은 아르티닌을 향해 볼멘소리로 말했다.

"미안미안, 하지만 나도 어쩔 수가 없단 말야. 네 몸이 무거운 탓이니까."

이브린은 아르티닌을 향해 눈을 흘겼지만 뭐라고 말을 할 수는 없었다. 자신은 현재 아르티닌과 거의 같은 몸체. 비록 마법이라고는 하지만 자신을 달고 그 먼 길을 날아왔으니 아르티닌도 진이 빠질 만했다. 더욱이 아르티닌은 지금까지 대부분의 힘을 이브린의 생명력을 이어주는 데 썼기 때문에 처음부터 힘이 빠진 상태였다. 그걸 아는 이브린은 아르티닌을 탓할 수 없었던 것이다.

"그런데 여기가 어디야?"

이브린은 사방을 둘러보았다. 보이는 것이라곤 거친 황무지뿐 풀 한 포기 보이지 않는 곳이었다.

"여긴 대륙 서부의 황무지 지대야. 네 연습 장소이기도 하고."

"내 연습 장소?"

이브린은 눈살을 찌푸렸다.

"왜 하필 이런 곳이야? 좀 더 좋은 곳도 많잖아. 숲이 우거진 산속도 있고 푸른 풀들이 자라는 들판도 있고, 한쪽에서 푸른 물이 넘실거리는 바닷가도 있고……."

아르티닌은 한숨을 쉬며 말했다.

"그건 이브린, 네가 사람일 때의 이야기지. 마법 쓰고, 정령 부르고, 드래곤 격투법에 브레스 연습까지 할 텐데, 아마 그 연습들을 다 마치면 아무리 대단한 자연 경관을 가진 곳이라도 여기처럼 변할 거야. 설마 드래곤이 되자마자 마룡이나 악룡의 칭호를 얻고 싶어?"

"그, 그건 아니지만……."

이브린도 다시 생각하니 아르티닌의 말이 맞았다. 최소한 나는 연습을 하다 추락한다고 쳐도 몇백 길드나 되는 지역이 피해를 입을 테니.

"그건 그렇고 난 뭘 배우면 돼?"

"당연히 마법."

아르티닌은 그렇게 말하며 내려왔다.

"드래곤은 마법의 생물이야. 드래곤에게 있어서 마법은 인간들이 손이나 발을 쓰는 것과 같아. 그래서 어린 드래곤들이 가장 먼저 배우는 것이 마법이지."

아르티닌의 말을 들은 이브린은 아직도 어색하고 낯선 날개를 퍼덕이며 말했다.

"그래? 난 날개가 달려 있어서 나는 것을 먼저 배울 줄 알았는데……."

"그것도 일찍 배우는 것 중의 하나야. 먼저 마법을 배우고, 나는 법을 배우고, 정령술을 배워야 하지. 그 다음엔 브레스를 배우고… 아, 순서가 바뀌었다. 브레스 전에 드래곤 격투술을 먼저 배울 거야. 보다시피 우리 드래곤은 긴 목과 긴 꼬리가 있지. 돈에는 머리가 있고 머리에는 날카로운 이빨이 있고. 또 우린 몸에 비해 다리가 짧다. 대신 발톱은 길고 날카롭지. 거기에 날개를 가졌다. 날개 중간에는 하나의 긴 손톱이 나 있고. 이런 우리의 신체를 제대로 써먹기 위해서는 특별한 기술이 필요하겠지? 그것이 바로 드래곤 격투술이야. 브레스의 경우는 크게 어렵지 않아. 어쩌면 네 자질에 따라 배울 필요도 없겠지. 그리고 용언은… 아마 저절로 알게 될 거야. 사람이 말을 배우듯 자연스러운 거니까."

이브린은 아르티닌의 말을 듣고 고개를 갸웃거렸다.

"그런데 폴리모프는 언제 해?"

아직까지는 사람의 몸이 더 편한 이브린이었다.

"마법을 배울 때 가장 먼저 마나를 느끼는 것부터 배우는데 그걸 배우면 맨 처음 배우는 마법이 그거야. 하지만 수업이 다 끝날 때까지는 계속 드래곤인 상태로 있을 테니 알아두라고."

"음… 그런데 수업은 언제부터야?"

"내일부터. 오늘은 잠 좀 자고."

이브린은 하늘을 보았다. 저기 동쪽 하늘이 붉게 물들어 있었다.

"자고 나서……?"

드래곤으로 가는 길이 참으로 힘겨울 것 같다는 생각이 드는 이브린이었다.

제2화 수업 열흘째

"아냐, 그게 아냐!"

아르티닌은 소리를 쳤다.

"몇 번을 말해야 해? 생각하라고, 생각. 네 몸을 생각해. 네가 원하는 것을 생각해. 네가 변한 모습을 생각해."

이브린은 지금 사람의 모습을 하고 있었다. 하지만 크기가 거의 4길드에 육박하는 데다 두 다리는 드래곤의 다리였다.

"우웅… 너무 어려워."

"뭐가 어렵다고 그래? 생각만 하면 되는데. 보통의 해츨링들은 서너 번만 연습하면 완벽하게 폴리모프를 하는데 넌 벌써 며칠째야?"

아르티닌이 답답하다는 듯이 말했다.

"그런데 이상하네? 몸이 이런데 너무 자연스러워."

"당연하다. 드래곤의 폴리모프가 왜 완벽하다고 하는지 이제 알겠지? 그럼 다시 연습하자."

"또? 벌써 스무 번이 넘게 연습했는데……."

이브린은 지겹다는 얼굴이었다. 그런 이브린을 보고 아르티닌은 이브린을 달래기 시작했다.

"그래, 그래도 조금만 연습하면 될 거야. 계속 좋아지고 있으니까. 처음 할 때와 비교해 봐. 아니, 바로 전 폴리모프했을 때를 생각해 봐. 그때는 길이 10길드가 넘는 인간형 괴물이었잖아. 그런데 지금 이렇게 크기도 확 줄고 거의 인간 비슷하게 되었으니 몇 번만 연습하면 완벽하게 폴리모프를 익힐 수 있을 거야."

그러면서 아르티닌은 이브린이 처음 폴리모프한 모습을 생각했다. 인간 얼굴을 가진 드래곤, 그리고 그 인간의 얼굴에 줄지어 난 날카로운 이빨, 날개가 긴 손톱을 가진 팔로 변했었다. 그래도 사람의 머리라고 머리카락은 길게 드리웠는데… 차라리 없느니만 못한 끔찍한 모습이었다. 정말 꿈에라도 볼까 무서운 얼굴. 아르티닌은 고개를 흔들었다. 그리고 그런 모습을 보지 않기 위해서라도 이브린에게 폴리모프를 확실히 가르쳐야겠다고 다짐을 했다.

"자, 그럼 이브린, 한 번 더."

"알았어."

이브린은 다시 폴리모프를 했다. 이번엔 제대로 변했다. 다만 키가 2길드나 되었다. 하지만 키야 줄이면 되는 것을.

"좋아, 이브린. 계속 좋아지고 있어. 갑자기 급진전하는걸? 이브린, 이제 키만 줄이면 될 것 같아."

이브린은 아르티닌을 향해 미소를 지어 보였다.

"아… 여, 연습하자… 이브린."

아르티닌은 생각했다. 뭐, 이빨이야 말만 안 하고 웃지만 않으면 잘 안 보이니까 나중에… 으윽……

"파이어 볼!"

쿠웅!

아르티닌은 이번 결과에 만족했다. 불의 드래곤이라 불리는 자신의 힘을 표본으로 해서인지 이브린은 불 계열의 마법을 무척 잘했다. 거의 한 번 연습하고 그 후에는 제대로 된 마법을 썼던 것이었다. 그 외의 마법도 서너 번을 연습하고는 제대로 썼다. 다만 그것이 공격 마법에 국한된 것이 문제이긴 하지만. 그래도 힐링이나 디커버리 같은 치료 마법, 슬립스 같은 수면 마법 등 비공격 마법도 열 번 가까이 해서 완벽하게 쓸 수 있었다. 여기까지는 아르티닌도 불만이 없었다.

지금 이브린은 묘한 상태였다. 육체의 나이도 그렇고 덩치를 보나 뭘로 보나 나이는 천오백 살이 넘은 드래곤이지만 사실 해츨링과 같은 상태였다. 아니, 해츨링 중에서도 갓 태어난 해츨링이나 마찬가지였다. 그러니 가르친다고 곧바로 따라 할 수는 없었다. 비록 아르티닌이 계속 채근은 했지만 그건 이브린의 육체가 성룡이라서 빨리 모든 것을 익히게 하고 싶어서였다.

그런데 지금 이브린은 마법을 곧잘 해내고 있었다. 그런 이브린이 아르티닌은 기특했다. 특히 이브린이 사람이었을 때 아르티닌은 여러 번 이브린에게 마법을 가르치려 했었다. 하지만 그러는 족족 모두 실패를 했었다. 도대체 마법의 기본 개념조차 이해를 못했던 것이다. 그런 이브린이었기에 아르티닌은 더욱 기특하게 느껴졌고 가르치는 보람을 느꼈다. 특히 공격 마법에 국한이 되기는 했지만 한 번에 두 가지 마법을 쓰는 것을 보았을 때 기쁨의 눈물을 이브린 몰래 훔쳤다. 다만 아르티닌이 조금, 아주 조금, 아~아주 조금 불만인 것은…

"파이어 볼, 체인 라이트닝."

퍼엉! 콰지지직!

"어멋! 아르티닌."

"…또 나한테 공격한 거야? 뜨겁고 찌릿하군……."

"아, 아니, 난 저 앞에 있는 흙 더미를 공격한 건데… 미안해……."

이것이었다, 조종을 너무 못한다는 것. 그 덕에 아르티닌은 머리가 불에 그슬려 꼬불꼬불하게 되고, 그 꼬불꼬불해진 머리카락이 다시 전기에 하늘로 삐쳐 그 상태에서 벗어날 수가 없었다.

"그, 그래? 그럼 다시 연습."

아르티닌은 그렇게 말하면서 한숨을 쉬었다. 이브린이 마법을 다 배울 때까지 이런 수난이 계속되리란 것을 알아서였다. 그렇다고 이브린은 사람으로 변해서 마법을 연습하는데 자기간 드래곤으로 돌아갈 수도 없고… 그래도 이브린이 폴리모프 연습할 때 겪었던 정신적 충격이 없다는 것을 위안으로 삼는 아르티닌이었다. 비록 가르칠 마법이 산더미 같았어도…….

제4화 **수업 두 달째**

아르티닌은 이브린에게 명상을 시켰다. 명목은 자연 느끼기. 지금 아르티닌은 이브린에게 정령술을 가르치고 있었다. 원래대로라면 나는 법을 가르쳐야겠지만 이브린이 마법을 쉽게 배우는 것을 보고 같은 마법 계열인 정령술을 먼저 가르치기로 한 것이었다. 하지만 정령술은 마법과는 좀 달라서 단순히 마나를 느끼는 것이 아닌 자연을 느껴야 했다.

그런데 막상 정령술을 가르치려니 힘이 들었다. 폴리모프 가르치느라 진을 다 뺐고 마법은 쉽게 배웠다지만 수많은 마법을 다 가르치려니 쉬질 못했던 것이었다. 그래서 쉴 핑계를 만든 것이 바로 명상. 명상이라면 죠세프에게 들은 적이 있었다. 동방 대륙에서 행했다는 수련법. 다행히 이브린도 들은 적이 있어서 지금 별말없이 명상을 하고 있는 중이었다. 아르티닌은 이브린이 열심히 명상하는 것을 보며 회심의 미소를 지으며 휴식을 취했다.

제5화 **수업 십이 개월째**

이브린은 지금 곧잘 정령들을 소환했다. 역시 일 년간의 명상이 도움이 된 모양이었다.

"어때, 잘하지?"

이브린이 한차례 정령술을 쓰고는 아르티닌에게 물었다.

"으… 응."

"엄청 잘하지?"

"으… 응."

"무지무지 잘하지?"

계속되는 이브린의 공치사.

"으… 응."

하지만 아르티닌은 아무런 말대꾸를 할 수가 없었다. 이브린에게 명상을 시켜놓고 좀 쉬겠다고 누웠는데 그만 잠이 들었던 것이다. 그리고 깨어나 보니 벌써 열 달이나 지났고, 그동안 이브린은 스스로 정령술을 익혔던 것이었다. 혼자 익힌 것이라 아르티닌이 보기에 좀 어설프고, 무엇보다 정령을 운용하는 데 미숙한 점이 많았지만 그걸 보면서도 아르티닌은 아무런 말을 할 수 없었던 것이다.

"호호호홋! 나 천재인가 봐."

"저기… 이브린, 너무 그러지 말고 좀 더 연습을……."

그때 이브린이 아르티닌을 확 쨰려보았다.

"한 가지 물을 게 있는데."

"으응? 뭐, 뭔데?"

"드래곤 중에 아무도 안 가르쳐 주었는데 정령술을 익힌 드래곤이 있어?"

이브린의 질문에 아르티닌은 곰곰이 생각해 보았다. 그리고 결론은 없다였다. 아마 어떤 드래곤이라도 이브린과 같은 상황이었으면 스스로 정령술을 터득했을 것이다. 특히 드래곤에게는 그 성질에 따라 친한 정령이 있어 마음만 먹으면 스스로 그 정령을 소환할 수가 있기 때문이었다. 하지만 그전에 어미 드래곤들이 해츨링에게 정령술을 가르쳐 주었던 것이다. 따라서 능력이 되든 안 되든 결론은 없다 이외에는 없었다.

"어, 없는데……."

"그래? 내가 알기엔 있는 것으로 아는데······."

아르티닌은 순간 호기심이 일었다.

"누군데?"

"바로 나. 오호호호~"

쩝, 아르티닌은 혀를 찼다. 분명 자신을 향해 비난을 할 것이라고 생각했는데 이렇게 자화자찬으로 나갈 줄은 몰랐던 것이다.

"이브린, 하지만 그건 결코 대단한 것이······."

"아~ 정령술 익히느라 애를 썼더니 피곤해. 자고 싶다. 더도 말고 덜도 말고 열. 달. 동안만."

열 달이라는 말을 특히 강조하는 이브린. 결국 아르티닌은 찍소리도 못 냈다.

제6화 수업 십삼 개월째

아르티닌은 이브린을 마법으로 끌어 올렸다. 그런 후 다시 떨어뜨렸다. 떨어진 이브린을 다시 끌어 올리고 떨어뜨리기를 여러 번 반복했다.

"크악··· 케엑··· 커헉··· 크윽."

그럴 때마다 이브린의 비명이 이어졌다.

"아, 아르티닌, 더 이상 못하겠어······."

이브린은 자신이 골병들지 않은 것이 신기했다. 벌써 한 달이나 떨어지고 있는데 몸은 멀쩡했다. 하지만 떨어지면서 땅에 부딪치니 아프긴 무지 아팠다. 게다가 드래곤의 몸으로 떨어졌으니 무게 때문이라도 그 충격이 보통이 아니었다. 하지만 이것까지는 참을 수 있었다. 계속 반복되는 일상. 이젠 떨어지는 것도 신물나게 지겨웠다.

"후우……."

이브린의 옆에 아르티닌이 내려서며 말했다.

"이브린, 넌 새가 아니야."

"……?"

"그러니까 넌 날개를 퍼덕이지 않아도 돼."

"하지만 저절로 퍼덕이게 되는걸. 후우……."

이브린도 한숨을 쉬었다. 사실 이브린은 한동안 날개를 잊고 지냈었다. 어쩌다 뭔가 불편하다는 생각이 들 때만 날개가 있다는 것이 생각났다. 그만큼 이브린에게 날개는 낯선 신체였던 것이다. 그런 이브린이 막상 나는 연습을 하기 위해 날개를 쓰니 날지도 못하고 곤두박질치는 것은 당연한 결과였다. 그래도 연습을 허야 했고 이브린은 그녀 자신이 보아오던 생물의 행동을 따라 했던 것이었다. 바로 새.

하지만 그녀가 몰랐던 것이 두 가지 있었으니, 우선 새의 날개는 깃으로 이루어진 것이고 드래곤의 날개는 막으로 된 것이었다. 그건 일반적인 새와 박쥐를 보면 알 수 있는데 박쥐의 날개는 막으로 된 것이라 드래곤과 형태가 같았다. 따라서 그 둘의 나는 법은 서로 달랐다. 그런데 그걸 모른 이브린은 계속 새처럼 날갯짓을 했던 것이었다. 그리고 두 번째는 드래곤의 날개가 아무리 커도 단지 날개의 힘만으로는 드래곤을 공중에 띄울 수조차 없다는 것이었다. 하지만 그럼에도 드래곤이 날 수 있는 것은 드래곤의 날개에 마법이 차단된 곳에서도 발동하는 영구비상 마법이 깃들어 있기 때문이었다. 가끔 드래곤이 날개를 젓는 것은 그 마법을 조종하기 위한 것이었다. 하지만 그걸 모르는 이브린은 그저 날갯짓을 한 것이었다. 아니, 알고는 있었지만 떨어지는 순간 본능적(?)으로 날개를 파닥이는 바람에 정신이 분산돼서 날개에 깃들어 있는 영구비상 마법을 못했던 것이었다.

"좋아, 그럼 방법을 달리해 볼까? 이브린, 다시 간다."

아르티닌은 이브린을 다시 공중에 띄웠다. 그리고 이브린에게 말했다.

"이브린, 날개를 펼쳐 봐."

아르티닌의 말에 이브린은 날개를 쫙 펼쳤다. 그 상태에서 아르티닌은 이브린을 더 높이 올렸다.

"이브린, 우선 몸을 약간 앞으로 숙여. 그렇지, 그런 다음 내가 널 떨어뜨릴 때 넌 활강하듯이 내려오란 말야. 알았지?"

이브린은 아르티닌의 말에 고개를 끄덕였다.

"좋아, 그럼 놓는다. 마법 해제."

순간 이브린은 떨어지기 시작했다. 다행히 이브린은 활강하기 시작했다. 물론 그 활강은 그 어느 것보다 추락 속도가 빨랐다. 당연한 일이었다. 드래곤의 날개로는 드래곤을 활강시킬 수가 없었다. 드래곤의 신체 구조와 덩치로 볼 때 드래곤의 활강은 어이없는 짓이었다. 대충 봐도 꼬리 때문이라도 중심을 맞출 수 없었던 것이었다. 하지만 조금이라도 난다는 느낌을 알면 이브린은 당장 날개에 걸린 마법을 발동시킬 수 있을 것이다. 드래곤에게 마법은 일부나 다름없기에 느낀다는 것은 곧 마법을 의미하기 때문이었다.

"아앗!"

이브린은 비명을 지르면서도 억지로 몸을 틀어 균형을 잡았다. 하지만 그러는 동안에도 이브린은 계속 떨어져 바로 눈앞에 땅바닥이 보였다. 이브린은 조금이라도 충격을 줄이고자 몸을 세웠는데 순간 자신이 난다는 느낌이 들었다. 공기가 펼쳐진 날개 밑으로 흐르는 바람에 그렇게 느껴졌던 것이었다. 하지만 드.래.곤.에게 있어 느낌은 곧 마.법.을 의미했다. 땅에 그대로 붙여지려는 순간 이브린은 힘차게 날아올랐다.

"와아~ 날았다, 정말 날았어! 이렇게 나니까 세상이 다르게 보여. 정말 아름다워!"

이브린은 환호를 했다.

멋지군.

아르티닌은 이브린을 보며 이렇게 생각했다.

때는 저녁이었다. 붉은 저녁을 배경으로 힘차게 날아오르는 드래곤은 그것만으로도 멋있는 광경이었다. 다만…

"으악! 아르티닌, 어떻게 내려가는 거야? 내려줘잉~"

"…날던 드래곤 내려오게 하는 교육은 없는데 어쩌지?"

마지막에 가서는 좀 난감한 표정으로 이브린을 보며 중얼거릴 수밖에 없는 아르티닌이었다.

제7화 **수업 십오 개월째**

"브레스는 우리 드래곤의 가장 강력한 무기야. 그런 만큼 파괴력도 엄청나지. 때문에 언제나 조심하고 가려서 써야 해. 내가 지금 가르쳐

줄 것은 브레스를 내뿜는 방법과 브레스의 조절 방법이다. 이브린, 온
몸에 마나를 돌려봐. 그리고 마나를 느끼고. 드래곤 하트에서 마나를
끌어올려 그 다음에 한 번 숨을 크게 들이마셨다가 내뱉어봐."

이브린은 아르티닌의 말대로 크게 숨을 들이쉬었다 천천히 내쉬었
다.

"어때?"

이브린은 고개를 갸웃했다.

"글쎄… 모르겠어. 다만… 뭐가 목에서 울컥하는데… 대체 왜 이러
지?"

아르티닌은 크게 웃으며 말했다.

"그게 바로 브레스야. 아마 목에서 울컥한다고 기분이 나쁘거나 느
낌이 안 좋거나 하지는 않을 거야. 이번엔 아주 천천히 내쉬면서 찬찬
히 느껴봐. 아까하고는 강도가 다르지? 그렇게 숨을 조절하듯이 브레
스를 조절할 수 있어. 어디 한번… 크악!"

아르티닌은 온몸에 화상을 입은 채 몸져누워 있었다.

"저… 이브린."

"응?"

"이거 내가 치료하면 안 될까?"

"안 돼. 넌 환자, 아니, 환룡이야. 그런데 네가 직접 치료해? 그러다
잘못되면 어쩌려고. 그리고 또 네가 그러면 내가 너무 미안하잖아. 그
렇잖아도 네게 브레스를 내뿜는 바람에 이렇게 된 건데. 음… 리커버
리. 어? 그대로네… 그럼 다시 한 번… 리커버리, 리커버리."

아르티닌은 기가 막혔다. 이브린이 자신에게 브레스를 내뿜은 것은

이해할 수 있었다. 처음 쓰는 것이라 그런 실수는 있을 수 있었다. 하지만 명색이 마법 생물인 드래곤이… 암만 사람이었다 드래곤이 되었다지만 그래도 드래곤인데 마법을 못 쓰다니……. 그것도 이미 다 배운 이브린이기에 더욱 기가 막힌 것인지도 몰랐다. 하지만 아르티닌은 화조차 나지 않았다. 다만 다시 마법을 가르쳐야 한다는 사실에 골치가 아팠다.

제8화 수업 이십 개월째

"좋아. 이제부터는 드래곤 격투술이다."

아르티닌은 감개무량한 목소리로 말했다. 지난 오 개월간 아르티닌은 이브린을 앉혀두고 집중적으로 마법을 가르쳤었다. 이브린이 다 안다며 시범까지 보여줬어도 아르티닌은 꿈쩍도 하지 않았었다. 다시는 이런 실수를 하지 않을 거라는 듯이. 그리고 거의 세뇌시키듯 가르친 마법들. 이제 아르티닌은 어느 정도 성과를 거두고 있었다. 그리고 이렇게 한번 제대로 각인시켜 가르치면 평생 안 까먹을 것이었다. 드래곤이란 종족은 망각이 없는 종족이므로. 거기까지 생각한 아르티닌은 다시 감개무량한 얼굴로 말했다.

"드래곤 격투술은 주로 공중 격투술이지. 물론 지상에서도 싸우긴 하지만 드래곤의 격투술은 공중전이 많아. 그래서 이브린, 네게 가르쳐 줄 격투술도 우선 공중 격투술이야. 공중 격투술만 제대로 익히면 지상 격투술은 따로 안 배워도 되지."

"어째서?"

이브린은 의아한 듯이 물었다. 이브린이 아는 상식으로는 드래곤의 적은 드래곤 슬레이어였다. 그런데 드래곤 슬레이어는 보통의 경우 사람이 많고 좀 특이한 경우라도 엘프나 드워프 정도가 낄까? 그런데 그들의 공통점은 하늘을 날지 못한다는 것이었다. 물론 마법으로 하늘을 날 수도 있고, 어떤 능력있는 자는 와이번을 타고 날 수도 있겠지만 그건 많은 경우가 아니므로 결국 공중전보다는 지상전이 많을 수밖에 없었다. 만일 드래곤들이 마족이나 신족, 같은 드래곤과 주로 싸운다면 아르티닌의 말처럼 공중전이 주로겠지만 란셀이나 아르티닌에게 들은 바로는 그들 간에 싸우는 일은 거의 없었다. 그런데 공중전이라니? 아르티닌의 말을 이해할 수 없는 이브린이었다.

"어째서라니? 당연하잖아. 공중전, 얼마나 멋있어. 구질구질하게 땅바닥에서 싸우는 것보다 얼마나 멋있어? 그럼, 드래곤은 그렇게 싸워야지. 암."

이브린은 눈이 약간 치켜 올라갔다.

"그럼 드래곤은 누구랑 가장 많이 싸워?"

"글쎄… 주위에 몬스터들이 많기는 하지만 그것들은 우리 밥이고… 좀 싸움 좋아하는 종족으로는 마족이 있지만 그런대로 사이는 좋고… 결국 우리한테 싸움을 가장 많이 거는 건 음… 드래곤 슬레이어를 꿈꾸며 우리한테 덤비는 녀석들이지. 그런데 그건 왜?"

이브린은 아르티닌의 말을 듣고 그럼 그렇지 하는 생각을 하며 물었다.

"그런데 드래곤 슬레이어가 되려는 건 대부분이 사람이잖아. 사람과 싸우려면 땅에서 싸워야 하지 않아? 그런데 공중 격투술만 배운다니,

그게 말이 돼?"

아르티닌은 그 말을 듣고 아무렇지 않게 말했다.

"이브린, 뭘 모르는군. 암만 실력이 뛰어난 사람이라도 드래곤을 이길 사람은 거의 없어. 정말 하늘이 내려준 재능을 타고난 사람만 가능하지. 그나마 그런 사람이 여러 명 모여야 겨우 드래곤을 이길 수 있어. 그러니 아무리 드래곤 슬레이어라고 자칭 타칭 말을 하고 말을 듣는 사람들이라도 드래곤을 못 이기지. 드래곤 슬레이어가 되겠다고 상당히 많은 사람이 찾아와도 드래곤을 이길 사람은 없다는 거야. 사람들은 비장한 각오를 하고 올지 모르지만 드래곤이 보기엔 장난거리도 안 되지. 그런데 그런 녀석들을 위해 멋있는 기술을 안 배우고 그 딴 지상 격투술 같은 짓거리나 배워야겠어?"

이브린은 아르티닌의 말을 듣고 어이가 없었다. 그리고 자신이 왜 하필이면 드래곤이 되었을까 한심한 생각마저 들었다.

"여기서 날개를 퍼덕인다."

"왜?"

"세 가지 목적이 있지. 하나는 비행 마법을 보다 잘 조종하기 위해. 그리고 적의 시선을 날개에 집중시키기 위해. 다음은 거의 안 쓰지만 날개의 갈고리 손톱으로 공격하기 위해. 적들은 날개에 신경을 쓰더라도 갈고리 손톱에는 신경을 거의 안 쓰거든. 날개는 이렇게 퍼덕인다."

이브린은 아르티닌의 시범에 따라 열심히 날개를 퍼덕였다.

"다음은 꼬리 치기. 꼬리는 그 자체로도 강한 무기야. 인간의 예를 들면 강한 철퇴가 되지. 또 적을 견제하는 목적도 지닌다. 적과 거의 붙듯이 근접전을 할 때는 무기로 쓰고 좀 떨어진 경우나 적이 강할 땐 견제용으로 쓰면 효과적이야. 꼬리는 이렇게 휘두르는 거다."

이브린은 아르티넌의 시범에 따라 열심히 꼬리를 휘둘렀다.

"다음은 발톱 공격. 이건 접근전에만 쓰이지. 날카로운 발톱으로 적의 살을 찢고 뼈를 깎는다. 우리 드래곤의 발톱에는 독이 들어 있어. 독계 드래곤이 뿜는 용독과는 다른 독이야. 처음 우리 드래곤이 아무런 힘이 없는 존재일 때 우리를 지켜주던 유일한 방어 수단이었다고 하지. 그래서 이 독은 드래곤의 속성과는 상관없이 어떤 드래곤이나 지니고 있지. 이 독은 살상용 독은 아냐. 그저 상대방을 마비시키는 효과가 있을 뿐이지. 약한 종족이라도… 그러니까 사람의 경우라도 이 독에 죽지는 않아. 뭐, 약한 만큼 고생은 더 하겠지. 하지만 우리 발톱에 있는 독은 단순히 마비만 시키는 독이 아냐. 드래곤의 발톱에 있는 독은 마법에 상당히 반응을 잘하지. 그래서 마법을 집어넣어 쓰기에 유용해. 집어넣은 마법을 그대로 쓰게 해주니까. 이해가 어렵다면 세상에서 가장 성능이 좋은 마법약이라고 보면 이해가 쉬울 거야. 만약 이 독에 치료 마법을 넣으면 마법 치료약이 되는 것이고 불의 마법을 넣으면 불의 마법약이 되는 것이지. 그래서 드래곤이 발톱으로 긁기만 해도 마법이 일어나는 것이지."

"그, 그래? 복잡하네."

"복잡할 것은 없다. 하다 보면 다 알게 되니까."

"그래? 마비 독이 있다며? 그런데 치료약도 될 수가 있다니 더 헷갈리지."

"그 독이 있기 때문에 그런 효과가 있는 거야. 그 독에 마법을 넣으면 마비를 일으키는 능력은 사라지고 대신 마법만 남지. 마비 독으로 쓰고 싶으면 아무런 마법도 집어넣지 않으면 돼."

"그렇군."

이브린은 어느 정도 이해가 돼서 고개를 끄덕였다.

"자자, 이론은 그만 하고 발톱은 이렇게 쓰는 거다. 앞발의 발톱과 뒷발의 발톱은 쓰이는 방법이 다르지. 자, 이렇게.'

이브린은 아르티닌의 시범에 따라 열심히 발톱을 휘둘렀다.

"이젠 무는 연습이야."

"뭐? 뭣! 우리가 개도 아닌데 물긴 왜 물어?"

이브린은 당혹해서 물었다. 그리고 갑자기 개싸움이 생각났다. 그 생각이 나자마자 더 황당해졌다.

"왜긴, 우리의 이빨이 얼마나 강하고 날카로운데. 무는 공격은 우리 드래곤의 주된 공격의 하나야."

"하, 하지만……."

이브린은 개싸움 하는 장면이 더 강하게 생각났다.

"난 그거 안 하면 안 돼?"

"안 돼. 명색이 주 공격 수단의 하나인데 그걸 안 써? 그건 검사가 칼을 안 휘두르는 것과 같은 거야. 자, 따라 해라. 무는 것은 이렇게 하는 거다. 우리 드래곤은 목이 길기 때문에 무는 각도가 다양하지."

"히잉……."

이브린은 아르티닌의 시범에 따라 열심히 무는 연습을 했다.

"좋았어. 지금까지 한 것이 드래곤 격투술의 기초다. 이건 익숙해질 때까지 매일 연습하도록! 그리고 드래곤 격투술에 마법을 섞어 쓰면 효과적이야. 그건 기초가 어느 정도 된 후에 가르쳐 주지. 어쩌면 가르칠 필요 없이 네 스스로 터득할 수도 있겠지만. 참고로 격투술에 마법을 섞어 쓰는 방법은 아무도 배운 적이 없어. 스스로 터득을 하니까.

이브린, 너라서 특별히 가르치는 거야."

"뭐? 그게 무슨 뜻이지?"

아르티닌의 말에 이브린이 눈을 치켜뜨며 물었다. 하지만 아르티닌은 이브린의 눈을 피하면서 계속 말을 했다.

"그리고 이것 한 가지 명심해 둬. 너와 나는 다리가 길다. 다른 드래곤보다 훨씬 길지. 그건 우리가 발톱을 쓰는 기술이 다른 드래곤에 비해 유리하다는 거야. 하지만 우리가 이렇듯이 어떤 드래곤은 목이 길고, 어떤 드래곤은 꼬리가 길고, 다 신체적 특징이 있다. 격투술을 할 때는 그런 걸 먼저 파악해야 해."

"그런데 왜 다른 드래곤을 예로 들어? 내가 드래곤이랑 싸우려고 이걸 배우는 것도 아닌데……."

"우리 드래곤은 신을 제외한 가장 강한 존재와 싸우는 것을 전제로 연습을 한다. 그런데 세상에서 가장 강한 존재가 뭐지? 바로 드래곤이야. 결국 같은 드래곤을 상대한다고 생각하며 연습을 해야 하니 그렇지. 하하핫."

아르티닌의 웃음을 들으며 다시 한 번 자신이 왜 하필이면 드래곤이 되었을까, 한심한 생각마저 드는 이브린이었다.

제9화 **수업 이십사 개월째**

"좋아. 그럼 마지막 연습이다. 이것만 끝내면 드래곤으로서 살 최소한의 능력은 지니게 되는 거야. 그 후부터는 네 스스로 경험을 쌓아야 하지. 그럼 드래곤 격투술을 하며 그 중간중간에 마법과 정령술 등 지금까지 배운 모든 것을 쓰는 것이다. 그런 다음 마지막으로 브레스를 쓰는 것이고."

"좋아."

아르티닌의 말에 이브린도 찬성을 하고 서로 공중에서 싸우기 시작했다.

먼저 이브린의 공격. 날개를 퍼덕이며 이브린은 아르티닌에게 달려들었다. 하지만 아르티닌은 달려드는 이브린을 막지 않고 뒤쪽에 파이어 볼을 던졌다.

쿠앙.

"앗!"

순간 뒤쪽에서 이브린이 나타나며 비명을 질렀다.

"호오~ 좋군. 환영 마법을 쓰면서 동시에 투명 마법으로 뒤에서 공격이라? 비록 나한테 파악되긴 했지만 멋진 방법이야."

"치잇, 다시 간다!"

이브린은 이번엔 마법 없이 달려들며 꼬리를 휘둘렀다. 그런 다음 더 접근하자 날개 치기, 발톱 휘두르기를 하더니 다시 꼬리로 힘껏 아르티닌을 쳤다. 하지만…

"텔레포트."

순간 아르티닌은 사라졌다 이브린 뒤에 나타났다.

"마법을 쓰라고 했잖아. 그리고 무는 공격은 왜… 커억!"

순간 아르티닌은 등에 충격을 받았다.

"뭐, 뭐얏! 어? 꼬리가 두 개?"

어이없어하는 아르티닌. 이브린은 배시시 웃었다.

"헤헤, 전에 한번 폴리모프 연습을 하다 실패한 적이 있었어. 그때 꼬리가 두 개로 되었었거든. 그런데 움직임이 너무 자연스럽더군. 네가 말했잖아, 드래곤의 폴리모프는 완벽하다고. 그래서 이런 방법을 생각한 거지."

말을 하면서 이브린은 몸을 변화시켰다. 등에 줄지어 난 여섯 쌍의 날개, 아홉 개의 꼬리, 여섯 쌍의 다리. 다만 이브린이 무는 공격은 별로 좋아하지 않아 머리가 한 개인 것이 그나마 다행이랄까? 하지만 이브린의 머리도 약간은 변했으니… 머리에는 긴 뿔이 고슴도치 가시처럼 돋아나 있었다.

"내가 마법을 잘하는지 못하는지는 상관없어. 역시 난 육체로 싸우는 것이 편하더라고. 그럼 다시 해볼까?"

그런 이브린을 보며 아르티닌은 어이가 없었다. 괴물로 변해 싸운다라니… 자신이 잘 가르친 건지 아닌지도 헷갈렸다. 하지만 안 싸울 수는 없는 일. 연습은 시켜야 했다.

"헤고… 난 괴물 이브린은 싫은데… 그런데 드래곤 격투술은 드래곤 본연의 육체일 때 가장 잘 쓰는데 이브린은 안 그런가 봐?"

결국 불평을 하면서 싸울 수밖에 없는 아르티닌이었다.

제10화 **전설**

아르티닌과 이브린은 몰랐지만, 아니, 신경도 안 썼지만 그들이 연습하던 곳에서 사람 걸음으로 반나절 거리에 대상단 일행이 지나가고 있었다. 그리고 그들은 보았다. 여러 장의 날개에 다리, 꼬리를 가진 흉악하게 생긴 괴물 드래곤과 드래곤이 싸우는 모습을. 상인들과 그들을 호위하는 용병들은 겁에 질려 그 광경을 숨소리도 못 내고 지켜보았다. 한참을 싸우던 드래곤들은 서로를 향해 브레스를 내쏘았다. 둘다 강렬한 빛이 나는 화염 브레스. 브레스가 만나는 순간 엄청난 빛이 터져 나왔고, 그 열기는 상인들이 있는 곳까지 후끈하게 전해져 왔다.

한참 후 정신을 차린 상단 사람들은 고개를 들어 드래곤이 싸우던 곳을 보았다. 하지만 그곳에는 아무도 없었다. 사람들은 망연자실하게 그곳을 바라보았다. 그리고 잠시 후 한 드래곤이 하늘로 날아오르는 모습이 보였다. 괴물 드래곤이 아닌 보통 드래곤. 그 순간 사람들은 환호했다. 위대한 드래곤이 사악한 괴물 드래곤, 마룡을 물리쳤던 것이다. 그 위대한 드래곤은 자신들을 한번 보는 듯하더니 유유히 동쪽 하늘로 날아갔다. 상단 사람들은 드래곤이 완전히 사라진 후 드래곤이 싸우던 곳으로 가보았다. 그 순간 상단 사람들은 장사가 중요한 것이 아니었다. 위대한 역사의 순간이 더 중요했다. 그리고 드디어 드래곤이 싸우던 곳에 도착한 사람들은 보았다. 거친 황무지가 완전히 파헤쳐지고 갖가지 마법에 파괴된 모습을. 그리고 마룡의 모습은 찾아볼 수가 없었다. 아마 드래곤의 브레스에 뼛조각까지 증발된 모양이었다.

그 후에 전설이 생겼다. 위대한 드래곤과 사악한 마룡이 싸운 곳. 그곳은 드래곤의 전쟁터라는 이름으로 불리게 되었고, 그곳을 기념하는 기념비가 세워졌다. 기념비에는 그때의 상황을 묘사한 그림들이 정교하게 그려졌다. 그리고 그 아무것도 볼 것 없는 황무지에 사람들은 찾아갔다. 위대한 역사의 현장을 보러. 그리고 그 사람들을 위해 여관이 생기고 식당이 생기고 잡화점들이 들어서더니 하나의 마을을 이루게 되었다. 위대한 드래곤의 마을이란 이름의 마을. 그 마을은 처음엔 드래곤이 싸운 장소를 보러 오는 사람들 덕에 이어갔지만 곧 대상단들이 지나는 중간 거점이 되면서 차츰 발전하기 시작했고 크게 성장하였다.

하지만 그들은 마을이 커졌어도 그 황무지만은 건드리지 않았다. 그곳은 마을의 자랑거리이자 자긍심이요, 마을이 생겨나게 된 이유였기 때문이다. 훗날 가끔 이렇게 생각하는 사람들이 있었다. '정말 그 드래곤이 위대한 드래곤이었냐고. 혹시 그 괴물 드래곤이 선한 드래곤일지 모르는 일이 아니냐'고. 하지만 그런 사람들을 위한 말이 있었다. '괴물 드래곤은 흉측했다. 그러니 마룡임에 틀림없을 것이다'. 그리고 생김새를 가지고는 모른다는 주장에는 이런 말이 있었다. '만약 괴물 드래곤이 선한 드래곤이었으면 정상적으로 생긴 드래곤은 사악한 드래곤이었는데 그때 그 드래곤은 상단 사람들을 보았다. 만약 정상적인 드래곤이 사악한 드래곤이었다면 그 상단 사람들은 전부 죽었지 않겠느냐?'. 후에 그 문답은 기념비에 같이 새겨 넣어졌다.

제11화 진실

이브린은 숨을 몰아쉬고 있었다. 그리고 옆에서도 아르티닌이 숨을 몰아쉬고 있었다.

"정말 대단해, 아르티닌."

"후우… 이브린, 너야말로. 어떻게 그렇게 변해서 싸울 생각을 했지? 또, 그렇게 잘 싸울 줄은 몰랐어."

"헤헤……."

이브린은 웃었다. 이브린은 알고 있었다, 아르티닌이 얼마나 강한지. 그에게 교육을 받으며 드래곤의 힘을 계속 느끼면 느낄수록 아르티닌의 강함을 느꼈던 것이다. 그런 아르티닌을 상대로 이 정도까지 한 것이 스스로도 자랑스러웠다.

"좋아, 이브린. 합격이다. 이젠 기초는 다 한 거야. 이젠 이 황량한 곳을 떠나야지."

아르티닌의 말을 들은 이브린은 몸을 변화시켰다. 이브린이 사람이었을 때의 몸으로. 아르티닌은 그런 이브린을 의아하게 쳐다보았다.

"헤헤… 생각해 보니까 내가 사람일 때 아르티닌을 한 번도 못 타봐서… 아르티닌, 한번 타보고 싶다아~"

아르티닌은 이브린의 말을 들으며 미소를 지었다.

"그래? 좋아."

아르티닌의 허락을 받은 이브린은 좋아라 아르티닌의 등에 탔다.

"그럼, 간다."

아르티닌은 하늘로 날아올랐다. 이브린은 아르티닌의 등 위에서 기분 좋게 사방을 둘러보았다.

"어머, 저기 사람들이 있네? 이봐요~"

이브린은 사람들을 향해 소리치며 손을 흔들었다. 아르티닌도 이브린이 보는 방향으로 고개를 돌렸다.

"하하하. 소용없어, 이브린. 저 사람들은 네가 안 보일 거야. 너무 멀리 떨어져 있어서."

"어? 난 보이는데……."

"그건 네 시력이 뛰어나서지. 넌 드래곤이잖아. 그러니 넌 보여도 저 사람들 시력으로는 네가 안 보여. 뭐, 나라면 보이겠지만. 내 덩치가 크니까."

"그렇구나……."

이브린은 그 소리를 듣더니 손 흔드는 일을 그만두었다.

"그럼 갈까?"

"어디로 갈 건데?"

"우선 내 레어로. 그 후에 로드께 데려갈 거야. 아무리 신의 힘을 받아 드래곤이 되었지만 그래도 로드의 승인은 있어야 하니까."

아르티닌은 자신이 레어로 유유히 날아가기 시작했다.

〈6권 끝〉

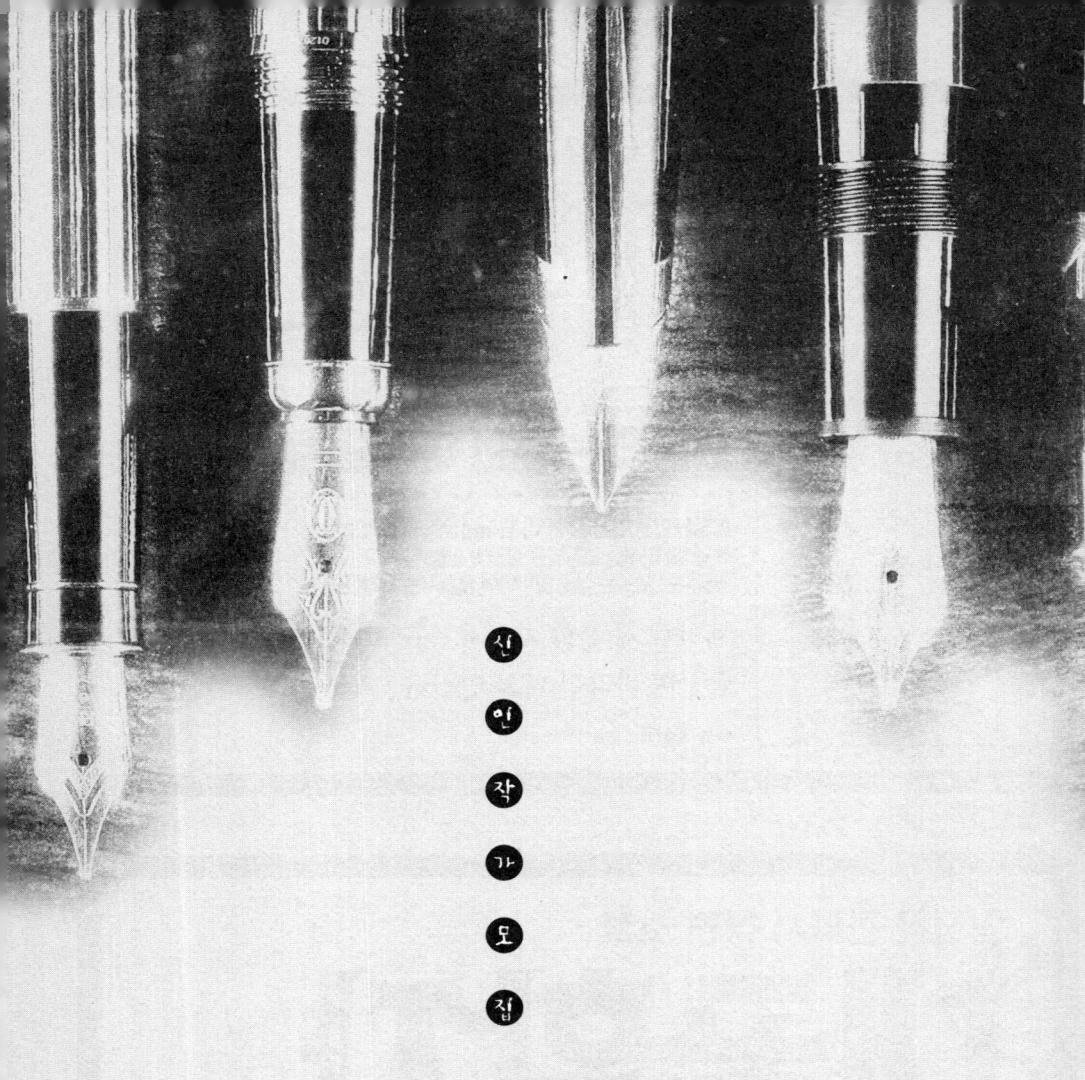

신
인
작
가
모
집

시작이 반이라고 했습니다.
작가의 길에 대한 보이지 않는 벽을 과감히 깨뜨리십시오!
청어람은 작가 지망생 여러분들의
멋진 방향타가 되어드리겠습니다.

저희 도서출판 청어람에서는
소설 신인 작가분들을 모집합니다.
판타지와 무협을 사랑하시는 분들의 많은 참여를 바랍니다.
소정의 원고(A4용지 150매)를 메일이나 우편으로 보내주시면
검토 후 출판 여부를 알려드리겠습니다.

주소:경기도 부천시 원미구 심곡1동 350-1 남성B/D 3F 우편번호420-011
TEL:032-656-4452 · **FAX**:032-656-4453
http://www.chungeoram.com
e-mail:chungeoram@chungeoram.com